唯不忘相思

张秋寒 作品

作家出版社

图书在版编目（CIP）数据

唯不忘相思 / 张秋寒著 . — 北京：作家出版社，2017.12（2023.1重印）
ISBN 978-7-5063-9847-3

Ⅰ.① 唯… Ⅱ.① 张… Ⅲ.① 短篇小说 —小说集— 中国— 当代
Ⅳ.① I247.7

中国版本图书馆 CIP 数据核字（2018）第 001315 号

唯不忘相思

作　　者：张秋寒
责任编辑：丁文梅
装帧设计：仙境
出版发行：作家出版社
社　　址：北京农展馆南里 10 号　　　邮　　编 :100125
电话传真：86-10-65930756（出版发行部）
　　　　　 86-10-65004079（总编室）
　　　　　 86-10-65015116（邮购部）

E-mail：zuojia@zuojia.net.cn
http://www.haozuojia.com（作家在线）
印　　刷：旭辉印务（天津）有限公司
成品尺寸：145×210
字　　数：150 千字
印　　张：8.5
版　　次：2018 年 3 月第 1 版
印　　次：2023 年 1 月第 2 次印刷
ISBN 978-7-5063-9847-3
定　　价：39.90 元

目录

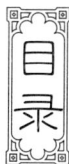

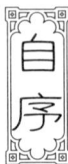

终朝采蓝

终朝采绿，不盈一匊。予发曲局，薄言归沐。

终朝采蓝，不盈一襜。五日为期，六日不詹。

之子于狩，言韔其弓。之子于钓，言纶之绳。

其钓维何？维鲂及鱮。维鲂及鱮，薄言观者。

这首名为《采绿》的诗出自《诗经·小雅》。它的主人公应该是一个农家妇人。诗里是这样说的——我每天啊，都忙着采摘荩草，可是常常只采了一捧还不到。尽管如此，劳碌的汗水也弄湿了头发，使它们打成一绺一绺的小卷儿，得赶紧回家洗漱才好。我每天啊，都忙着采摘蓼蓝，可是常常连衣兜都装不满。他临行前对我说，五天就会回来，可现在都六天了，还是没有动静，就是这么个不守信用的人。他每次出去狩猎，我都替他准备弓箭。每次出去钓鱼，我都帮他把鱼线整理好。你问他都钓了些什么鱼？哦，有鳊鱼，还有鲢鱼。是啊，鳊鱼和鲢鱼，有很多很多呢。

说起来，好像诗还没有完结。但绵延的语境足够让读者脑补这位妇人接下来要说的话了——好吧，看在这些鱼的份上，我就暂且先原谅他吧。

今人用几百个字可能都说不清楚的故事，被古诗浓缩成了几行短短的句子。在充满美感的同时还留下偌大的空间供人想象。这就是古汉语的魅力。

只是，任何魅力都不是全方位的。每个人的审美不尽相似，所感受到的魅力也千差万别。就像我常常对T台上的某些奇装异服摸不着头脑一样，我也一直都能理解那些对古典文化缺乏赏慕之心的朋友。

古风到底从何时开始成了我心中一种难以免却的向往，并没有明确的答案。童年过目不忘的古装戏，空旷殿堂中的工笔设色牡丹，异乡明月夜里的笛曲……种种迹象不过是眷恋进程中零星的节选，都不足够以点概面。或者，这件事本就是难以追溯的，就像我们永远不能推算出爱一个人的悸动究竟萌发于过往的哪个瞬间。

为光线柔和的展厅里一件花色姣好的明朝妃子故衣所惊艳，走进香火依然旺盛的千年古刹仰望满墙栩栩如生的壁画，翠雾散去的清晨听见茶山深处迂回传来的埙声，邂逅入梅时节江南庭院中金粉暗沉的雕花窗棂。

每一个这样的时刻，都明了传奇曾经发生。千年岁月里，无数错过的华美朝代忘记在散席前清场，把它们留给了后来者。

也许未曾抵达，总是最好的天下。于是拼尽目光，也要竭力瞻仰。

这些古风故事陆续写于过去七年。一字排开，主题竟意外地统一。不是仇与恩，就是爱与恨。芸芸众生，滚滚红尘，意念如支流汇聚，最终不废万古江河。

因为想象力的匮乏，它们每一个几乎都有名著、传说、典故作为载体。我投机取巧地想着，即使写得过于荒唐，也没有现代故事中的笔误那么容易被人诟病，毕竟我还可以搬出"一千个人眼中有一千个哈姆雷特"这种放之四海皆准的理由来堵住悠悠之口。

如果可以为笔力不济找一个借口，那就只能怪典籍实在浩瀚如烟，阅苑中兜兜转转，瞻前顾后，不知如何下手采撷。就像诗里的妇人一样，忙碌了一整天，成果也只有那么一点点。

千回百转，却始终期待她们能风情万种，款款走出书中。执扇，抛袖，舞剑，拈花，与倾慕她们的人共襄一场好梦。

就像期待怀中的蓼蓝渐多，期待远方的爱人凯旋。

张秋寒

2016 / 12

效颦

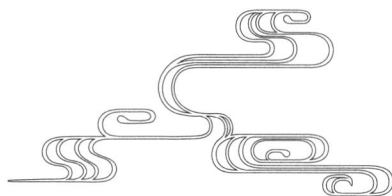

壹·当时心比金石坚

黄昏的光景，郑旦过来馆娃宫这边找西施闲谈。

内帷的乐师们演习完毕，纷纷抱琴而出。衣带碰到琴弦，发出玲琮声响。见到郑旦，他们驻足行了礼，又提着衣裾匆匆离去。

"她又去姑苏台习舞了？"郑旦垂袖立在大殿中央。她身后是荡漾在天外的柔和暮色。我点点头，为她奉茶。

郑旦神色幽谧："大王在后宫她就精心侍奉，大王在前朝她也毫不松懈。范蠡没有看错她。"我竖起食指至唇边，示意她隔墙有耳。她缓缓走过来，逶迤的裙裾随着袅娜的步态摆动，清凉的声音传到我的耳边犹如石子坠入湖心："你要演到什么时候？"

我垂首侍立在一边。她绕着香鼎轻言："你做的是对的。我们只是女人，连自己的命运和幸福都难以掌控，何谈家仇国恨？"

鼎中，午后的沉水已经烧尽，冷却后的一层香气仍然浓郁蚀骨。

掌灯时分，廊内染上淡淡的火光。梧桐树的落叶在院落里飘飘卷卷。郑旦要回宫用晚膳。临行时她回转过身，意味深长地看了我一眼："东施，有时我真羡慕你。因为你从不后悔。"

贰·今日为君坚不得

　　很少有人记得我们姐妹俩的名字，因为有些拗口，亦容易混淆。我是姐姐施夷光，西施是我的同胞妹妹，她叫施夷明。父亲说我们的名字连起来就是据乱世里的一小片光明，也是他的一点儿希望。年少时，我们和父亲母亲住在会稽山西麓的苎萝村，我住在东阁，她住在西厢。人们就叫我东施，叫她西施。

　　他们说："这一对美丽的姐妹简直一模一样，连生病时捧心皱眉的样子都如出一辙。"

　　那时，我们一家过得非常恬淡。对于我们姐妹日后将要卷入的政治和历史也毫无预见。

　　苎萝村是以纺织业闻名遐迩的地方，我们家也是以此为生。父亲下田种植棉花，妹妹纺纱、浣纱，母亲织布。最后，我会划着木兰舟到钱塘江，向岸边人家兜售我们的各色布匹。

　　父亲说："东施，不要到对岸去。那是吴国的疆域。总有一天，战火会死灰复燃。"

　　那是在春天。我和西施走过了豆蔻及笄，正值妙龄。有时我也会在闲暇的时间里顺流而下，眺望对岸。透过茫茫的烟波江雾可以看到遥远而陌生的吴国。那里也是草长莺飞的烟花三月，也有薰风驰荡自南方而来，一切华丽又唯美，与我们越国无甚差别。我很难想象这样两片互不相犯的土地，为什么会以战争这种残忍的方式相持不下？

　　我问过父亲，但他闻言后只是在棉铃碧绿的田野里仰望长天。他说在很多年前的槜李之战中，吴王大败，于是回师途中郁郁而死。他的儿子即位后励精图治，在两年后的夫椒之战中一雪前耻。"如果不是大王派人去求和，也许我们脚下的田野早已寸草不生。"

　　父亲说："你是女子，以后不要再过问这些。其实君王的野心根本就不是我们这些平民百姓可以妄自揣测的。"

我和西施都没有妄自揣测过。对于这些铁骑骁马的烽烟之争，我们向来保持远观的姿态。但在那样一个风雨飘摇的年代，命运完全脱离了掌心。

遇见夫差的那个午后，艳阳普照大地，草木繁花上都跳跃着白茫茫的光线。他的船停靠在我身边。他的侍从买下我的一匹花布。他接了过去，捧在手中细细端详。

侍从说："家中自有织女上百，您何须留意这些乡野布料？"

他说："桑种耕织是国之根本，知己知彼不是看敌军旌旗多少战马几何，留意这些民生细节才能更清晰地看到对方的国力。"

他抬起头，目光从花布移至我的船头灯笼上。那上面写着一个小小的"施"字。他微笑着说："越国卖布的女子都是像你这样的美人吗？"我低下头，轻轻走回船舱。

他离去时指着东北方向对我说："看到那一片茂盛的草地了吗？那是我的猎场，我姓姬，如果你没事可以来找我。通传时就说你姓施就行了。"

后来我无数次地设想，如果夫差并不是吴国的君王，只是一个普通人，那一切会是怎样的面貌呢？也许我会一生都站在草场上，看他骑着鬃毛飞扬的烈马射出风一般的白羽箭。随后他会飞奔过去俯身操起猎物向我炫耀他的战利品："夷光，夷光，我在这里。"

也许我会嫁给他，为他生儿育女，在相夫教子的寻常岁月里安然老去。

直到那一日的黄昏，他陪我走到江边，送我过江。江水被斜阳染成瑰丽浓郁的血色，激滟的光影如同梦魇。他对我说："我是吴国的王。"我闻言手足无措，只是沉默着站在他面前，带着草木香的晚风吹拂着我的长发。他说："夷光，你害怕了吗？"

我摇了摇头："天色向晚，我该回去了。"我登舟离去，桨声在归棹下唱着缠绵哀艳的别离之歌。他在岸边冲我大喊："夷光，你还会来吗？"

我依然没有作答。

此后，我再也没有贸然踏上吴国的大地与他相见。一别便是数年。

叁·高花岩外晓相鲜

月亮升过天心的夜晚，西施提着衣裙赤脚跑过中堂，溜进我在东阁的房间。透过缥碧色的纱帐，我们看到一簇一簇的流萤像星星一般飞过。在这样静谧的初夏之夜，她轻声问我："阿姐，范蠡对你那么好，你为什么总是拒绝他？他是大夫，而且又英俊又有文采，是个不可多得的好男人。"

我转过脸去看她："你爱上他了？"

西施不说话，只是趴在清凉的席枕上懒懒地摇晃着腿，想着心事，良久吱吱地笑出声来。我知道她喜欢范蠡，每一次范蠡来找我的时候，她总会在妆台前徘徊良久，最后簪上一朵粉紫色的槿花，显得格外娇媚。

我一直觉得西施很单纯，连她的坏都是一种单纯的坏。她的一切手段只是为了爱情。所以哪怕后来我们姐妹之间近乎反目，我都从来没有怪过她。她永远是我的妹妹，除了父母之外我最亲的人。我一直记得她在夏夜，在我的床帏里渐渐睡去的样子，像个不谙世事的小孩。

范蠡最后来找我的那次也是在一个黄昏。似乎我生命中很多重要的转折都是在这样一个白昼与黑夜交接的暧昧时段完成的。或者我这个人一生都在践行一种暧昧。关于国的暧昧、家的暧昧、亲人之间的暧昧，以及爱情的暧昧。

他进门后立即掩上房门问我："西施呢？"

"去若耶溪边浣纱了。"

范蠡的眉间涌动着愁色："文种向大王献策美人计，要送你们姐妹去吴宫，效法'妲己亡商'之史。我中途进言，你们父母都已年迈，一定要有儿女侍奉在侧，大王才同意留下一个。"

"去迷惑夫差？"

"是。"

西施突然推开门清冷地看着范蠡："我不会去的。"她说完就回到西厢房，重重地关上了房门。她刚刚浣好的一篮素纱还留在门口湿湿答答地滴着水。

范蠡来拉我的手，摇了摇头："我不想让你去。"

我春葱般的手指从他潮湿冰凉的掌心里轻轻抽出来："不管怎样，我们明日会给你一个结果。"

"西施，就是这样，我爱上了一个叫夫差的男人。他是敌国的君王。"雨水旺盛的夏夜，西施听完了我的叙述，用一双祖母绿宝石一样慧黠的眼睛在暗处看着我。我倚在窗边，身体疲软，犹如一尾刚刚吐丝完毕的桑蚕："要我去让他和他的国家走向覆灭，我做不到。"

"范蠡也不想让你去吧。他那么爱你。"西施的声音轻得像一片羽毛，她说，"那只有我了。无从选择，不是吗？"

西施走过来，仓皇地抱住我："阿姐，假如我帮范蠡完成复国大业，你说他会爱上我吗？"

"西施，爱，从不是我们可以主宰的。"

肆·鸥鸟浮沈一水间

西施临行前的那晚，在子夜时分，我做了一个冗长诡谲的梦。我梦到自己走进一个生满铁锈的狭长甬道，铁锈上长满被雨水滋润过的菌子，一顶一顶，非常旺盛，像细小的雨伞。在这样漫长的行程里，裙裾被铁锈渍染成一种沉婉的红色。头顶有水珠滴落下来，顺着发髻滑进发丝深处，头皮一阵清冷。

"夷光。"

甬道深处突然有火折亮起来，弥散着微光。

"夫差，是你吗？"我的手指扑张着去触摸那远处的微光。

夫差绰绰不清的身影忽然回转过去，向着更深处前行："夷光，我是来同你告别的。吴国要灭亡了，我要走了。"

"夫差，夫差啊。"我慌忙地去捉他的衣袖，但是只扑了个虚空。他消失后的那一半甬道瞬间坍塌，暴露在眼前的是黄昏雨后一碧如洗的天空。

我在这悲哀的梦境中醒来，眼角被泪痕绷紧。而逆光中，西施就坐在我的眼前，迷迷蒙蒙的身形，像谷雨时节遗落在水里的玉佩："你不用再告诉我，我已经知道了你的决定。你要和我一起去？"

"是的。你放心，我不会插手你们的计划。我只想远远地看着他，无论他是生是死。"我轻轻地从床榻上坐起来。外面是沉沉的星斗，斜月明媚地漏过天窗，洒在我的眉眼之间。

西施从袖子里取出一个朱砂色的瓷瓶，拔开瓶塞，倾倒出两粒药丸在我手心："是哑药。即使有一天你想走上去和他说话，你也将失去这个能力。从明天开始，我是施夷光，你是施夷明。我就是当年和他在钱塘江上偶遇的女子，你只是我的侍女。一个……默默旁观他的侍女。越国的国运也好，吴国的国运也好，大夫范蠡也好，吴王夫差也好，都和你没有关系。如果你选择旁观，这就是你必须领受的代价。"

我和我的妹妹西施在暗沉的内室里注视着彼此的眼睛。天色渐晓，更漏长长，时不我待。

两颗药丸划过喉咙的时候，一种啮咬青铜器般酸沉的感觉在口腔里弥散开来。五官都是相通的，我能听到那两颗药丸你追我赶地在食道里奔跑，奔向肠胃，渐渐在身体里陨落的声音。最终，身体被一重咸湿的海潮淹没，没过头顶，双颊滚烫，如同焰灼。

西施静静地看着这一切，最后把一面菱花镜递到我手中。我只照了一眼，它就跌落在尘埃里夭折了。镜子碎裂的声音如同挽歌。

"同样被剥夺的还有你的容貌，只有这样，你才能不被夫差发现，才能在角落里完成你的远观。你不可以靠近他。"

我似笑非笑地看着她。从那时起，我就知道自己的笑颜是怪诞、丑陋的。其实我很想问她这样做，是为了让夫差忘记我，还是为了让范蠡忘记我？但我终究没有问。

西施冷静地看着我，眼睛里有一种非常极致的幽怨。这幽怨从她被指派成为美人计的主角开始就已经产生并一直在酝酿发酵。她转过身去，慢慢地走过中堂，留下清冷的余音在回荡："已经过了五更，梳洗一下，我们要出发了。"

伍·红云飞过大江西

我和郑旦是在渡江的大船上认识的。她穿着一件樱色的襦裙，青翠的腰带上描着胭脂红的飞凤。她说："你真的是东施吗？我听说过你，大家都夸赞你们姐妹的容貌。"

我微微摇头，一笑置之。那时的西施正坐在舱内的船窗下遥遥地看着故国的江岸，在那送行的人群里，有范蠡的身影。我的容颜天翻地覆，连向来熟悉我的范蠡都未曾发觉，又何况素未谋面的郑旦？我当时并没有想到这些细节，只是隐约忆起，很多年前，也曾有一个男子，在江边目送船上的我远去，且都带着一种不复相见的悲壮。

"我家在鸬鹚湾，我是家中的独女。其实我曾经和邻村一个捕鱼的男子订过婚约。但是现在，什么都被改变了。"波心湿润，郑旦清瘦温润的面孔被一层带着哀愁的淡淡水雾笼罩着。其实这也是我一直以来对郑旦的印象，遗世独立，高蹈而舞。而这种桀骜的性格也必然使她无力分食夫差对西施的宠爱。

初入吴宫的那一天，莲花开至将阑，垂死的花朵孤立枝头，空气里浮动着回光返照的浓香。暌违数载的夫差似乎比当年更加意气风发。他肤色洁白，髯髯有须，领着众人在高高的宫台上接迎自彼岸而来的佳丽。我和其余的随行侍女站在广场上行礼，西施则与诸位美人款款拾级而上。她敛眉垂袖，夫差向她伸出手："夷光，是你吗？"

那一刻，他确定了她的身份，留下满阶粉黛在原地，只执着她的手向宫殿深处走去。

我在稠密的人群中兀自微笑，却无人能理解我这样一个丑陋的哑女笑从何来。

当晚阖宫歌宴，西施飘然踏入舞池献上一曲《飞雪》，她足踏木屐，踝系金铃，一时间铮铮琮琮流风回雪，席间众人皆赞这炎炎夏日里的幻像竟真如舞名一般飞雪北来。唯有老臣伍子胥慨叹："八月飞雪，暗藏凶兆。"但这样不合于夜宴气氛的良谏如微风吹过石面，连一丝涟漪都没有在大殿上留下。

此后的一个月时间内，姑苏台、馆娃宫、响屐廊、玩花池，纷纷拔地而起。侍女们窃窃私语，模仿夫差的口吻重复着他的原话："有凤来仪，一定要培植最好的梧桐给它栖息。"

陆·两山眉里笑簪分

入吴后，夫差第一次同我说话是在一个微雨的天气里。向晚的走廊上浮着水汽，波光粼粼的样子。他问西施何在，侍女回禀说正在沐浴。

他就在殿外等候。

我为他奉茶时，他突然饶有兴致地打量起我来，良久说："东施，我每次看你的眼睛时总会想起一些温柔久远的往事。我想，你前世一定是个美人。"

我闻言微微欠身，示意他谬赞了。西施沐浴向来细致缓慢，夫差坐了片刻就到廊上看雨。我立即撑了伞上前侍奉。

"你妹妹和你说过我和她之间的事吗？比如我和她是怎样认识的？"

我摇摇头。

"是很多年前在钱塘江上的一个春日。她撑着小船，船篷下是飘摇的布条。那时的她温柔沉默，像未开的山茶花，连呼吸都有着与众不同的美。当然，现在的她依然很美，只是带给我的感觉并不像当年那样直指人心，或许是时间改变了我们。"

在吴地八月旺盛的雨水里，我大胆地看着他。夫差并没有责怪我的僭越。或者那时浮现在我们脑海中的都是当初在草场上迎风狩猎的场景，因为这种湿润怅惘的记忆，他才宽恕了我的无礼。我折下一枝木槿，蘸着雨水在地面上写下一行字——美人难求，江山更贵。

书毕，内殿通传西施已熏香更衣罢，请大王移驾一同用膳。

雨晴后的清晨，我在郑旦宫中。西施让我带给她一盒胭脂，她用细长的指甲剜了一点儿搽在鬓边，色如红云。她在斑驳昏黄的铜镜中看着我说："西施城府深沉，不仅懂得取悦大王，还知道如何睦邻友好。你请她放心，我一天不和她争宠，就一辈子不会和她争宠。"

我在妆台上轻轻画下一个鱼形符号，示意她是否还想等有朝一日回到故国，和那个捕鱼的男子在一起。她笑着拉过我的手："东施，上天体察万象，公平待人，赐给女人的或者是智慧或者是美貌。你没有貌相无关紧要，因为对于宫中女子来说，识人心、解人意远比貌相重要得多。"

回宫后，西施站在大殿上注视着我："你对夫差说了些什么？"

她直呼夫差的名字后我才左右顾盼了一会儿。侍女们俱已屏退，大殿之上唯有我们主仆二人。或者说，姐妹二人。

我摇摇头。

"你说过的，你只会旁观，无论他是生是死你都不会干涉。"西施的声音像寒潭深处的水流，"因为你曾经这样说过，我才会冒着危险带你这样一个心向敌国君主的人来到这里。如果你违背誓言，执意如此，被毁灭的将不止是你的嗓音和容颜。"

我不知道西施究竟听说了些什么。或者是我在廊檐下用雨水为夫差写下的那一行字，或者是我赞成郑旦明哲保身的话，好搁浅大家苦心经营的色诱之计。

但这一切的一切，在西施心里也许只为一个范蠡。她只想尽早帮助他实现复国大业，这是当下的她可以爱他的唯一方式。

柒·素衣千载无人识

内帏的夫差和朝野上的夫差判若两人。

后宫之中的他是活跃而天真的，就像一个孩子，游戏带给他无穷无尽的快乐。他是君王，有为自己创造物质快乐的资本，锦衣美食，醇酒佳人。但我想，即使他生在寻常人家，他也一样懂得享乐，哪怕是朴素、节俭的快乐。因为他有一颗懂得快乐的心。

前朝的他坐拥天下，雷厉风行。江山社稷，黎民苍生，案牍如流水。西施也常常差人打探前朝的消息，回禀的下人说："大王在计划黄池之约，预备一举称霸中原。"

"夫椒之战与艾陵之战，大王已经两度获胜，不在此时稳固国本，反而急功近利，进军中原，欲夺霸主之位，实非良策。"这是老臣伍子胥进谏的良言。夫差闻言只是把头抬起来轻声回了一句："是吗？"

宰辅伯嚭在诸臣退朝后独自留了下来："伍子胥依仗自己两朝元老的资历，无视大王，苛责同僚，有失臣子体统。更一度由其门生散播谣言，污蔑西施、郑旦二位娘娘是越国奸细，有朝一日欲诛之而后快，恳请大王明断。"

夫差什么都没听到，他没听到宰辅伯嚭那些荒谬的栽赃，只听到了西施的名字。他也什么都没看到，没看到伯嚭被勾践的白璧、黄金收买，只看到西施逆着光，施施然地跨进朝堂，眉梢眼角印着泪痕，生生地喊了他一声："大王。"

赐死伍子胥的命令下达之后，百臣联名上书，请大王收回旨意。那时的夫差正在响屧廊下观看西施媚舞。这是她为夫差新编的歌舞，叫做《盛筵》，说的是一个三月的花宴，众人穿着新裁的衣裳在水滨折柳赏花，一片莺歌燕舞的景象。帷幔后的笛师迂回吹来，廊上的西施环佩叮当，廊下又是自清涧引来的山泉簌簌流过，夫差在这迷蒙玄幻的乐曲中一时沉沉睡去。上书的奏折抵达时，西施以不可惊扰大王酣眠为借口越俎代庖翻看了一眼，嘱咐侍从："让大王收回成命岂不是叫他自己掌自己的嘴？是你有这个胆量，还是我有这个胆量？"

侍从瞥了一眼花间沉睡的夫差，匆忙奔去，奏折举过头顶，一路直奔伍子胥的府邸。

西施回内室熏香更衣时，我在镜中对她摇摇头。

"什么意思？我的仲裁有失偏颇？你觉得是伍子胥不该死，还是我该死？"

我谦卑地低着头，只是迅疾地把熏笼上的樱花白鸟纹长衣取下来，为她罩上。

她突然伸出手捏住我的下巴："伍子胥身为两朝元老，心系吴国，直言谏上，他不该死。我施夷明是越国子民，身负国耻，深入敌营，我也不该死。该死的是你，一个患得患失、不知分寸，在道义和爱情之间摇摆的女人。你真的该死，你对谁来说都是一种灾难。"

西施狠狠地撇下我的脸兀自远去，木屐足音在廊上悠悠回响："大王今夜回他自己的寝殿休息，不用给他预备晚膳了。"

到了黄昏，突然下起雨来。西施的心腹密探回禀说刽子手同伍子胥有私交，迟迟不肯动手，现在伍子胥的府邸里围着满满的门客，只希望大王刀下留人。

西施从榻上懒懒地坐起来，望了望窗外的大雨，邪魅一笑："我敢打这个赌，再来一百个人上书，他伍子胥亥时也必然丧命。"说完，她又幽幽地看了我一眼，"我就拿你——曾经的我，在他心里的分量下注。"她说完就下了榻，毫无顾虑地回偏殿用膳去了。

我是冒着大雨一路狂奔到夫差的寝殿的，中途还跑丢了一只鞋子，脚掌拍过水洼，发出清越的声响。我不能让他杀了伍子胥。如果他是为了西施——曾经的我，去杀一个忠臣，他一定会背负千古骂名。有朝一日，他清醒过来，意识到自己的过失，一定会恨我。我不想让他恨我。我想让他的记忆永远停留在钱塘江上的春日，停留在草场上狩猎的岁月。那些简单的，由我陪伴他的时光。

女为悦己者容。夫差，我已经失去了为你而容的资格，我能留住的仅仅是那一段属于我们两个人的时光。

捌·幽鸟雨中啼不歇

侍女说我因为高烧而卧病在床的那几日，夫差来看过我。

我恍恍惚惚也能想起来。他拂开重重帐幔，擎着微明的烛火坐在我的床头。氤氲的面孔被描摹出明亮的侧脸曲线，殿外是一个被日光照得白茫茫的世界。他用手指来试探我额头的温度。他说："东施，你是一个很好的女子，我能感受得到。但有些命运是不可违逆的，我们只能拥抱它。"

他说完就轻轻起身了，我想去挽留他，就去捉他的衣袖。就像曾几何时在梦里所做的那样。但这意念并没有施行，我在昏聩中依然记得自己的身份，躁动的手只是停留在衾被里。

高烧起因于那一夜的大雨，我捧着群臣联名的奏折冒雨跑到他的寝殿，跪在地上恳求他宽恕伍子胥。那时已是戌时将尽，他的侍臣早已屏退。夫差穿着宽松的睡袍站在空荡荡的大殿上，窗外鼓进的长风吹拂着他的衣袂。他走近，向我伸出一只手："来，东施，起来。"

"还记得那天我同你说过的话吗？那天也是下雨的天气，我在廊檐下把我同西施相逢的经过说给你听。当然，有相逢就有相别，我们分别的那一天，我向她表明了我的身份。自此之后，她再也没有来见我。我在钱塘江上徘徊流连数日都没有再遇见她。我回到狩猎的草场等她，她也没有出现。其实我很想对她说，如果我拥有她的条件就是舍弃自己的身份，我是愿意的。东施，你相信吗？为了夷光，我愿意放弃一整片吴山。所以，她是我生命中很重要的人。伍子胥口口声声要为国家除去西施，可是我作为一个男人必须要先有当家的能力才能治国。如果我连自己爱的女人都保不住，不仅枉为国君，更枉为男人。"

我站在他面前，被雨水淋得湿答答的。雨珠顺着发丝和睫毛流遍脸庞。夫差伸过手来用温暖的衣袖为我擦拭，擦拭我这张丑陋的脸。他说："东施，我不知道我为什么会对你说这些。我只知道，你身上有一种非常莫名的气息在牵引着我。这是一种属于回忆的非常珍贵的气息。"

更漏响过亥时，夫差招人进来，赐下一柄宝剑，予伍子胥自尽。我茫然地看着那人捧着剑走进雨幕之中。远远地，仿佛还能听到剑刃划过伍子胥脖颈时的刀锋之声。那么清凉悲伤。其实伍子胥并非自尽，是我杀了他，带着一个男人赋予我的深爱，杀了他。

身体略好些的时候，我出来走动。咳嗽时心有绞痛，行走之中只好捧着。侍女们见状无一不嬉笑着说："看她的样子，奇丑无比还学西施皱眉捧心。人说'邯郸学步'，我看是东施效颦。"

可是议论最多的自然不是我的丑态，而是伍子胥的死。他们说，伍子胥临走前交代门生，一定要把他的眼睛挖出来置于东门之上，他要亲眼看着吴国灭亡。

玖·从此人间怨风月

黄池之约终究因为宰辅伯嚭的谗言而成行。纵然夫差以武力胁迫晋国最终取得主盟之位，但后方却有斩草未除根卧薪尝胆以求雪耻的越国乘虚而入。

勾践的大军直破姑苏台的那一天，我正在郑旦宫中听她絮絮说一些旧事，讲那个她曾在鸬鹚湾以心相许的男子。窗外天风动荡，残阳如血，仿佛预示着一场偌大的浩劫。其间，侍女前来回禀说越军已至，郑旦闻言微笑着拂袖，让她下去。侍女告退的那一刹那，郑旦突然一口鲜血吐了出来，溅在月白的罗衣上犹如繁花盛放。我仓皇地搂住她，抚摸着她的脸。因为失声，我也无法召唤侍女们回来。郑旦躺在我的怀里虚弱地说："东施，有时我真羡慕你。你这么爱夫差，为他舍弃诸多却从不后悔。我就没你这样大的胸怀。勾践选中我作为美人送到吴国的那一天开始我就一直怀疑他对我的爱，怀疑他在鸬鹚湾隐居捕鱼的那些年对我说的每一句情话是不是都是谎言？可是现在我想明白了，爱或不爱，从来都是我们自己的事，和他们无关。"

她缓了缓又说："鸬鹚湾的日子，终究是回不去了吧。所以，我只能带着肮脏腐烂的身体离开，也叫他生生世世都记得，他曾经亏欠一个叫做郑旦的女子。"

郑旦服毒自尽的时候，西施正在阁楼上画眉。她痴痴地对着镜中的自己说："越军来了，范蠡来了，他要来带我回家了。"她反反复复地念着这几句话，瑶琴宝瑟被她摔掷在地发出苍凉华丽的余音。她又随手扯落帐帷珠幔，它们一粒一粒地在地面上跳跃，像是颠簸着走向死亡。一时，画梁春尽，宫花潦倒。

范蠡最终如期抵达，他一进门就拉住我的手往外走："不管你变成什么样子，是丑还是美，是人还是鬼，我对你的爱都不会改变。"我看了一眼被付之一炬的夫差寝殿，挣扎着逃脱他的手，并把已近疯癫的西施交到他手上。她是我唯一的妹妹，用女子这一生中最绚烂的十年在帮助和守望他。和他一起回吴国是她最终的心愿，他必须达成，没有资格拒绝。

而我，在把他们推出熊熊烈火之外以后，当然还有我自己的事情要做。

我看到夫差站在高高的露台上，他在烈焰里朝着四面八方大喊："夷光，夷光。"

我恭着衣袖缓缓走近，他站在原地，像一个稚童一样怯懦地问我："东施，你看到夷光了吗？我在找她。"

我微笑着摇摇头。他失望地瘫倒在地上。我上前抱着他，轻轻拍打他的心房，我想告诉他，这最后一刻还有人陪在他身边。

他说："夷光当年也是这样一走了之的，可是后来她还是回来了，回到了我身边。东施，你说她还会回来吗？"

我冲着他点点头，他心满意足地闭上眼，像听着《盛筵》一样沉沉地睡去了。火势越来越大，急着吞并这个世界。它烧过阑干，烧过殿宇，烧过沉香的画栋，一直烧到我们的衣袖、袍带、皮肤、发丝和骨骼。

这一场盛筵终于到了散去的时候。

我是一个哑女，心有所想，但无法陈述，在那一刻，我真的有千言万语想对他说。我想他心里一定可以听到我的话——

夫差，如果你不是吴国的君王，只是一个普通人，那我一定会嫁给你，为你生儿育女，在相夫教子的寻常岁月里安然老去。

夫差，没有模仿不了的表情，只有模仿不了的爱情。这一生一世只有我那么深沉地爱过你，所以最后的最后还是让我来奉陪到底。

忘 川

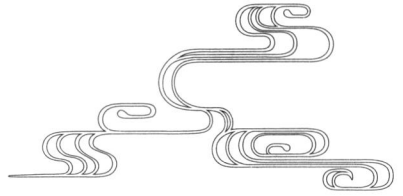

壹·涧户寂无人

婆婆的一头白发泻落在地面上，乍一看，会恍惚感到是月光流进了冥界。

细葶每天的任务很简单，就是帮婆婆把雪白的头发盘成一个高耸的发髻。婆婆用的簪子是一根朽木。细葶曾经也想帮婆婆打下手，帮她准备食材和薪火，或是用碧绿的棕榈扇子生火。但婆婆说不用，她一个人能应付得过来。婆婆还说这是她的工作，如果连这些事都要假手于他人，千秋万载的日子，要过得多寂寞。

细葶问过婆婆的年纪。婆婆说自己年纪大了，早忘了，改天去判官那里查一查生死簿就知道了。

婆婆忽然又问细葶："你下来的时候是哪一朝？"

细葶说已经到了明朝："只是，国运不济，如今江山早已不是朱家的了。"

婆婆掐指算了算："那我怎么也有一千八百多岁了。"她的目光落在了细葶的发钗上。那是一枝纤细的点翠云头钗。"就像这个，我们那时候都是没有的。"

细葶盘头的手停了下来，对着枯藤妆镜照了照，笑问："好看吗？"

"好看。"婆婆说。

细蕚说："这是他送给我的礼物，是江南的贡品呢。"

婆婆转过头来觑着她："这么宝贝？定情的信物？"

细蕚摇摇头："他的宝贝多着呢。金银财宝对他都不算什么。不过他送给我的，就是再小再不起眼，我也觉得很珍贵。"细蕚说他是皇帝。

婆婆的脸色变了，像骤雨前的乌云悄无声息地莅临记忆中的人间。

"怎么了婆婆？"

"没什么。我不喜欢皇帝。"婆婆冷冷地说。

"为什么？"

"帝王多暴君，平民如蝼蚁。"

细蕚认为这是婆婆的偏见。她说从古至今，执政者专制无道的虽不在少数，但也有亲和爱民的仁君："他就是个好皇帝。"

"那大明王朝怎么断送在了他手里？"

"这不能怪他……"

"够了。"婆婆急匆匆打断了细蕚，并命令她从速梳完发髻。戌时之前，她必须尽快煮好姜汤。戌时一过，鬼门关大闸一开，她就要开始新一天的忙碌，迎接一批又一批的过客了。

婆婆为人时姓孟，黑白无常他们都叫她孟婆。黑白无常的职责是逮捕那些在阳间逗留太久迟迟不归的魂魄，这种人生前倔强，逝后还是一样，对孟婆的善意常常回以推辞，迟迟不肯喝汤。黑无常的脾气比他弟弟白无常暴躁得多，这时就会拿令箭狠狠地敲上一顿："你以为你现在还是人啊，还有什么汤能把你给毒死吗？"白无常就劝他兄长："算了算了，这厮生前被红杏出墙的婆娘下了几次毒，早就吓怕了，也怪可怜的，你就别再打他了。"

婆婆笑了。细蕚正提着一桶忘川的水来洗碗，见状也笑个不停。

姜汤起效极快，黑无常强行给他灌下后，那一双眼睛便迷蒙起来："这是哪儿啊，你们是谁啊，我又是谁啊……"

细蕚没喝过孟婆汤，想来跟阳间的酒是差不多滋味的吧。

黑白无常架着那厮飘飘然走远了。桥上又只剩下了婆婆和细萼。

贰·来者复为谁

桥名奈何，水名忘川。作为来者，二选其一。

要过桥，就要喝婆婆的汤，喝完前尘旧事一概忘记，下了桥径直往酆都去，还阳之期便指日可待。如果坚持不肯忘记今生，那就只有投身忘川之水，如此，容颜腐毁，永世浸淫，百转千回，甘苦自饮。

细萼来的那一夜，人间下着大雨。她衣衫尽湿，胭脂也化了，点点滴滴洒落在白衣上，和血一样刺目。婆婆也着白衣，只是桥头的风让她衣袖飘举，仿若有光。她沉沉的嗓子说起话来如同石磨碾碎新米。她对细萼说："来啦。"

细萼点点头。

"倒春尤寒，喝碗汤去去寒气吧。"婆婆盛了一碗递给她。白瓷大碗，朱黄色的姜汤。"不过，我要跟你说清楚。喝完汤你就跟这辈子没关系了。再大的事也忘得一干二净。"婆婆拿一块柔软的麻布擦拭着那些刚刚洗好的碗。它们整整齐齐，重新陈列在条案上，像一个个蓄势待发的新生命。

"为什么？"细萼的眉头锁了起来。

"别一副幽怨的样子。我也没工夫给你解释。每夜人来人往的，我要都解释一遍，还活不活了？"婆婆顿了顿，又道，"当然了，在这里能遇上，大家都不是活的。你只要知道，这是规矩就行。人有人的规矩，魂有魂的规矩。"

汤碗递回到了婆婆手中，细萼向忘川畔扬长而去，像是寻找一个合适的位置。婆婆以为她还在斟酌，一回身，却只看到一条樱粉色的流线在忘川上猝然扬起，那是细萼白色的罗衣和衣服上鲜红的血迹交融在了一起。

婆婆袖中的一捆麻绳轻巧飞出，一下就把细萼缠回到了桥上。

"我跟你说了，这忘川的水很冷，而且泡在里面不用多久，你这张漂亮的小脸就全毁了。"

细萼笑了笑："没事，衣服本来就湿透了，再冷点儿也无所谓。至于脸，婆婆你知道人间的一种说法吗——女为悦己者容。悦己者既然已经往生，我的容貌再美又要给谁看呢？"

"往生？"

细萼说："是啊，比我早不了一个时辰。"

"那你可以放心了。今天来的，都是乖乖喝汤，没有一个投河的。"婆婆又将汤碗朝她身边推了推，"他既然放下了，你又何苦执着？"

"他为了忘记一切，必须忘记我，这是他的事。我记住一切，只为记住他，这是我的事。"那一夜的细萼站在奈何桥上凭栏远眺，双目炯炯，气质如风，没有一丝落魄之气。婆婆觉得她确实是个与众不同的姑娘。

"那你也别跳河了，留下来给我做个帮手吧。"

"可以吗？"

"当然不可以。不过再过几日是我的冥寿，酆都帝君届时会给我送礼贺寿。今年，我就卖一卖老脸，跟他讨了你这个小丫头做寿礼吧。"

叁 · 能忘旧日恩

酆都帝君统领冥界，人人以他马首是瞻。

婆婆却从不将他放在眼里："帝君怎么了，一样都是魂魄，都要在这暗无天日的地方待着。谁又比谁尊贵？"

对君主的仇恨，婆婆从阳间一直带到了冥界。一千八百多年前，她抱着丈夫分崩离析的一团骸骨站在酆都城高耸的阎罗大殿上，不卑不亢地望着前方黑曜石座椅上的缁衣尊者。

"牛头马面没跟你说吗？像他这样身首异处尸骨不全的，只能漂荡在三界之外做游魂，是没有资格再还阳了的。"酆都帝君口吐寒气，宽阔的台阶上立即覆盖了一层秋霜。

"大帝是在糊弄鬼吗？谁不知道我等草芥之命全部掌握在你的手里。只要你一句话，死灰尚可复燃，又何况是我夫君的一条性命？"婆婆那时候还很年轻貌美，她纤如春柳的手温柔地抚摸着怀中枯骨，像对待一个初生的婴儿。

判官大喝一声"放肆"。帝君摇摇手，示意他退下。

大殿空空荡荡，只余帝君和婆婆上下对望。

"大帝屏退心腹，必然是有悄悄话要同民女讲。"婆婆立即跪倒，"万望大帝明示。"

"聪明。"帝君捻揉着茂盛的胡须，"办法也不是没有。只是，还阳的名额是有定数的，要增加一个，就要减少一个，你明白我的意思吗？"

"把我的机会给他？"

"没错。"

台阶上的白霜越积越厚，沉沉死寂之意也越来越浓。酆都帝君缓缓起立："我还有奏折要批，你再好好想一想，想明白了再……"

婆婆也站了起来："不用了，我留下。你快派人带他走，这种阴森森的地方，我一刻也不想他在这儿多待。"

就是这样，婆婆留在冥界，谋得了熬汤的差事。帝君在和诸位大臣议事时说必须要形成这种机制，让大家喝了汤忘了事再过奈何桥。否则多来几个婆婆这样的女子，只怕以后冥界的魂魄比阳间的人还要多。

细葶听得入迷，梳头的手不自觉地慢了下来。婆婆的房间里养了好几盆彼岸花，大红的花朵在夜色中贪婪地盛开着，红光映上了婆婆的脸。这张脸已经很老，但眉梢眼角的余韵让细葶对她青春时期的容貌展开了源远流长的遐想。

婆婆似乎很明白她在想些什么："我年轻的时候跟你一样美。那一夜看见你，我就好像看见了我自己，好像一下子就回到了一千八百年前。"

细葶将朽木簪子推入发髻，完成了全部的工序："恕我无礼，婆婆的丈夫到底遭遇了怎样的不测，为什么到最后险些落得个无法生还的下场？"

"这个事说来话长了。你这枝点翠钗不是江南的贡品吗？我就生于江南。那么，我就从江南说起吧。"

婆婆说，她的夫君名叫喜良。欢喜的喜，良人的良。先前的小半生，他们居住在桃红柳绿的江南，日子的确充满了喜悦和良善。直到有一天，抓壮丁的队伍涌入乡间。喜良个子高，首当其冲成为他们的目标。"为首的军爷告诉我，这次不是征兵，是去修建长城抵御外敌，不会有性命之虞。"

喜良自己也很乐观，他让她在家里等他，长城建成之日就是他的归期。她心情悲怆，满怀的凄痛丝毫不亚于送他上战场。她说长城绵延，十年八载还不知道能不能建成："若是我红颜老去，生满华发，你远道归来还能认得我吗？"

他说她是他最爱的妻子，他怎么会不认得她。

"我不在的日子，你要好好照顾好自己啊，孟姜。"

肆·安知沧海东

喜良走后的第一年，孟姜几乎每个月都会收到他寄来的书信。信中说，边塞风光绝美，恨不能与你共赏。孟姜无奈一笑，想他苦中作乐，倒也宽慰不少。第二年，通信频率改为春夏秋冬一季一次，说是务工劳顿，无暇提笔，望她切莫怪罪。第三年，一直到年末才来了一封信，信中只字未提他自身的近况，只不断问萱堂嗽疾旧症入冬后是否发作，问她秋后粮食是否丰收。断续说了很多，到末尾才问了一句"夜阑人静，念天涯人否"。

孟姜读毕，泪如雨下。

甫入腊月，天降大雪，听在外经商的乡亲说北边风雪更甚。

天寒地冻，孟姜却心急如焚。她当即做出一个决定——她要去找他。她点灯熬油三天三夜，缝制皮袄一套，收进包袱，踏雪出门。

从南到北，千里长路，她用一双脚走完。走到黄河的那一晚，两岸人家正在欢庆新春，乡民邀请她到家中喝碗汤。热热的姜汤涌入愁肠，所有的辛苦历历在目，但被一种温暖融化。她向他们打听长城的位置。他们说幽州很远，长城比幽州还远。

她就继续踏上了去远方的路，一直从冬天走到了春天。在稀薄的阳光里遥遥望见长城灰蓝色的侧影时，她再也坚持不住，恍恍惚惚地倒了下去。融化的春雪滋润着她龟裂的嘴唇，灼灼白日挂在头顶像为她指引的灯。她想，喜良啊，我来找你来了。

两个下山抬砖的工人路过时走到她身边，问她找谁。

她说喜良，范喜良。

二人表示自己初来乍到，并没有听过这个名字，不过可以跟早前的几批老工人打听打听。孟姜跟随他们来到长城之上，几经周折找到了一个中年男子，他是这些人里唯一知道范喜良的。他告诉孟姜，喜良死了。三年前的冬天就死了。临死前喜良写了几封信交给他，让他下山运石的时候分批寄出。下山运石是唯一寄信的机会。但喜良之前为了按时给她寄信，时常半夜偷跑下山，被监工抓住就会受到毒打。他们也想过逃跑，但脚上有镣，脸上有黥，到哪里都会被抓回来，那将会被打得更惨。喜良说他不怕死，他只是怕孟姜知道他死。他说孟姜是他的妻子，她正在江南等他回家。

站在绵延的长城上，孟姜的双眸被关外的风擦拭得异常明亮。她问那人，喜良的尸首现在何处。那人回答说修建长城者死伤无数，来不及掩埋，都压在了长城脚下。

"我们所到之处，皆是血肉之躯。"

迟到的死讯已经让孟姜奋力强压着悲伤和怒火多时，听闻此语，她再也无法自持，放声恸哭起来。凄厉长泣中，浓云蔽日，狂风大作。众人不禁停下手中的活计，将目光投向了唳如苍鹤的女子。她的眼泪一滴一滴落在脚下的石阶上，泪水蜿蜒淌去如千里寻夫的蹒跚来路。

"一大片长城就在那个时候倒塌了，脚下的那一段也裂开了，如山尸骨曝露在青天之下。我一一翻看，仔细辨认，终于找到了他。他们问我凭什么确认，我说喜良幼年时候用功写字，右手拇指骨骼微微旁斜和别人不同，我不会认错。"

她是他最爱的妻子，他是她最爱的丈夫，他们不会不认得彼此。

她打开包袱，取出皮袄，小心翼翼地把破碎的骸骨包起来，搂在怀里："喜良，我来了，我来带你回家了。"

那一天，统一六国的始皇帝恰巧到工地上来巡视，举国征丁大建长城正是出自他的旨意。他走到孟姜身边，端详她的美貌，说逝者已矣，生者节哀，并问她愿不愿意随他进宫，做他的妃子。

她冷笑道："贱民死不足惜，难得我王抬爱。黄泉路上，我必然为您祝祷——祝你奢望的千秋霸业只能是昙花一现的王朝。"说完她就抱着骸骨飞快奔向最高的那座烽火台，纵身一跃，化作春泥去。

伍·锦衣馀翟茀

"原来婆婆你就是孟姜女啊。"细莩沉浸在故事里，有点儿难以置信。

切好的姜丝落入漆黑的铁锅里，浓汤滚水，辛香扑鼻。婆婆盖上锅盖："听起来，世间还在流传着我的故事。难道一直就没有新人取而代之吗？"

细萼说人间从来不缺传奇，只是有些故事太瑰丽而微微有些失真，让人怀疑不过是书生的臆造。细萼说："先帝曾经带我们游览长城，即便是亲眼看到你当年哭倒的那一段，我都还坚持认为是天灾所致。谁能想到有今天，可以和传奇中的主人公在这里相逢。"

婆婆笑了："说得好像我们一起守着这鬼地方倒很幸运似的。"

婆婆听她说"先帝"，以为她是崇祯朝的后妃。细萼连忙摆摆手："折煞我了，我只是个小宫女而已。"

具体是哪一年进宫的，细萼已经记不太清楚。但她可以确定的是，她第一次看到小剪子是一个媚人的春日。那时候她被分派在南薰殿当值。南薰殿门前有两株高高的杏树，南风摇漾，花瓣飘落如霰。细萼就负责清扫那里的落花。她看到一个人负手在树下看花，就走过去请他让开一点，不要妨碍她做事。

那人上下打量了她一通，问她是不是新来的。

细萼见他器宇不凡，又听他这么说，怕是冲撞了什么大人物，可见他也不过与她一般年纪，眉目清秀，稚气未脱的样子。踌躇之中，便避而不答。

"你叫什么名字？"他问道。

"细萼。敢问您是？"

"我是宫……"

"公公万福。"细萼微微屈膝。

他低下头去想了想，说："你叫我小剪子就好了。"

细萼才把花瓣堆拢到一起，一阵风吹过，就又撒了薄薄一层。小剪子说南薰殿是册封皇后前预备金册金宝的地方，平时少有人来往，就劝细萼一起到旁边的宫阶上坐一会儿。小剪子问细萼，是不是在宫女眼里，宫里除了太监就没有旁的男子了。

细葶托腮，说倒也不是，宫里还有大臣，还有王子，还有皇上。"再说了，太监也不算是男……"对上小剪子的目光，细葶咽回了剩下的话，顾左右而言他，"只是，太监确实多，也确实厉害。"

"是太监厉害还是皇上厉害？"

细葶立即以嘘相噤："阿弥陀佛，当然是皇上，你这话被别人听去可是要掉脑袋的。"

小剪子笑了，起身拍拍衣服上的灰走了。此后他隔三岔五就会到南薰殿来找细葶闲谈。他对细葶说他是偷工出来玩的，叫她不要对别人讲。细葶与他早已混熟，也不客气，把扫帚向他跟前一杵："既然你丢下自己的功夫不做，那就帮我扫地吧。"

过了一阵子，细葶从同伴那里听到了消息，说是近来有很多弹劾魏忠贤的奏章，教习姑姑非常害怕。"他们俩虽无对食之名，但私下已然夫唱妇随。姑姑怕魏公公一旦失势，她就真的要受到牵连了。小剪子，你有没有听到过什么风声啊？"

小剪子笑笑，说皇上宅心仁厚，魏公公又吉人天相圣眷优渥，暂时不会有什么变数的。

细葶问什么叫"暂时"。小剪子讳莫如深，说没什么。

入秋后，小剪子来得不及往常勤快了，而传言却愈演愈烈，说什么谏言如山，满朝色变，唯皇上怜恤老臣，不为所动。细葶想，这个皇上，要不然就是昏君，要不然就是孬种。直到后来，又听说海盐县有个贡生上书，字字泣血，句句雷霆，将魏忠贤的十大罪状一一列举。欲擒故纵，声讨到了巅峰，皇上的逆鳞也终于被刮痛了。先是答应了魏忠贤的辞爵请求，后又将他贬去凤阳。谁知魏忠贤死不悔改，离京时居然携兵千人，驾车数十辆，前呼后拥，大摆排场。皇上一怒之下又下旨捉拿他回京。

魏忠贤于驿馆自缢的第二天，姑姑也投井而亡。细葶在接二连三的变故中还没回过神来，就接到了养心殿的传召。皇上的近身老内监一边领着她往里走，一边回过头来小声叮嘱："小丫头，别想着攀高枝儿，小心承乾宫那位要你的命。"

细萼唯唯诺诺地应着，进了门，一抬头，见簪金佩玉一身明黄的小剪子正在暖榻上首坐着，手里剥着贡柑："来得正好，快来一起吃啊。"

陆·草木尽焦卷

小剪子想封她为妃，细萼害怕。她说南薰殿促膝长谈好像还是昨天的事，东厂辉荣也犹在眼前，这紫禁城里风云突变，斗转星移，她不敢受用额外的福分。小剪子笑了笑，喂她糕点。她怯怯吃了些，复又问道："你以后大概再也不会到南薰殿找我玩了吧？"小剪子没见过她这么有意思的女子，大笑起来。

思虑再三，他最终没有封她做妃子。这既是尊重她本人的意愿，也是看前车可鉴——毕竟历朝历代，后宫宫女擢升为妃嫔而能得善终者屈指可数。况且皇后虽大度，可贵妃心性擅妒，他忙于前朝，恐怕难以时时庇佑她。

小剪子就把她召到身边服侍，去围场狩猎，去京郊避暑都要带着她。有时候，他们不约而同地怀念起南薰殿的日子。小剪子就不准任何人伴驾，与她单独在南薰殿外待上半日。细萼淡扫蛾眉在花树下扫地的样子胜过后宫所有的佳丽。细萼曾改口称他圣上，但他坚持让她叫他小剪子。细萼问为什么，他从她身后搂着她说："圣上显得生分，但皇帝名讳你又不敢叫。"

"我敢啊。朱由检，朱由检，朱由检……"

小剪子被她喊呆了，待到回过神来想去捉她，细萼早已跑得没影了。

后来也是在一个春日，小剪子带她去看长城。走到其中倒塌的一段，他们都想到了民间的传说。小剪子忽然惆怅地问她："哪一天,朕要是死了,你也会哭得像孟姜女那样伤心吗?"

细葶说不会。小剪子敲了她一记:"到现在还没学会那些'皇上万岁万岁万万岁'的官话也就罢了,居然连眼泪也不会流吗?"

细葶有点委屈:"我来不及哭啊。你死我就死。一天,一个时辰,一炷香,一盏茶的时间都不会多待。"

小剪子怔忡了一会儿,一把将她揽在怀里:"成由勤俭破由奢,朕自问算得上勤勉节俭,甚至宫中都罕见宴乐,怎么大明的江山就没有半分起色?南薰殿走水,那两株杏树都被烧毁了,朕以为是不祥之兆,恐怕这一天就要来了。"

他搂得很紧,细葶几近窒息,没法安慰他,却又听他说:"下一世再不投生帝王家。我们竹篱瓦屋,耕田织布,我要你给我生很多很多孩子,享用这一生没有尝到过的清福。"

李自成大军攻入京城的那一日,小剪子很早就坐到了细葶床边。细葶见他换上了初见时的那套便服,问他是不是要出游或私访,说罢就要下床梳洗伴驾。小剪子拦住了她:"天还没亮,外面的路还很黑,你再睡一会儿,朕只是外出走一走,去去就来。"

"那你来找我是有事要交代给我吗?"

小剪子抚摸着她光洁的额头:"没有,没什么事。虽然很快会再相见,但还是想过来郑重地和你道别。"

当天,小剪子在煤山的一棵古槐上自缢。前朝重臣,后宫嫔妃,以身殉国者不计其数。他们依次被文人载入史册,流芳百世。

细葶只是个不起眼的宫女,没有光照千秋的待遇。她也不计较。她不计较荣华富贵,不计较名誉身份,她只是对他先走一步这件事耿耿于怀。

"婆婆,你说我要是跟他一起下来,他还会喝你的汤吗?"

柒·千里远相寻

　　婆婆没有答案。她说她自己还有很多未能解开的谜题，比如喜良这一世在人间的身份。细萼说知道了又怎样，他轮回了这么多遍，早已忘记了一千八百年前的恩爱。婆婆俯瞰着桥下汩汩的忘川流波，说："是没什么用，但就是想知道他过得好不好。愚衷而已。"

　　"生死轮回是天机，能有办法知道吗？"

　　婆婆说有。

　　七月十五日是冥界庆典。当晚，鬼门关大闸不开，众魂一律延期入内。同时，酆都帝君在阎罗殿设宴，阴间上下悉数到场，庆与大地同庚，祝与玄黄共寿。此夜，婆婆华服加身，细萼也薄施脂粉，祖孙二人作为全场难得的女眷，在众目睽睽之下徐徐步入大殿。香风拂送，满座未饮先醺。

　　帝君右手边的席座虚位以待，就是恭候婆婆的到来。细萼想起婆婆曾经对她说："你以为他留我在这里，真的只是控制还阳的人数？在阳间，始皇贪好女色；在冥界，帝君也是一样。滥用权力满足一己私欲，没什么不同。这就是我从不把帝王放在眼里的缘故。"

　　这一夜，婆婆和细萼按计划行事，给判官灌了很多酒。他烂醉如泥后，细萼扶他回内司休息。在那里，她找到了生死簿，也找到了喜良和小剪子的今生。

　　婆婆见她回来后脸色不好，已经猜到了三分，细萼细细一说，果然算是噩耗——喜良的妻子沉疴在身，但他们夫妻感情甚笃。此刻喜良正载着妻子从江南往京中去求访名医。只是，舟车劳顿，妻子在瓜州渡口就丢了性命。喜良悲伤欲绝，却还是决定带她北上。他早就听说黄退庵有"黄金圣手"之名，可以起死回生。不见到他，他绝不相信妻子已经病逝的事实。

　　婆婆颤抖着握住凤头拐杖，嗓音急促而沙哑："然后呢？他呢？"

"次日酉时，马车在山道上遇到了强盗打劫，他为了护佑妻子遗体，和贼人搏击。势单力薄，抱着妻子又十分不便，很快摔下了山崖……"

婆婆双目紧闭，慢慢地转过身去："他亡妻的魂魄恐怕已经上路了吧。"

"今夜闭关，还在鬼门关外。回天之力尚有，不知婆婆你是否愿意一试。"

鬼门关从来只进不出，但这一次，细萼持着婆婆充满灵力的朽木簪得以逆天而行。她要返回阳间，化腐朽为神奇，改写喜良夫妇的命运。鬼门关外的幽魂们瞪大了眼睛看着她化作青烟自闸缝中挣脱又反向往顶端飞去，顿时喧哗不止。而所有冥官，包括鬼门关的城门守卫都还在阎罗殿上把盏言欢，彻夜豪饮，没人会听见他们的声响。

到了瓜州渡口，细萼一闪而过，俯入喜良妻子的躯体。他的眼泪清清凉凉地落在了她的指尖。

"我们不要改走山路，就沿着江水往前绕，慢就慢一些，就当是外出游玩，我撑得住。"

见妻子又醒了过来，喜良又惊又喜，连连应诺。细萼撩起船窗，见窗外星斗漫天。喜良不断地告诉她江畔的地界——已至彭城，已至济南，已至沧州，即将抵达京城。

细萼侧过头去，望着男子深情的眼睛。她想，他这一世一定是来还一千八百年前的恩情的。他也一定能在冥冥中感受到，这从南到北的千里长路，曾有一个人用双脚为他走完。

捌·归燕识故巢

可婆婆和细萼都失算了。次日酉时，大风忽至，雷雨交加，巨浪如山。

喜良夫妇和那一叶小舟俱沉入江底。站在茫茫的江岸上，惊魂未定的细葶想起了民间的古话，"阎王要你三更死，岂能留人到五更"。原来天机早有定数，绝非人力可以更改。

京城的灯火已然在望，细葶还是决定去看看。那个叫黄退庵的神医，据说他方及弱冠就已名满都城。他大隐于市，在中庭种了两棵杏花，坊间谓之"杏林仙人"。细葶站在杏树下，见他白衣素履，纤尘不染，眉目清洁，皓雪之质，举手投足之间与前世情状和而不同——既隐约留有皇家风范，又平添了一丝散人的缥缈之气。

他手执笤帚，清扫着堂前落花，扫一会儿就朝门外看一看。细葶走到他身边，含泪摸着他的脸："你是在等我吗？不过我来不及了。出于私心走这一遭已经对不起婆婆，要是回去得太迟被发现就更加糟糕了。"

日光从云间洒落，雨后的好天气里，有人独立。她黯然神伤，却只能临风飞去。

回冥界的路上，细葶见鬼门关外有一对男女相拥而泣，仔细一望，正是喜良夫妇——鬼门闭关为他们在九泉之下提供了重逢的机会。

等到大闸拉开，他们一路并肩前行，巍巍上了奈何桥。在桥上，他们遇到了一个老婆婆。她送上了两碗姜汤，说喝完之后，记忆消散，重新做人。

那夫妇二人十指紧扣，决计不从。

"那你们就从桥上跳下去吧。这条河叫忘川，水很冷很冷。"

男子搂着妻子，铿锵笑道："只要在一起，再冷也可以。"

一直垂首一旁的老婆婆这时抬起头来，老泪纵横地望着他："若是我红颜老去，生满华发，你远道归来还能认得我吗？"复又说，"以前你都是毫不犹豫就喝下去的，可见这辈子你一定很美满。既然这样，那你们走吧。来世，你们还做夫妻。"

喜良不知所措，听她这样说，躬谢一番后，携着妻子懵懵懂懂地往酆都去了。

细葶揉揉湿淋淋的眼睛也走到婆婆身边，她要把朽木簪还给她。婆婆接过来却为她戴上："婆婆老了，做不动了，也终于等到了他拒绝我的这一天。现在婆婆圆满了，也该走了。你帮婆婆盛一碗姜汤好吗？煮了这么多年，自己还从来没尝过。"

热热的姜汤涌入愁肠，所有的辛苦历历在目，但被一种温暖融化。

"为寻找那个人，踏上了山遥水远的旅程。为记得那个人，我献上了永生。值得不值得，你我心中自有一杆秤。"这是婆婆对细葶说的最后一句话。从此，细葶接了她的班，成为了又一代孟婆。

在细葶当孟婆的日子里，每隔一段年月，就会有一个人走到桥上，与她凝眸良久，似是故人。如果婆婆临走前不把这个秘密告诉她，细葶大概永远都不会知道，当年的小剪子在桥上曾与婆婆周旋许久。他既想忘掉帝王身份，又想记住一个叫细葶的女子。他想不通这汤到底是喝还是不喝。婆婆听罢，仰天一笑："若是别的理由，老身只冷眼旁观，不过能帮你卸去帝王身倒是功德一件，我就助你一臂之力。这汤，你喝半碗留半碗，能不能记住她，就看你自己造化了。"

几乎可以想象出他当时犹豫的模样，细葶看着眼前人，不禁笑出了声。

河畔的彼岸花岁岁年年常开不败，桥下的忘川水浩浩汤汤流淌不息。

她要厮守着忘川的河波，她要永远永远地记得。细葶深知他还会出现，便也不再觉得寂寞。

青冢

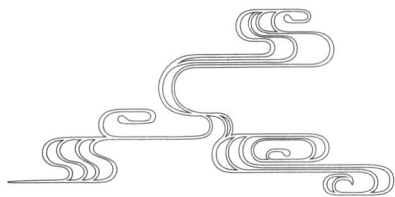

壹·雪岭未归天外使

　　这种在草原上随处可见的红斗篷是宁胡阏氏带来的风尚。

　　很久之前，牧民们的斗篷都是白色的、黑色的、灰色的。宁胡阏氏刚来的那一天，大家一眼就看到了她。因为她骑着一匹白马，怀里抱着一面琵琶，披着一顶猩红色的斗篷，在蓝天的映衬下，像是从画中走出的人，显得非常不真实。

　　她步入单于为她新造的那座帐篷里，一待就是十天。她没有去拜见颛渠阏氏，也没有会见任何王族宗亲，她只是在草原上最华丽的帐篷里弹了十天十夜的琵琶。十天后，她披着她的红斗篷走了出来。她看到不远处有个画匠在画她。她走了过去。

　　"你在画什么？"宁胡阏氏的声音是清冷的，像积雪在融化。

　　"没画什么。"小画匠把画挡了起来。

　　"你在画我？"

　　"不，我只是在画您的斗篷，虽然我也很想画您，但我知道那是种冒犯。"小画匠说他是草原上的女人们雇来的，要画一个斗篷的样子给她们拿去参考。

　　"大家都很喜欢您的斗篷。"

　　小画匠的笔到了宁胡阏氏手中。她蘸了蘸朱砂，寥寥几笔就极为传神地画出了斗篷的样子。"让她们做的时候稍微改改样子，我不喜欢别人和我穿得一模一样。"

宁胡阏氏再次回到了她的帐篷里，琵琶声又响了起来。

小画匠站在太阳底下，对阏氏的画作保持着惊艳的神色。

后来，大家都知道了。新来的宁胡阏氏不光是琵琶圣手，同时在绘画上也颇有造诣。他们以为这种艺术上的天赋和她的美貌一样，是与生俱来的珍宝。

但只有宁胡阏氏自己知道，二十年前，她什么都没有。没有琵琶、没有斗篷，甚至没有常人的健康，只有一根多余的六指。

贰·星沉海底当窗见

宁胡阏氏最早的儿时记忆和雪也是密不可分的。那漫天遍野的雪，比白茫茫的大草原还要厚，还要白。她很冷。她用女童纤细的嗓音询问石门后的青年男子："师父，我们可以生一堆火吗？"

师父缓缓地从里面走出来。他穿得极单薄，仅仅是一件白色的苎衫，走路时，袖子还会随风飘动。她眼看着都觉得冷。

"你冷吗？我以为你不怕冷。"师父说她当初被一个破烂的襁褓潦草地裹了裹扔在深山雪地里，他捡到她时，她却一直在笑。他想不出她现在怎么会怕冷。

师父没有理会她的请求，只是把琵琶抱给她，说："弹吧。"

雪又下了起来，像个说故事的人喝了一杯茶又继续讲述。从洞口望出去，那玉树琼枝的世界好像比山洞里还要温暖一些。天气寒冷，琵琶弦紧绷而青涩，缓慢悠长的《出塞曲》恰好产生应景的沧桑、凄怆之感。

她问他："师父，它为什么叫《出塞曲》呢？"

师父说这是他梦醒后写下的一支曲子。旋律在梦中回荡，像雪花轻轻地落在睫毛上一样，和他产生了无名的缘分。梦中有个女子，骑一匹白马，抱着琵琶，在去往边塞的黄尘古道上弹着这支曲子。大风吹动着彤云，像是有一场大雪即将来临，可低垂的暮色里已经有了疏落而寂寥的星辰。琵琶声在旷野上飘过，而她是这哀乐的唯一听众。

　　师父说着说着，眼底浮现出寂寥之色。

　　她问他："这位女子一定很美吧。"

　　师父说："她穿着斗篷，只留给我一个背影。不过，这并没有什么妨碍，她毫无疑问是美的。"

　　她有些伤心起来。月亮把冰层照得很亮的夜晚，她以之为镜，俯身窥探自己的容貌。她还很小，五官还看不出未来的长势。只是，手无疑是丑陋的。但是这第六根手指也值得她感激。因为没有它，她的父母也不会抛弃她，她也就没有机会认识师父了。

　　师父安慰她："对别人，它也许是累赘。但假如你是个琵琶手，这根手指就是你独一无二的资本。"他断定它会帮助她在一帮平庸的乐师中脱颖而出，展示这个"特殊武器"带来的超凡功效。

　　她在山里弹了十几年的琵琶，师父在山里画了十几年的画。她也曾向师父求教过丹青之道，但只是闲暇取乐而已。师父说她的使命是好好弹琵琶。

　　又一年冬天到来之际，她在雪地里弹琵琶，弹到高潮部分，四根琴弦齐齐断裂。本来在巢穴中安眠的飞禽仓皇离去，积雪从高高的银杏枝桠上坠落，冰层有了分裂的迹象。

　　师父说："大功告成，我们可以去长安了。"

　　师父随手折下一根树枝，树枝起了火。他向他们生活了十几年的山洞扔去。她的眼泪簌簌落了下来。她想，真的要这样吗？一起生活过的痕迹一定要被付之一炬吗？

　　她不知道长安是什么地方。

甚至在离开那座山时，她才知道，她的成长之处叫做秭归。

叁·残宵犹得梦依稀

　　从秭归到长安，说远也不远，但是他们走了整整一个冬天。有时乘马车，有时坐船，有时就只是徒步。她不知道他们此行的目的，但从师父的神态来看，他就像游山玩水一样，因为有好几次他们还中途折返，只因某一处风景让他尚未尽兴。

　　在丹水的那一晚，脚程已过半。他们入住丹水边上的一家客栈。纯木结构的客栈里空空荡荡，檐下的灯笼晦暗不清，老板娘在柜台后面绣花，小二给他们上了牛肉和烧酒也就下去打盹了。无人说话，唯有江边冲寒怒放的朱砂梅传来一阵阵冷冽的清香。

　　吃完了饭，师父嘱咐她早些休息。

　　她和衣而卧。外面的月光很亮，广阔的夜幕上没有一颗星辰，竹帘之影丝丝分明地投影在墙壁上。这条江并未上冻，江水滔滔很容易让人想起往事。

　　她想起自己第一次弹琵琶时的情景。那时，她的身量也不过就比一把琵琶稍稍高那么一点儿。师父说："弹吧，弹得好与坏都没有关系。只是，如果弹不好，就要把你多余的那根手指砍掉。一个女子，已经没有才艺，就不能再没有美貌。"她吓得哭号起来，自此发奋练琴，终于不负所望。

　　她又想起第一次月信突至的夜晚，血染衣褥，她再次被吓哭。师父走过来，抱了抱她，给她烧了一桶热水，让她沐浴净身。次日，师父用花枝和藤蔓为她单独布置了一间闺室。他说："从今天起，你就是一个女子了，要有一个属于自己的房间。"她环视着被烛光照成浅绛色的美丽房间，却怎么也高兴不起来。师父这样做，和山中鸟雀驱赶成年的子女离巢有什么分别？对她来说，不能共处一室就是离开了师父。

离开秭归前，她弹断了师父的琵琶，很是歉疚。师父却向她致喜，并且用檀木和紫竹重新为她制作了一面更精美的琵琶作为出师之礼。他说："如果有一天，我不在了，你看到这把琵琶就会想起我。"她很生气，问他为什么要说这样奇怪的话。他说世上因缘来去，总有散席之时。

想着想着，她就累了，终于睡去。留下朔风孤独而苍劲地刮过头顶的瓦片。

半寐半醒之间，她听到"吱吱呀呀"的开门声。她说："师父，是你吗？"

来人很快蹿到她面前捂紧她的口鼻，用麻袋套住她。这个时候，她一点儿也不在乎自己的性命，只是担心师父——这帮人会用同样的方法对待他吗？

对方的手松了，她揭开麻袋，发现自己的担心完全是多余的。

白衣萧萧一尘不染的师父头一回让袖口染上了血迹。他画画的毛笔直直地插入毛贼的头颅。也许毛贼根本没有想到会有灭顶之灾，因此脸上还挂着一副得逞的表情。她仔细辨认，原来是那个看似自由散漫的店小二。

外面的楼梯上踢踢踏踏响起一阵脚步声，听来少说也有数十人。寡不敌众，她以为她和师父就要命丧此地，师父却一把掀起竹帘，抱着她向外纵身一跃。大风吹起他们的衣衫，好似落花的花瓣。

这是一家山腰上的黑店，栈后就是茫茫的丹水。她伏在师父的肩头，看到以老板娘为首的那一伙人趴在窗边，冷眼旁观着失手的肥羊葬身鱼腹。

可是，到了水面上，师父却如履平地般抱着她在江上行走，甚至连衣袂都未被江水浸湿。他只是轻声对她说："月光太亮，太刺眼，用手帮我挡着点儿。"

她依言照做，并听到老板娘在远处尖锐地叫着："妖怪，妖怪……"

肆·若是晓珠明又定

师父说："她说得没错，我是一个妖怪，是一只狐狸。如果你害怕了，你就走吧。"

她说："我不害怕，我只想知道你为什么要杀人？"

师父似乎觉得这个问题很可笑，而笑容里又渗出一种难以名状的凄凉："二十年了，你在秭归的深山里没有见过一个人，现在你见到人了，就顺理成章地站到了你的同胞那边？"

她说："我没有站到谁的那一边，我只是想问你为什么要杀人？"

师父说："你不杀人，人就杀你。就这么简单。就像二十年前，我的父亲母亲只是出门为我觅食，他们一点儿害人之心也没有，却被箭射死了。肉拿去烹煮，皮留下做越冬的大衣。这就是无辜者无从挑选的命运。"

师父用冰冷彻骨的江水洗了洗手上干涸的血迹，沉声对她说："仇人就居住在长安的宫殿里。我要去取他的性命。如果你这么厌恶杀戮，大家就不必同行了，就此分道扬镳吧。"

月亮之下，她与师父静静地对望了片刻，终于在他的目光里黯然远走。她没有回头，他也没有挽留。北风吹着雪后的竹林，江水也波光粼粼。

又过了半月有余，长安的梅花开遍天街，师父在城门外的一树白梅下看到她。日光中飞舞着尘埃，她在树下向他挥手："师父，我已经提前赁下一幢老宅，你跟我来。"

师父有些恍然，四顾左右，立在原地。她径直走过来拉住他的手，穿越人群奔跑向前。

"像你赶路那般优哉游哉的速度，到了长安，我岂不是要与你露宿街头？这个房子的主人是朝廷命官，现在上了年纪，打算解甲归田回江南老家，我真是来得早不如来得巧呢……"

老官还乡前站在残雪庭院里，问他们从异乡来要如何谋生立足，毕竟长安这么大。她倒是很自豪："我师父画得一手好画，至于我，懂点音律。"

老官看了她师父的画作，大为叹赏，啧啧称赞，立即为他修书一封致御史中丞。很快，师父就被宣进宫中。在大殿之上，皇上问他姓甚名谁，师父说自己无父无母，无名无姓，小半生都与毛笔为伍，不如就姓"毛"吧。似乎是觉得他很有意思，皇上大笑起来，洪亮的笑声能震动梁上的细尘。

回去后，师父对她说："你也应该有个正式的姓名，这样才不会显得形迹可疑。"

她说她的命是他给的，琴是他授予的，姓名也应该由他来恩赐。

于是，师父就随手拿起树枝在雪地上写了几个字，好看的就留下，不好看的就划去。写完了，师父让她挑。她选了一个"嫱"字。嫱是后妃的一种，她当时并不知道这个字的含义，只是觉得它漂亮。若干年以后回忆起来，好像她的人生就在那一瞬间有了新的走向。师父说："名字有了，姓就随长安的大姓吧，王氏势力强大，当朝皇后就出自此门，以后若有求于他们，还可以借机攀附。"

"王嫱。"她喃喃念着自己的新名字，"那你以后就不会再叫我的乳名了吧。"

"乳名属于童年，在你及笄之时就该忘记的。"

她说："我怎么会忘记呢？就像你不会忘记你的仇恨。"她非常关心师父复仇的事儿，就问他有没有见到仇人。在她看来，居住在宫里的都是皇家贵族，绝非等闲之辈。

"见到了，只是暂时还没有机会下手。"师父说。

"你要小心。"她叮嘱他。

午日斜晕，苍白的日光铺在长廊的阑干上。师父问她："难道你不再质疑我的复仇之举，不再慈悲泛滥，不再怜惜那些刽子手的性命了？"

她说："我并不懂太多的道理和逻辑，我只知道我跟你生活了这么多年，你没有对我有所图谋，那你就不是一个坏人，所以我支持你的一切。"

伍·遮灯掩雾密如此

　　雪彻底融化，候鸟从南方的山谷中飞回。春来之际，她所向披靡的自信被摧毁。因为她发现，师父并不是对她毫无图谋，甚至，从一开始就已精密布局。

　　桃花在风中飘落如霰，她新谱的曲子快要弹完，炉中的香灰也渐冷，师父撩起绯红的帷幔："宫里要选拔宫女，不如你前去应选吧。"她以为如此一来能有更多的时间和他待在一起，就不假思索地答应了。初夏，她被选入掖庭，负责掌管宫人的户籍簿册，却发现彼此在宫中并无交集。她这份儿差事单调枯燥，闲来无事之时，她就会在窗边弹琵琶，希望师父听到琴声有意无意会走过她的窗前。可她等了很久很久，也没有看到他的身影。让她忧虑的是，宫女们和她相处得也不算融洽，她们常常私下议论她。有个同样从南郡来的宫女出于好心告诉她，说大家都嫉妒她的容貌，并且认为她弹琵琶是存有飞上枝头的妄念。

　　"你不知道吗？皇上最喜欢的乐器就是琵琶了，不仅睡前会让人在寝宫外弹奏伴眠，就连外出狩猎，也要带着琵琶乐队助威。这是他身为皇太子时就养成的习惯呢，宫中人尽皆知。所以她们觉得你狼子野心也就不无道理了。"

　　铅灰色的云层在头顶聚集，毫无悬念会有一场暴雨。

　　她站在宽阔的宫台上眺望南方。在遥远的南郡有个叫秭归的地方，在秭归的一座深山里居住着一个俊美无匹的男子，他对他一手带大的女弟子说："你的使命是好好弹琵琶。"她非常听他的话，一直沉默勤勉地学艺，却从未问过他让她弹好琵琶的初衷。她信任他，以至于只要是和他有关的事，她都不计情由。包括他让她学琴，包括他带她来长安，包括他说要杀人。

　　终于，她发现，她的存在只是他为复仇埋下的伏笔，或者说，她根本就只是他手中的一支笔。他的计划是一幅恢宏的图画，泼墨时以她挥毫如雨，画完了，恐怕就要弃如敝屣。

南郡同乡还告诉她，皇上确实有意在宫中挑选色艺俱佳的女子伴其左右，不过万乘之尊日理万机，他没有精力一一召见，会安排画师为宫女绘制肖像。"如果你真的想鲤跃龙门，不妨贿赂下毛画师，让他把你的姿色尽付笔端甚至画得更美，想来必定艳惊天子，今后你若宠冠后宫，看在姐妹一场的份儿上一定要多多提点我啊。"

她把手探入雨中。硕大的雨点儿砸得掌心微痛，提示她，这并非一场噩梦。她却像做梦一样醒了，回过神来，还给南郡同乡一个神秘莫测的微笑。

陆·金蟾啮锁烧香入

画像的那一天，风清气朗，满宫艳阳，高高的合欢树洒下斑驳的花荫，一整座掖庭都熙熙攘攘，衣香鬓影。除了在画师面前竭尽全力一展风情以求形神跃然纸上以外，大家都纨扇掩面，窃窃私语，议论着画师玉树临风的姿仪。

师父那一天看起来倒是有些心不在焉，不时从内室向外张望。她躲在人群之中，刻意回避他搜寻的眼神。掖庭令吩咐当值宫女关上门窗，并尖起嗓门驱赶众人："画完了就快走，没成为娘娘之前最好把手头的事儿给我踏踏实实地做完。下一个，王嫱。"

不施粉黛的她旁若无人地走了进去。内间焚着白芷，香味中弥散着一丝丝的阴谋之味。屏风上摇晃着细碎的日光，帐帷沉沉地垂着，也是满含秘密的样子。她单手整理衣襟，安静地坐了下来。

二人敛声屏气，四目交汇之时，已经交换了千言万语。

"就这样吗？你不用摆一个姿势吗？"师父问道。

"不用了。"

"不如把琵琶抱起来吧。"

她闭上眼睛，美如垂目的佛。"为什么我在你的声音里听到了一丝胆怯？你是心怀愧疚了吗？"

他低头，研磨，舔笔，勾线，渲色，良久回答一句："我不懂你在说些什么。"

"二十年师徒情分，只是为了有朝一日拱手赠与敌人。布下一个跨度这么久的高妙之局，它的始作俑者怎么会听不懂我的话呢？"

师父天生一双快手，言谈之间，画作已成。她走过去，只见画中女子蛾眉浅笑，媚动众生，想来面圣时一定会虏获龙心。

下一个宫女即将入场，她告退前走过师父身边，无力一笑："你抛弃了我，却认定了我不会背叛你，认定我会为了你肝脑涂地，是吗？"

师父没有回答，外间已传来宫女的脚步声和珠帘摇晃的回音。

柒·垂手乱翻雕玉佩

在皇上的钦点结果公示之前，她已经开始着手筹谋自己的余生。她会利用近身之便替师父弑君，接着，自刎谢罪。一者，皇上只是师父的仇人，对她来说是条无辜的性命；二者，她的命是师父给的，完成了他的计划，她就要还给他。自此，恩断义绝，两不相欠。

消息在她如坐针毡之时远远地传来了——她出人意料地落选了。那些一向对她虎视眈眈的宫女个个都手舞足蹈起来，尽管她们自己也落选了，却都来不及伤心，反倒急于抱团为她的败北庆功。南郡同乡来安慰她，问她是不是忘记在画师跟前打点。她佯装落寞，心里却是止不住的兴奋。

等到瑰丽的晚霞布满西方的长天，夜色将要包围长安城的时候，她一路狂奔来到了师父的画楼。

她脸上孩子般得逞的笑意是青山遮不住的云缕，她昂起头，向他示威，带着一股天真的挑衅。师父也忍不住笑了。他笑起来的样子比他冷酷的样子更好看。她忽然意识到，这是她第一次看到师父的笑容。

"我知道你不会那么残忍地把我送出去的，我有这个自信。就像你的自信一样。"

师父把他后来补画的肖像展开。她执灯一看，笑得前仰后合，原来那图上的女子斜眉歪眼，身材干瘪，一截枯藕一般。她笑着笑着又静下来，在灯光中注视着他："忘掉仇恨吧。你杀我，我杀你，杀戮来来回回，总有无辜殉葬的人，总有弱者会泯灭了善心从此执刀，久而久之，永无宁日。"

他点点头，问她是否还恨他，问她是否能原谅他曾野心勃勃的计划。

她说重要的是结果。她得到了一枚善果，也就不在乎这一路是如何走过。

可惜的是，这远远算不上结果。不久后，匈奴的呼韩邪单于来京觐见天子，自请为婿。皇上也不知道匈奴人的审美是何标准，就从上次淘汰的宫女中随意赐了一人与他为妻。不巧，这个名额不偏不倚地正好落在她头上。师父平复她的心绪，让她按兵不动，说等她离京之时，他自会想法子去路上劫她。他说要带她回秭归去，回山里去，他继续画画，她继续弹琵琶，再不与世事纠缠。

她泫然欲泣："真的吗？我们还回得去吗？"

师父微笑着摸摸她的头："一定可以的。"

皇上很快御赐了筵席，呼韩邪单于携她一同谢恩。她盈盈拜下，徐徐抬首，双眸如经长安六月的雨水濯洗过般明澈。皇上一见倾心，惊爱不已，却又见呼韩邪单于看着这位新晋的阏氏是一脸的宠溺之色，便知覆水难再收，佳人难再得。

他吩咐众人入席，又意味深长地传唤内监："今日汉匈联谊，实属百年难遇，这样的盛况当请毛画师妙笔生辉载入史册，才不负中原和边塞的万里山河。"

师父很快应召而来，行了礼就退至一旁作画。她旁观金碧辉煌杯酒琳琅的大殿和茕茕独立形单影只的师父，隐隐察觉出这两种景象相互碰撞而产生的不详戾气。

散席后，只见殿外一勾新月，天淡如水。众人再次向皇上叩谢，依次屏退。这时，却听龙椅上的人说了声"毛画师留步"，好似低沉而苍劲的龙啸。

她回过头去，发现他也正在看她。大家仿佛都感觉到了一场不可估测的别离。呼韩邪单于搂着她的香肩："走吧，皇帝与画师一定有要事商量。"

等到他们下了宫台，却听到身后传来隐隐的打斗之声。很快，一团白色的光如离弦之箭迅速突围，在辽夐的广场上飞奔而去。皇上一声令下，宫门前后的羽林卫纷纷张弩，那一团白光顿时陷入箭雨之中。她捂住嘴巴，心跟着他在箭雨中奔跑躲闪，同时祈佑上苍，一定要助他躲过此难。就在那团白光陷入目光企及不到的黑暗之中，她以为他逃出生天之时，她听到了那众矢之的发出了一声凄哀的狐唳。

她扑向那黑暗，大红的霓裳在暗中飞舞，宛如黑夜的伤口。

捌·梦为远别啼难唤

她抱着师父，像很多年前他抱起雪地里的六指女婴。

他洁白的衣服被鲜血湿透，他的身体在慢慢变冷。她的眼泪落在他干涸的唇上，它敏感得像惊蛰的蝼蚁触碰到了早春的雨水般微微张翕。

他睁开眼睛，轻声说："你不杀人，人就杀你。这是古往今来物竞天择的道理，你一定要相信。"

她努力点头，泪如雨下："我信，你说的我都信。"

他说其实他从来没有想过让她攀附王氏一族。他给她这个姓，只因它和"毛"在笔画上有一部分能重叠在一起。"毛"只是多出了半个框而已。他声音渐弱："那半个框就是我的怀抱，我想保护你，无论生死，生生世世都保护你。"

她紧紧抵住她的额头，泣不成声。

他握着她的手，说："时间不多了，我还想再问你一个问题。"

她频频点头，如莎草在风中颤抖。

"这辈子，你有没有喜欢过我？"

她还没来得及回答，他就开始缩小，缩小，再缩小，直到化为白狐原形。唯一不变的是那根箭，力道惊人，从前到后没入他的身体。

众人纷纷赶到，呼韩邪单于问她为何哭得这样伤心。

她说："没什么。我只是喜欢这只狐狸。我喜欢他啊。"

皇上说："既然阏氏这么喜欢，那就把它赐给你。"

半月后，京城最好的皮匠把白狐的毛镶在了一顶红色的斗篷上。它伴她穿过风沙，一路北行。黄尘古道上，她骑着白马，弹着琵琶，等他来接她回家。他答应她的，要带她回秭归，回他们最初的家园。然而除了送亲的仪仗，四周什么都没有。唯见大风吹动着彤云，像是有一场大雪即将来临，可低垂的暮色里已经有了疏落而寂寥的星辰。琵琶声在旷野上飘过，她是这哀乐唯一的听众。

玖·人生何处不离群

宁胡阏氏的红斗篷逐渐在草原上普及，呼韩邪单于也日渐老去。按照匈奴的规矩，他死后，宁胡阏氏要嫁给他的儿子，儿子死了，再嫁给孙子。失去了呼韩邪单于的庇佑，宁胡阏氏即便对种种屈辱委曲求全，却还是让有些人如鲠在喉。

有一天傍晚，宁胡阏氏牵着马在溪边饮水。溪水非常清净，马也喝得很尽兴。喝完了，她骑着它在天边漫行。忽然，她后方射来了一支黑羽箭，流矢刺穿烈烈长风追击而来的速度不亚于她在长安那一夜看到的景象。可这一切对宁胡阏氏来说都是未知的。

就在黑羽箭即将抵达她身体的一刹那，她的红斗篷翻卷了起来。它在大风中招展如一团蓬勃的火焰。火焰卷起火舌，生生卷住了那根箭。宁胡阏氏下了马，回望整座草原，却是寂寥无人，连来时的路都被茂盛的草遮断。

宁胡阏氏弯下腰，捡起这支箭，捧在手中。她又轻轻抚摸着斗篷上洁白的狐毛，像抚摸一场皎洁的初雪。

他说他要保护她，无论生死，生生世世都保护她。原来他真的可以做到。

又过了一些时日，怕她过分思乡，皇上派一个名叫雁姬的乐伎到草原上来陪伴她。时隔多年，宁胡阏氏再次听到母语十分高兴。她在帐中与雁姬喝酒、聊天，还亲奏《出塞曲》，将毕生所学倾囊相授。颤动的弦音里，她恍恍惚惚回到了秭归的大雪深山中，他也是这样坐在她身旁躬亲示范，教她转轴调音，按弹勾拨。她渐渐掌握技巧后，他就远远听她独奏，出了小差错，他一个眼神过去，她便能心领神会。再后来，她已经弹出名堂，他大可以放心地在她的琴声中作画。他把传说中怀抱琵琶的飞天仙子画在洞壁上，她们穿着朱红绣绿的衣服在风中飞舞，发髻上的璎珞琅环闪耀着熠熠的辉光。她抬起头仰望，期盼着有一天也能如画中人一样羽衣浩荡，十指流珠。

宁胡阏氏卓尔不凡的技艺和平易近人的笑容让雁姬颇为感动，她对宁胡阏氏说："奴婢在长安的乐队中身居首席，又以为自己姿色过人，就从没将任何人放在眼里。今见阏氏才色双绝，方知'山外有山，人外有人'，奴婢甘拜下风。"

宁胡阏氏在烛光中饮酒，眉眼间是年深日久酝酿出的慈悲。雁姬向她请教，为何一支普通的曲子能被她演绎得如此感人肺腑。宁胡阏氏搁下酒杯，垂着眼帘，她长长地呼出一口气，像从寂寞的洞穴里看到了化雪后灿烂温暖的春天，她说："并不是我弹得好，只因这把琵琶乃故人相赠，他说日后看到琵琶就等于看到他。"

雁姬到草原后一年，宁胡阏氏病故。雁姬按照她的遗愿为她挑选了墓穴所在，那是一片高岗，便于她瞭望南方。冢上遍布青草，它们在晚风中摩挲，为阏氏的琵琶之魂伴唱。碑上刻着匈奴人不认识的两个汉字。此后每一年雁姬去扫墓，看到这两个字都会想起阏氏病危时的场景。

宁胡阏氏把雁姬叫到床前，吩咐说，一定要把那件红斗篷和那把琵琶与她合葬在一起。

雁姬连连允诺，又问她该在碑上刻什么字，是写匈奴的名字，还是汉家的名字？她说都不要，只刻"昭君"二字便好。

她说，昭君是她的乳名，在她一生最欢愉的时光里，总有一个人，也只有一个人，在南方青翠的大山里遥遥地呼唤她："昭君，昭君。"

空帷

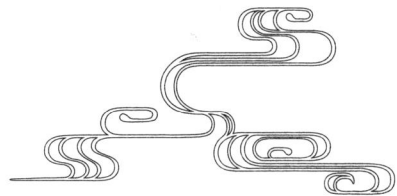

开幕·一春梦雨常飘瓦

上香的这位，是我的母亲。

尽管殿内灯火昏沉，我依然敏感地察觉到了她老去的迹象。这种衰老是她日夜使用的云母粉也无法抵挡的。由内而外，层层剥落，像是一瓣失去了水分的蒜头。

她的这身衣服是尚服局今日清晨刚刚送至的。朱红的、明黄的、湖绿的缎子，统统都是掩饰年龄的颜色。抹胸上绣着牡丹与蝴蝶，外裳则是她十年如一日所钟爱的百鸟朝凤纹样——娇媚绰约的莺莺燕燕在中心那只巨大凤鸟的映衬下显得无比孱弱。

她喜欢堆高高的发髻。实际上，她早已承受不了如山卷宗的压力，开始脱发。在巡夜侍卫疏懒打盹的夜晚，我常常会溜进她的寝宫，撩起重重帷幔，坐在她的床前默默地注视她，凝望她难得松弛下来的睡颜。她睡得那么沉，以至于我抚摸着她稀疏的长发她都无法察觉。花枝灯擎上的烛火辉映着她一起一伏的轻柔鼻息。我略坐一会儿，就提起裙脚，敛眉而出。宫门外是长安城亘古不变的月色，像潋滟的湖水一样涌遍大明宫辽夐寂寞的广场。

而从次日五更开始，她会用宫人们的发丝填充假髻，再度梳起巍峨的发髻。簪花，布钗，佩戴金臂钏和玉步摇，伫立人前又是那个无上荣光的尊者。

她所有的衰微只有我知道。她苦心经营以掩藏自己寥落的一面，可她瞒不了我。她瞒不了自己的女儿，她的公主，流言中她一手扼杀在襁褓中的安定思。

第一幕·麝薰微度绣芙蓉

我叫安定思。这个名字有点儿奇怪，我本人也不喜欢。它其实并不是一个名字，而是麟德元年我父亲给我追加的封号。

母亲更喜欢叫我安定。在这间单独辟出来供奉我灵位的内殿里，她是常客。她总是在上完香之后，独坐在西窗下，手持绿檀佛珠念念有词。

她说："安定，长安天街上的杨柳今年的长势很好，才降了一场雨，就绿了整整一条街。"

她说："安定，长孙宰相的侄孙刚刚过世了，你父亲想安排你下嫁。他很早就动这个心思了，要给你完成一场声势浩大的冥婚。我一直不准，因为没有合适的人家。现在这个虽然门第匹配，可你是知道的，长孙家族和我向来有嫌隙，你去了，未见得能安稳。"

她说："安定，又到我的生日了。一会儿要去含元殿，百官都在那里等着朝贺。其实我最怕的就是过生日了，又要老一岁，再多的热闹和恭维也还是要老一岁……"

话没说完，外面通传时辰已到。她起身拂了拂华衣上的褶皱，逆着早春二月疏淡的天色出了门去。

我也按捺不住，慢慢地走到外廊上。远远看到她在阑干外上了肩舆，一溜儿侍女执掌华盖和翠扇，遥遥行去。声息刚刚落定，后面九仙门外就响起喧哗人语，嘻嘻笑笑，不绝如缕。我不用仔细分辨也知道，这是母亲那一头的外戚——外祖母、姨娘和表姐妹们。在这六宫禁苑之内敢如此放肆的，除了他们，再无旁人了。

"今年我是要同皇上说的，除了采邑我一概不要。去年赏的一人高的珊瑚，路上就折了；另有一张虎皮虽好，开了春再用却也暖了；至于珠宝金银，你和敏之、灵之若想要只管要，我也不稀罕。还是田邑实在，或是种田收租，或是打马放牧，总之适合我这老太婆颐养天年。"外祖母垂垂老矣，声音却犹如钟磬，可见平日里不怠于茶饭保养。

"若是逢上旱涝呢？"敏之冷笑了一声，说，"如今哪里还时兴赏田的，听说近日有波斯贵族大量收购西市的店面，一夜之间，水涨船高，斗金难换。所以，文武官员都巴望着皇上能恩赐些商店门面。"敏之是姨娘的长子，生得俊美，喜着白衣，常与宫中侍女调笑，放荡不羁，风流佻达。作为皇亲，本是衣食无忧的。只是他热衷于仕途，常常让他母亲向皇上进言，希望求取一官半职。皇上先前本有此心，只是在一次花宴上有老臣提醒说，"千里之堤，毁于蚁穴"，示意外戚的党羽若一点一滴坐大，于皇权不利。皇上听了，便按下未提，赐了绸缎和奴役抚慰了一番。敏之心中有恨，可又不能发作，便厮混于裙钗之中，聊解烦忧。

"士农工商，商在最末，伸手要商铺是跌自己的架子。"灵之穿了一条鹅黄色的软绸长裙，从裙脚至胸前，上百条大红锦鲤跃跃欲试，像是要入春闱的书生一般，求一个"鲤鱼跃龙门"的吉兆。事实上，她早就用她的青春年少换得了一张进出龙门的令牌。父亲封了她为魏国夫人，在内外命妇的衣香鬓影里，她几乎以妙龄高位的首例而一枝独秀。父亲太宠她，宠得也太过显眼，他曾连续半月夜夜召幸灵之，鸾凤春宵至子夜才罢，以至于姨娘本人都为此落寞了好一阵子。

姨娘是早就被授予夫人头衔的——韩国夫人，听起来她和灵之母女倒像是一对姐妹。这简直就像一个玩笑。姨娘入宫侍奉的第一夜，她的姐姐，也就是我的母亲整宿未曾合眼，第二天早晨更是亲备汤羹入暖阁，和姨娘一起服侍父亲晨起用膳。外人赞母亲大度，便也只有我知道，她在我灵前以泪洗面的那一夜是多么漫长。她说："安定，你父亲是天下人的，不是我一个人的。我很早就明白这一点了。不然我会留在感业寺不再回来，何必作《如意娘》节外生枝呢？其实从一开始，我就已经做好了这个准备。可是现在真的应验了，依然猝不及防，觉得心痛难当。"

含元殿上远远地传来山呼万岁的朝贺，这让我仿佛身在南方某座大山的寺庙里，听到的是万佛诵经与暮鼓晨钟。

第二幕·曾是寂寥金烬暗

身在皇家，兄弟姐妹无疑是众多的。在这些兄弟姐妹中，我最喜欢的是长兄弘，还有妹妹太平。

母亲最喜欢的也是他们两个。不然显庆元年，她也不会力排众议，立长兄弘为太子。她说他最有李唐贵族的风范，和父亲年轻时的姿容最为相似。在类似于这样的话音中，不难听出她对父亲的爱恋，以及她对他们往昔岁月的缱绻之情。

至于太平，她是继我这个亡女之后，母亲唯一的女儿。听这名字也能判断出来——安定、太平，他们非常希望公主作为掌上明珠能为大唐帝业祈求福祉。豆蔻年华里的太平常常梳着望仙髻，穿着柳色一样柔艳的倭缎衣衫，怀着少女不该有的重重心事，在殿宇间若有所思地逡巡。侍女们屈膝请安，她却恍若不闻。

此时，大家正在太液池心的水榭上饮酒，奉召入宫的龟兹舞姬穿着霓虹色的舞服在暗淡日色下跳着柘枝舞，手腕上红色丝线系着的金铃簌簌作响。臣子中只有左金吾卫将军裴大人参与了这场家宴。依着惯例，他们只能参加晚间的夜宴，只是裴大人之女容姿姣好，淑德贤良，父亲母亲已经择选她作为长兄弘的妃子，礼部正在挑拣吉日。

"其实有什么关系呢，以后大家就是一家人了，不用谨慎回避。这样的日子，我也很希望收到裴樱的祝福。"母亲饮下了裴大人的敬酒，微笑着说。

裴大人的眼睛第一时间扫过了长兄弘所在的席位，恰巧弘也在看他，一切便尽在不言中。其实这场家宴由长兄弘一手操办，本来裴樱是在名单之列的，却被他临时划去。因为贺兰灵之对此极为不悦。

"是你母后想见她还是你想见她？"当时灵之依偎在弘的怀里，用凤仙花汁染就的葱管一样的指甲掐着他的皮肤问道。弘麦色的胸口上瞬间浮起两弯红月亮。

弘勒住她的手："疼。"穿过帐帷的昏黄暮色浸染着他的东宫内殿。

"你还知道疼？我还以为他们给你选了那样的美人，你连疼痒都不知道了，只知道开心。"灵之别过头去，乌丝散落在杏绫软枕上，像是黑暗的河流。

"太平也想见她，想向她请教妆奁之道。"

"呵，一会儿是你母亲想见她，一会儿是太平想见她。哦，对了，敏之也很想见她呢。他总是夸赞她妆容天然，饰无痕迹。啊，想来太平也是听了他的吹嘘，所以要向她讨教吧。"灵之起身下床，走到帷幕后梳头晚妆，想是要陪父亲用晚膳。

"你什么意思？"对于灵之所说的这一长串话，弘很费解。

"什么意思？到了你母后芳诞的那一天，或许你就明白了。"灵之整了整衣裳，又拢了拢双鬟，踏入长安幻美如谎言一样的夜色。

可是灵之的话却并非谎言。弘的目光在与裴大人交锋之后游到了灵之这里。她正在饮酒，唇上的胭脂被酒水浸泡得愈发酥红。像是知道弘在看她一样，她故意不朝他看，只是故弄玄虚地朝弘侧边的敏之努努嘴。弘看过去，敏之一脸寂寥的神色，像是什么期待落空了似的。弘再回过眼去看灵之，她正咯咯地笑，得逞一般。

"灵之笑什么？"父亲问她。

"啊？我是替姨娘高兴，她永远是这么年轻，母仪天下。"灵之举杯敬酒。

母亲浅浅抿了一口，淡笑道："再驻颜有术也比不上你们得天独厚的花样年华。皇上，您说呢？"

父亲笑而不语。

因为"你们"的那个"们"字，姨娘韩国夫人也红了脸，低下头去。

太液池上，清风徐来，只是日色惨淡，水面上的雾气仍未散去，百尺之内即不可见，所以连不远处的蓬莱岛都显得绰约迷离。

第三幕·相思迢递隔重城

午后，母亲进内殿更衣。

博山炉里焚烧着沉水檀香，荷花绣帷屏风后的人影在这烟霭弥漫里的一举一动都像是天上宫阙间的仙人。

母亲的近身侍婢叫朝云，心思缜密，寡言笑而识大体。

"你也看出来了。"母亲低声问。

静默了一会儿，侍婢回答道："朝云不敢妄语。"

"但说无妨。"

"也许他们只是因为年轻，玩心太重的缘故。"朝云的声音像是乍暖还寒时南来的风，柔和中却又带着一种清厉。

"弘大了，他应该有分寸。皇上那么喜欢灵之，我和明则都束手无策，他应该知道轻重，不该由我来点破。"明则是姨娘韩国夫人的闺字。母亲又叹了长长一口气说，"我只是担心太平也牵扯到他们那一帮子人里。她太小，会吃亏的。"

"公主有皇后的福荫庇佑，邪魔不敢近身。"朝云安慰她。

未时，宜春院的乐伎们鱼贯而入，袍带招招，环佩带动了琴弦，在幽深的画堂里清远地响着。凉州有急报，前线并不乐观，皇上便没有参加这一场乐会。母亲就吩咐内侍监撤掉了龙椅，由她一人独坐首席。宫墙内外关于她贪恋权柄的流言早已满城风雨，可她并不在意。她有她的苦衷，可她的苦衷不会对别人说，即使是与她厚密的侍女朝云，她也不曾吐露半分。她深知说与一人便等同于说与万万人的道理。她只会对我——这个飘散在空气中的亡女说："安定，女人难做。很多事情，尤其是朝纲上的事情，你袖手旁观，外人便说你庸堕无才，不能为天子分忧解难。你参与其中，又成了妄议朝政，狼子野心。其间尺度分寸，一步错就步步错。国如此，家也如此。所以，这个天下，最难做的不是皇上，是皇后，不是男人，是女人。"

　　长此以往，她对于外人的目光便看得很淡了。

　　灵之率先站了起来："姨娘，我可以先点一支曲子吗？"

　　"放肆，快坐下来。"韩国夫人训斥她。

　　"没事，想听什么？"母亲倒颇为好奇地征求她的意见。

　　"琵琶曲——《春水碧》吧。"

　　"那正好，听闻教坊里刚刚来了一位江南的善才，很会演奏这一类清丽的曲子。宣吧。"

　　琵琶声里诉衷情，恰乐师所执的琵琶为不久前新制的，通身还泛着木料最初的淡青色泽，演绎这种清新欢喜的曲乐就更加得心应手。曲毕，母亲赏了一盒波斯进贡的松香给她。

　　母亲询问座下："还有谁想听什么？"

　　鸦雀无声。

　　灵之说："那还是我来点一支笛曲《紫云回》吧。"

　　坐部伎的一位掌事回禀说："两位笛师同寝同食，都感染了嗽疾，正抱恙修养。"

　　"那就……"母亲正要重新部署，灵之却越俎代庖接过了话音："那么也请用琵琶演奏吧。"刚刚接过松香恩赏的那位善才看着眼前的皇后，一脸不知所措。

"灵之，物以稀为贵，有些事做过一次就够了，执意反复去做便会兴致索然。就像这些曲乐，听多了不仅不能起到陶冶情操的功效，反而会让人心烦意乱。《紫云回》是悠长缓慢的笛曲，只有笛子才能吹奏出它应有的美感，换成铮铮的琵琶，是文不对题啊。"在这一句长长的教诲里，告诫灵之切勿"得寸进尺"的意思昭然若揭。身为太子的长兄弘显然明白了"笛子"的隐喻，他虽在一众皇子中正襟危坐，却显然有些诚惶诚恐。

"是我教导无方，谨记姐姐教诲。"姨娘携灵之起身深深一福。

"随口说说的，坐吧。"母亲说，"既然你们没有想听的曲子，我有，点一支合奏的《百蝶飞》吧。"

华丽浓郁的曲调在这午后的内帏响起，分外应景。只是祥和之中总有一股蓄势待发的戾气。

第四幕·彩树转灯珠错落

夜宴前的麟德殿已经灯火辉煌，侍女们布菜的幢幢人影在珠帘间闪烁着。

敏之换了一身水红色的便服，上面有银线钩绣出来的仙鹤。夜间风凉，太平跟在他后面，裹了一条翠绿的流苏帔子。

"是不是来早了？"太平及笄不久，声音还透着闺阁里的奶气。

"你不是要看裴小姐吗？她一会儿就要来了。"敏之自顾自地从一位侍女手中的托盘上取下一盅酒喝了。侍女也不忌惮他，直言那是桌上要用的酒。敏之靠近她，轻启朱唇，呼出一口酒气吹在她脸上："桌上喝也是喝，现在喝也是喝。怎么，你不让？你不让，我就把你也喝掉。"说着便来搔痒她。侍女拂袖而去。敏之站在原地笑了几声。胜雪双颊透着嫣红，衬着水红的外裳，像是一束在春光里摇荡的牡丹雄蕊。

裴樱来了。

她的双刀半翻髻梳得挺括，缀以一只孔雀开屏花样的点翠华胜，衣履亦精致，款款走来，如送春风。

"准太子妃眼里就看不见别人了吗？"敏之领着太平站在侧帘后，风中迢递了一句。

裴樱闻言侧首张望了一下，笑了起来，又向太平行礼。

"你怎么认得我呢？"太平问。

"去年皇上携皇后和公主到曲江登舟赏花，我在人群中看到过公主。公主长大了。"裴樱言笑晏晏。

"要是能像你这么大就好了。他们就允许我自己挑选布料，设计款式了。他们总说我太小了。"太平青杏一样的眼睛里流露出怨艾。

裴樱摸了摸太平的脖颈。她的手像温润的玉器。"我们入席吧。"

为了避嫌，裴樱坐在了与弘相对的右侧，同排的有诸多夫人，包括姨娘韩国夫人一家。

父亲母亲来了。群臣起立，再呼万岁。母亲率先捺手，以示平身。"这是筵席，不是朝堂，大家不要拘礼。"父亲微微侧目看了她一眼。她像是也察觉到了，回了个眼神，目光尽是恭谨、柔和。

午后的乐伎们并未返回宜春院，东西两个偏厅垂了竹帘，仍旧让她们吹曲弹琴。不过这场贺寿的筵席显然有些沉闷，并非纷纷管弦可以遮掩的。

居于左手的是大臣、皇子、国戚。其间有一位是司卫少卿杨大人，正坐在席间自斟自饮，方过二巡，就已经显露酡颜。居于右手的多为女眷，衣香如麝，鬓染檀红，席间交流的声响明显轻出三分。所以敏之在其间就显得尤为引人注目。

杨大人看着他，目光像是凿山的锤子。有那么一刻敏之发觉了这一束锐利的目光，便微笑着望向他。杨大人也只好以醉意软化着自己的戾气，低头接着痛饮三杯。

传闻中，敏之诱奸了他的女儿杨枝——也就是先前的准太子妃。可是，到底是敏之倚红偎翠，还是杨枝俯首帖耳，宫墙内外各执一词。

其实都不是。以讹传讹，他们用的只是口和耳，而我是用眼睛。

杨枝奉召入宫的那一天，父亲第一次见到这个女子。当天下午天色生变，滚滚乌云从西南涌来，至掌灯时分，瓢泼大雨几乎要淹没了大明宫。杨枝在回廊上候轿时，有执灯宫人传话："皇上吩咐了，雨路难行，请您夜宿在珠镜偏殿。"

当天夜里，那个临时被打扫收拾出来的废弃偏殿里传出了一些不愉快的声音。殿外守夜的侍卫默不作声，因为雨水旺盛，声音也无法送至其他的殿宇。

一切都是黑色的，像是泡在一个涮洗毛笔的水盂里。

只有殿里铺地的方砖上横陈着的衣物是附带其他色彩的。透过门缝，我看到了女儿家最爱的杏色、胭脂色、蔷薇红。还有一件对襟阔袖的衣服，绝不是她的，因为那衣服是武德年间就规定了的仅供帝王专享民间不得擅用的明黄色。

第五幕·露如微霰下前池

母亲醉了。我看得出来，我了解她的酒量。

她说："安定，长安的牡丹烈酒太浓了，我来了这么多年还是喝不惯。"她的目光里闪过一丝对往昔的怀念之色，她说，"真想回故园看看。在村里的杏花树下喝我们当地的酒。那酒透着清味，汾河就在边上淙淙流过。"

这么多年，她只回乡省亲过一次。是在我死后的第二天。

父亲坐在床帏之下，拉着她的手："要不，回并州看看吧。"对父亲恩赏的那些用以慰藉的绫罗绸缎和山珍海味表示麻木的她这时才微微露出了一点儿渴望。遥远的故园，夜深垂遍千帐灯的故园，她已经多久没回去了呢。

她谢绝了庞大的省亲仪仗，只着了素衣，从偏门离宫。如寻常百姓一样乘牛车，坐渡船。唯一使用的特权就是从兵部领取了敕走马银牌，好夜宿驿站。从头到尾只有侍女朝云一人陪伴在她身边。当然，还有我，那个小小的正在逐渐丢失水分的婴尸。

朝云递了一个湿手帕给她，说："昭仪何必执意如此呢？舟车劳顿，要公主这么辛苦，不能早登极乐。"

"不能死在那个地方。那里有太多的冤魂。生不得安稳，死也不得安稳。"她把手帕的一角掖在我的嘴边，仿佛我还具备吸吮的功能。

"昭仪又伤心了。"朝云说。

她沉默良久，忽然看着茫茫的江面，伸手折下一枝芦苇，说："伤心不是为公主的死，是为天下的人这样看我。为了让我遗臭万年，不惜一切代价编撰丑闻，连掐死女儿这种荒谬的言论也说得像模像样。"

"朝云曾劝过昭仪，当初就该留在感业寺不要回来。云谲波诡，历代宫廷皆是如此，不是谁能独善其身的……"

"可是我爱他。"母亲在侍女朝云的话没有说完之前就打断了她。

"那么，这就是昭仪需要付出的代价。"朝云直言不讳，并且大胆地看着她。

"但他不止一次地又让我失望了。他保护不了我，又怎么能保护这个国家？他保护不了我，我就只能自己保护自己。"她记得，先帝在时，他与她在太液池畔初见，他说她像凌霄花的藤蔓一样柔软。后来，她成了他的女人，他又说她坚硬得像一块石头。"从温婉到坚毅，这一切难道不是拜他所赐吗？"她又深深地看了朝云一眼，说，"可我依然爱他，大概这就是命中注定的感情。"

朝云的眼中有了朦胧的泪意。像是在大唐最华丽的宫殿间，看到了一只迎着耀目灯光扑火的飞蛾。

船缓缓地在秋日的江面上行着，两岸的烟火人家在暮色中倒退着远去。

可以说，从我死的那一天起，母亲对于父亲的爱便简化成一束投影匍匐在她的心里。她爱他，但这已与他无关。她爱得尤为平静，略微荡漾过两次波澜也只是因为她的妹妹和她妹妹的女儿相继入宫侍奉。尤其是灵之侍寝的那一次。

她一扬手打了姨娘一个耳光。

姨娘用指甲抠着地面上的织锦地毯跟跄地站了起来，不慌不忙地掏出手绢擦了擦嘴角的血迹，拢了拢头发，说："不要怀疑是我教唆她去的。民间有话，儿大不由娘。灵之大了，我管得了她一个时辰，管得了她一天一个月，但是没办法管她一辈子。"

姨娘缓缓地向母亲靠近，伸出手拉过她的手，两相攥在一起，说："姐姐，我的难堪只会比你多。从此天下又多了一个母女共侍一夫的主角，整个贺兰氏家族都会为此蒙羞的。"

姨娘的冷静让她出乎意料之余，又大失所望。

她在去上阳行宫的路上想，明则一个外人都已经看透了皇家的某种规律，她，作为当朝皇后，今上名正言顺的妻子，又为什么而郁郁发愁呢？

她看沿途的杜鹃开得正好，满山红遍，一时凄笑起来。

从那以后，任何一个被父亲垂爱的女人都不再是她的敌人，因为接受远比示威容易得多。所以即使杨枝作为准太子妃在那一夜被意外宠幸，她获悉这个消息时，也只是头也不抬地对侍女朝云回了一声："是吗？"

她只是为外甥敏之委屈，枉担了骂名，还和弘这对表兄弟之间生分了。

第六幕·粉蛾帖死屏风上

敏之说衣裳被酒水溅脏了，要去更衣。姨娘韩国夫人见他目露醉光，便说："那你换了衣裳就去休息吧，别返席了，来来去去的不成体统。"

他浅笑了一声，梨涡如点。

不一会儿，隔座的裴樱声称不胜酒力，要去偏殿休息，由她的贴身侍婢搀了出去。

席间其他人倒未察觉，灵之却向出口微微瞥了几眼。

群臣起身向母亲敬酒之时，外面忽然雷声大作，不一会儿就下起了倾盆大雨。侍女朝云外出巡视了一番说："雨水又急又大，御沟的水位陡然升高了。"

一位白发老臣说："恭喜皇后，贺喜皇后。俗语说'春雨贵如油'，皇后华诞适逢天降甘霖，今年的收成想必极好，百姓万民是得皇后福荫庇佑，皇后仁德千秋万载。"

母亲微微一笑："但愿如此，赐酒。"

可她分明是不相信这话的。作为她的亡女，我们之间贯通的那种心灵感应是无时不在的。她也知道我没有走远，一直陪在她身边，这是支撑她行走于前朝与后宫之间的动力所在。我知道她对美言从来都是清醒的。就像她那时并没有在恭维一片中飘飘欲仙，反倒有种担心，担心惊蛰时节还未到来，外面就这样电闪雷鸣，是不是上天对她的某种警示？

按着宫里的宿制，今夜父亲是必然要在母亲的寝宫宿夜的。姨娘和灵之不约而同地收到了父亲投来的那一束目光，好像是在说："我也是不得已。"

可是这样的侍寝对于母亲来说几乎没有任何意义——服侍他浴澡更衣，然后再阅几张折子，就歇下了。甚至都没有夫妻间睡前的枕上话可以说。所以她更希望是自己独寝，没有睡前的尴尬以及夜半醒来时的鼾声，她或许可以睡得更好一些。

酒罢曲终，大家又呼呼啦啦地站起来，像一群乱哄哄的蜜蜂。又是一番陈词滥调的祝祷，只是声音如同酒面上的一层浮沫，明显要比先前飘忽缭乱得多了。

杯盘狼藉，罗裙翻酒，父亲母亲离席之后，众人也慢慢走出殿外。宫人们已经趁着宴会的工夫把轿辇和雨具都置备齐全。各路人马像一颗颗游动的黑色蝌蚪一样渐行渐远，消失在火光熹微的宫门尽头。

这个得来不易的自由之夜，灵之自然要潜入东宫。

没有人注意到她消失在廊柱下的身影。

第七幕·碧文圆顶夜深缝

大明宫沉寂寥落的雨夜是被太平凄厉的叫声唤醒的。

顺着她的声音我找到了她，她站在珠镜偏殿外，杏目圆睁，一副魂不附体的样子。顺着她的目光，我看到了裴樱玉体横陈的尸首。她躺在偏殿空荡荡的内堂，一丝不挂，洁如赤子。帐帷飘飘忽忽的，时而拂过她的身体，顺便吸走一些她的血液。

裴樱的影子慢慢地从身体上剥落出来，她一看到我，就赶紧伸过手来："安定，带我走吧。"

"谁杀了你？"

她幽怨地叹了口气："除了他，还有谁呢？"

"他为什么这么做？"

"报复吧。他说他不想被诬陷，既然被泼过脏水，索性就坐实了传言。"

"可你是无辜的。"

裴樱惘然一笑："我从来也不是什么好女人。如果是，就该安心待嫁，等着弘来迎娶我。"

　　我正想给我受惊的妹妹一个拥抱，却发现我们说话的工夫，太平已经不知所踪。

　　父亲母亲赶到现场的时候，显然这香艳、诡异的女尸起到了醒酒提神的作用，他们方才的酒劲立即消失得无影无踪。

　　"先用东西给她盖上。"母亲命令道。那些宫女掩面，胆怯着不敢上前，她兀自扯下一截帘帷为她披上。"不要都站在这里，去找太平。也许她知道发生了什么。另外，传裴大人进宫……准备好好发丧吧。"说到丧葬，母亲的声音也揪在了一起。她始终是母亲，具备天然的母性。

　　母亲像是突然想到了什么，再次揭开裹尸布，捉起裴樱胸前的一枚玉坠查验了片刻，说："如果我没记错的话，这是去年皇上赏赐给敏之的。"

　　父亲默不作声地走了出去。

　　当夜子时，大明宫在雷霆万钧之下默默展开了不动声色的搜宫行动，这是前所未有的事。我和裴樱也跟在人群后面。我问她："你知道他在哪儿吗？"

　　"不知道。"黄昏时分响鼓百余次，十二重门在那时就渐次关闭了。宫禁森严，他出不去，只会在这宫里。

　　到了姨娘宫中，她仓皇出来接引，母亲问她："敏之呢？"姨娘摇摇头。母亲又问："灵之呢，怎么也不见？"姨娘短促地呼吸了一阵子，依旧摇头。

　　"所以，他们今天这么荒唐一点儿都不奇怪，因为有你这样昏庸的母亲作为楷模。"

　　大雨像是兑了水的墨汁，脏兮兮地从天上落下来。连廊楼阁之间，灯火串成一片。搜到东宫时，有侍女急匆匆地要往里面通传，随行侍卫一个箭步上前摁住了她。

　　人群走到内殿，交媾在一起的弘与灵之二人霎时同众人赤身相见。

众人目睹淫艳之境，纷纷背过身去，只有母亲直视着他们，甚至她还略带着些微笑地对他们说："所以我要看看，在这一天里，究竟能收到多少礼物让我惊喜。"

灵之破釜沉舟，失去了敬畏，慢慢从床上爬起来穿衣，懒洋洋地说道："有这样的闲情逸致，去抓敏之和裴樱不是更好？"

"裴樱死了。"母亲一边说一边回转过身，离开了东宫。我回头看了一眼，发现直到这时灵之的脸上才有了一点儿惧色。

找到贺兰敏之是在四更，大雨初歇，湿漉漉的粉色春衫像一层画皮一样裹着他。

在树下，大家齐齐仰望着他悬挂在风中晃晃悠悠的身体。

侍女朝云说："既然凶手已经畏罪自尽，皇后就请回去安置吧。别让秽物污了眼睛。"

朝云也知道这个理由牵强。这一夜，皇后看到的秽物何止眼前的这一个？而未来，不知还有多少秽物在翘首等着她呢。

我和裴樱试图寻找敏之的亡魂，但早已不见。裴樱指着雨后挂在天心的月亮，说："安定，或许他就藏在月下的那一阵青烟里。"

侍卫们在检查敏之的遗体时发现了他身上的刺青，是八个大字——壮志难酬，游戏人间。

母亲默念了几遍，刹那间想起了太平，高声惊呼道："我们忘了太平了。太平呢？"

谢幕·得及游丝百尺长

太平抱膝坐在我的灵位边上，像苍原上的一只幼鹿。

天光渐亮，远处传来一阵一阵的脚步声，那是阖宫上下在四处找她。

我走过去，搂着她，虽然她并不能感受到我的温度，但我们姐妹俩就这样在暗处坐着，好像一起长大，一起生活。累了，我们偶尔也会打个瞌睡，但很快就又醒来。

拂晓后，太阳刺破云层从东方升起，万道霞光像是刺绣的针脚一样在大明宫这幅底图上密密匝匝地勾勒着亮丽的图画。

有人影在日光中映衬上门纸，自东向西而来。

一推门，逆着白茫茫的光线，像是贬谪到红尘的仙人。

"太平。"母亲伸出两只手，宛如太平还小，还要抱她似的。

太平依然低着头，默不作声。

"跟我回去吧，我们好好睡一觉。"

"我哪儿也不去。"

母亲摸了摸她的后颈，说："好吧，哪儿也不去，我在这儿陪你。"说着也坐下来，搂着她。

我也回到了我的灵位中去。这漫长的一夜消耗了我太多元气，我们母女三人都很累，都需要休息。

如母亲所预料的那样——那秽物生生不息，一脉相承，有因有果，永无尽时。

次日黄昏，贺兰灵之在城楼上失足坠亡。

当月廿九，姨娘韩国夫人误食朱砂而死。

同年十月，长兄太子弘赴合璧宫时突然暴毙，六宫之中封锁消息，死因未知。

宫外平康坊传言宫里莫名死去的人们都和母亲有关。他们说，贺兰敏之秽乱宫闱，被母亲处死。而韩国夫人母女则是因为得蒙圣宠被妒忌，所以母亲暗杀了她们。至于弘，人们展开了想象，说是因为他不满母亲对前朝萧淑妃子女的仲裁而向母亲抗议，此举惹怒了皇后而招来了杀身之祸……

母亲没有时间去理会这些流言。因为父亲逐渐疏于朝政，每天都有大量积攒下来的折子等着她去朱批。

她也只是在偶然得闲的时候才会来到我这里，向隅而坐，静默良久。她说："从你的死开始，我就习惯了这些。不必争辩，千万年之后人间自有定论。可就说现在吧，安定，你有你的双眼，你应该看得清真相。你也不能怪他，他有他所需要的天子尊严。"

那些构筑在死亡上的尊严。

又一年母亲华诞到来的时候，我感觉宫里的人好像少了很多。麟德殿史无前例地出现了空座。母亲显然也发现了，顺手指给父亲看。父亲笑了笑，让画眉入席。画眉是父亲的新晋宠姬，梳笸箩发髻，穿琉璃色的衣裳。父亲的侍妾和他的年龄差距越来越大，隔着好几个辈分一样。

母亲笑了笑，饮下大臣们敬来的酒。母亲也更老了一层。可她注定了不能服老。

宴会后的大明宫愈发空旷，足音能在回廊里荡漾很久。

只有那一重重的帷幔还在原地软软地松垂着。它们是这个喧嚣家族不一样的见证，永远地，永远地沉默守望，片言不发。

上阳白发人

壹·晓镜尘埃

听说上林苑的梅花开了。

雪气越过洞开的窗闼渺渺地漫溢进来，又被薰炉暖香烘焙得一消而散。侍女捧着插瓶的红梅走过廊下。内帏的乐师在弹奏一支清商古曲，在雪深时节听来如流水泠泠。

她懒懒地倚在窗前，步摇与流苏在晨风里簌簌抖动。

这是她贬谪至上阳宫的第三年。她已经习惯了洛阳的冬天。

雪后的天空广阔浩荡，失去了飞鸟的装饰而更显博大。在这样的寰宇辽夐中，期待与故人相见的心情也就尤为迫切。

她忽然吩咐乐师奏唱王维的《相思》。

曲调在乐师按弦有度的指间缓缓流淌，宛如春风南来，词句就在里面流泻回还。

红豆生南国，春来发几枝。愿君多采撷，此物最相思。

乐师在这风致清雅的诗章中动了情。他用余光默默地感受着梅妃的侧影，一时竟疏于抚琴。乐师李龟年说上林苑的梅花持雪而开，今上吩咐，明日黄昏会在梨园开设歌宴。"微臣要赶回长安操持宴乐事宜了。"

她早已获悉这个消息，却只是淡淡地附和了一声。

明日午后，玉真公主是否会携某人如约前来，她不得而知。

她走到回廊下。上阳行宫的歌台舞殿在落雪的妆饰中仿佛散发着微光。在这微光里，她似乎看到他佩戴着木冠遥遥向她走来，身上的洁白鹤氅与雪色融为一片。他坐在雪地里抚琴，姿态与气质相较于十年前毫无二致。他弹着弹着抬起头来，唤她的名字，"采萍"。接着他又垂下眼帘，沉浸在迂回的曲乐中，仿佛天地转瞬消失。沧海桑田之间，唯有他们二人独立相对，时光都不存在了。

贰·旧欢隔云

次日午后，日光静如止水。帘影在微风里轻轻摇晃。她沉坐在妆台前，侍女捧着她逶迤的长发为她梳髻。螺子黛、胭脂盒与点翠花钿都生了尘。女为悦己者容。在过往的三年中，圣眷不再，避居上阳，她不知道菱花镜里晨妆消磨是为哪般。渐渐地，就蝉鬓渐懒，终日素颜。但是如今他们重逢，宝鉴重开画眉长，一切都有了新的理由。

此时外面通传，玉真公主到了。

王维站在玉真公主身后，木冠高耸，缁衣广袖，目光沉静。

玉真公主察觉到她的失神，作揖说人她已经带到，就先行策马回长安了，也许还能赶上梨园歌宴的尾声。

侍女们随着玉真公主一一屏退，镂花门悠悠闭合，只余下点点光影在内室闪烁。

他们四目相对，良久无话，衣袖的摩挲之声在这阒静午后清晰可听。

她说："十年弹指一瞬，别来无恙吧？"

他恭着袖子行礼："托娘娘洪福，泛舟五湖，并无他事，闲云野鹤的日子很合心意。"

他眉间眼底的散淡之气，她看得出来。她想，自莆田一别，至今悠悠十余载，他的优游生涯里可曾想起过一个叫作江采萍的女子？是不是只当一场宿醉，今宵梦寒，早已拂晓相忘。

十年前的她乌丝轻垂，杏眼微波，是莆田最美的女药师。识得百草，工于纲目，辅佐父亲悬壶济世。其实那时还是乱世，今上发动的唐隆政变才过去不久，江山更迭，新朝旧臣，根基未稳。但是她并不知道当下是何世。因为地处南方边陲的莆田犹如世外桃源，这里的良民日出而作，日落而息，未闻魏晋。她在这样和美的生活中成长，秉性善纯，隔绝黑暗。遇到他的那一年正好是春天，莆田的气候十分暖和。开春不久后，画堂的梁下就有燕子衔泥筑巢。

他是云游的诗人，他的船行过大半山川。这一年，他泛舟在莆田的木兰河上。

彼时她在清晨的山谷里采药，带着露水的忍冬装满药篓，南方的天空有大片的朝云与勃发的晨光。她忽然听到了一缕琴声，仿佛绸缎般光滑细腻，又好像初春破冰的声音，接着有禁锢了一个隆冬的沉鱼游上水面。

她寻找琴声的来源，却在盘绕的山道里迷了路，琴声也离她越来越远。她在茂盛的草木间大声呼喊求救。后来琴声消失了。她非常害怕，一直等到暮色四合的黄昏，才再次听到琴声，而且那琴声离她很近。她努力拂开重重草帐，最终看到了水滨弹琴的他。船上亮着灯火，他月白的衣衫被火光晕染成水红色。船头的水鸟和着琴声引吭高歌。

他听到了草树间的动静，缓缓回过头来。低垂的眼帘下涌动着一股缱绻迷离的气息。

这就是她与王维的初见。这记忆对于她来说，永生难忘。

叁·忽如一夜

王维在西窗下就座。他的绿绮长琴已经摆开。他问:"娘娘想听什么曲子?"梅妃怆然一笑,说:"何必多此一问呢。"

《相思》的曲调就在辉映着雪光的内帏里回旋起来。这是那一年,他在莆田的山水间为她谱的曲子。

其实,从那一天的邂逅开始,身为少女的江采萍就已经知道自己会和这个不羁的男子产生无法预测的连结。少女的内心往往和外貌呈现着截然相反的两极状态,她们看起来温柔孱弱,但内心有力,犹如无法攻陷的岿然城池。

她爱上了王维。

初见的木兰河成了他们的爱河。潮来潮去,流沙聚散,他们视若无物。他们在薄暮冥冥的水岸弹琴吹笛,目送山气夕佳,飞鸟与还。在明月升过水平面的夜晚顺流而下,遥遥看着小镇村庄的万家灯火,喝酒、谈诗。有时他们荡漾在大河的月光波心里相拥而眠,子夜时分醒来,透过船窗,她能看到天心浑圆的月亮。他在露水迷离的春日黎明唤醒她,陪她采摘山间的药草,在山巅可以看到远谷里混沌的晓色。

在这不明的晓色里,少女江采萍对优游人间多年的王维说:"如果时光就这样淡淡地流逝,该是多么美好的事。"

王维负手背对着流水潺潺的山涧说:"我还有很多事情没有完成,很多预想的地点未曾到达。"

她说:"我与你一起。"

他没有回答。

山林里只有阵阵松涛如纨扇轻抚,觅食的鸟群鸣叫着飞出来,高树枝桠间的红豆簌簌地坠落下来。

君来细有声,君去悄无语。

王维的离开就像一阵清风吹过池面，静无声息。

新采的草药在瓮中霉变，碾好的药末被雨水混成泥团，她都不知道。她沉湎于王维的不告而别，为此痛苦不已。

别离前的那一夜，春江潮水连海平，他在摇荡的河心，在落花如霰的江树里弹起绿绮琴。他说他为她谱了一支曲，叫《相思》。

她独坐一边，听着他在灯火中声声如诉，却不知其中百转千回的缠绵情味是在预示他的即将离去。杯盏中斟满青梅酒，几杯之后，她就沉沉睡去。

后来天光大亮，只有香炉里积着隔夜的清冷香灰。他已然离去。

再后来，今上最宠爱的武惠妃殁逝，宦臣高力士奉命来到闽南选秀。她就这样不知所谓地来到长安，来到帝都，来到堂皇如梦的大明宫，成为一时间风头无二炙手可热的梅妃娘娘。

人们都以为她高蹈而舞的《惊鸿》中那最明艳深情的回眸一笑是为了博得今上的宠幸。而事实上，她不过强颜欢笑，试图借此纪念少女时代那段昙花一现的爱情，遗忘生命中如流星一般划过却辉映了她整座夜空的诗人王维。

肆·巫山细雨

十年。

在这十年里，她因为贵妃杨氏的专宠，而谪居上阳行宫，从六宫之巅坠入万丈深渊。但他却摇身一变，由山野间优游的诗人变成玉真公主的门客。

她还记得那一日玉真公主派人封给她的请束里，以簪花小楷在胭脂色绛云笺上写着——觅得良材，琴技卓然，请梅妃一同观聆。

在玉真公主优美华丽的道观中，王维抱琴而出。她一时花容失色，与他面面相觑，却不知如何对答。最后还是他率先恢复状态，缓缓欠身，尊她一声"梅妃娘娘"。

玉真公主说歧王隆范雅好音律，爱惜人才，王维就是他举荐给自己的。那还是在初秋，木樨花的清香弥漫了整座长安城，歧王隆范带着王维来见公主。他着白纻罗衣，抱一具绿绮琴，款款弹奏了一支《郁轮袍》。妙年洁白，风姿清越。玉真公主回忆起来，说那琴声在细碎的梧桐日光里听来，分外感人。

梅妃的神思后来一直游在天外，难以抬头看他一眼。

她想，这十年里，流光浩荡，时光迢递，她已朱颜更改。但他却仿佛违逆时间生长，毫无衰老痕迹，一如木兰河上的初见。

玉真公主虽以女冠的名义在外修行，实际上情人众多，是情场中的高手。她看出梅妃和王维之间的端倪。所以，在送客分别之时，她对梅妃说："娘娘善作《惊鸿》一舞，才华绝世，是梨园常客，改日我一定携王维登门造访，向娘娘讨教。"

现在，内室只余下他们二人。沉水与苏合幽艳的香气里，王维的《相思》已经弹毕。

清冷的上阳东宫因为他们之间如水的沉默而更显寂静。

梅妃说："木兰河上的言笑晏晏，我们是回不去了吧。"

王维垂下眼帘："如果娘娘没有其他吩咐，我先行告退。"

她在王维负琴离去时一下扑到他怀里。她的泪水沾湿了王维的衣襟。飞檐上的铜铃低低地唱着喑哑的歌。他把她扶起来："今时今日，你是妃子，我是臣民，天渊之别，请娘娘自重。"说完，他就推开门遥遥行去，身影消失在回廊深处，消失在上阳宫茫茫的积雪里。

伍·梦在朝阳

梅妃以为自己已经心如古井，死水无澜。

次日清晨，寥落的上阳宫却有女子的欢笑和疾疾的马蹄声催她醒来。侍女揭起帘帷后回禀，是虢国夫人一行。

虢国夫人喜好奢华，心性如风雪一样凌厉。她宫髻巍峨，步摇袅袅，额间一支妖媚花钿是长安最时兴的款式。虢国夫人攀折了无数红梅说："昨日梨园合宫歌宴，席间众人窃窃私语，都说遗憾，因为独缺梅妃的惊鸿舞。今日雪霁天晴，就特地踏雪寻梅来探望娘娘。"

梅妃淡淡地说："皇上有夫人和贵妃侍奉在侧，想来无需本宫助兴。"她语气委婉，但恰到好处地讥讽了虢国夫人贸然争宠的低劣板斧。

虢国夫人不以为然，反问她："以娘娘昔日的恩宠大可和贵妃平分春色，又何必迁居洛阳？"

梅妃遥望着长安的方向，说："爱情从来不会以共享的名义，走分食的途径。"

虢国夫人突然大笑起来，说："在宫里谈爱情？这个东西真是比大明宫里的任何一件宝物都更加价值连城呢。我想，这也是你从昔日高高在上的紫宸殿一昔虎落平阳的根本原因吧。"言毕，虢国夫人就率领着浩浩汤汤的仪仗打马远去了。

虢国夫人是对的。宫闱之中一直传言贵妃杨氏后宫独大，翻手为云覆手为雨，设计贬谪梅妃。其实真正的原因是梅妃某一夜侍寝时的言辞使得皇上龙颜不悦，因此而失宠。那一晚，皇上极力安慰她，并希望六宫和睦，彼此争宠无谓。她施施然向皇上行礼，言语恳切。她说："贵妃委身过多个男人，也就不在乎自己的男人拥有多少个女人。但臣妾不能。"

贵妃在进宫前是寿王妃，皇上最忌讳别人私下议论他的这件家丑。

而梅妃居然当面提及，实在是冒天下之大不韪。于是，那一夜之后，梅妃似乎从宫里消失了一般。别人也很少再提到她。

午后，梅妃用梅枝在廊下的雪地上画画，画王维清朗的眉眼，画着画着就失了神。

远远地，似乎有一些人声。乐师李龟年来通达皇上的口谕，传她明夜入翠华西暖阁侍寝。

李龟年说昨日歌宴，不见娘娘的惊鸿舞，皇上十分想念。

梅妃不无伤感地说："我是应该奉召入宫，还是以抱恙推诿呢？"

于公，他希望她尽心侍奉皇上；于私，他希望她留守上阳宫。即使孤芳自赏，也好过在圣宠无常和后妃争斗中零落成泥。这是乐师李龟年的答案。

乐师穿着海蓝官服侍立在一边。这个男子在她圣眷优渥的鼎盛年华里为她伴奏《惊鸿》，在她潦倒失势的谪居岁月里又常常前来抚琴、下棋，为她纾解愁结。他的感情，梅妃一直了然于心。但时移世易，连王维都懂得与她行君臣之礼，更何况他一介宫廷乐师？作为梨园弟子，他的礼数更是远在王维之上。

承宠时分，花枝灯上的火光在帐外悠悠摇曳。久别春恩，她有一种不知何时何地的轻微幻觉。好像恍恍惚惚又回到故园莆田，木兰河上涨着滚滚春潮，邈远天空下，白鸟阵阵飞过。她问："你一直是爱我的吧？"

皇上说："是。"

她在这一声回答中收回神思。她想，原来这是在宫里呢，金銮宝殿，琼楼玉宇。她面对的人是当朝天子，千金之躯，大唐江山的主人。

她又想，王维，你此时在哪里呢？大约是在玉真公主的道观里，天寒地冻，红袖添香，呵手为伊书。亦或是绿蚁新醅酒，红泥小暖炉，西窗剪烛听风雪吧。

梅妃一时落下泪来。

清晨，他们在门外贵妃的吵闹中醒来。显然皇上私下传召她的消息不胫而走。她被太监背着从后门离开，遗落了一只红豆纹样的绣花鞋。

陆·流风回雪

玉真公主再次带着王维来到上阳行宫的时候，冬天已经快要过去。侍女们在廊下清扫积雪。大毛衣物晾晒在殿落间，预备贮藏。

玉真公主穿着一件珠灰色的道袍，陈旧的色泽依然无法挡住她的嫣然风致。她说王维要回江南去了。临行前她带他来和娘娘告别，感谢娘娘在音律上的赐教。但道观里还有琐碎杂事，她就先行告辞了。玉真公主临走前深深地看了她一眼，示意她珍惜这独处的时间。

梅妃和王维并肩步于廊下，远处有宫人在以横笛吹奏《梅花落》。梅花也在此时缓缓凋谢，用飘零的姿态迎接不久之后的春天。

梅妃说："为什么要走呢？长安不好吗？多少皇家贵胄都视你为难得的人才。"

王维说："我不愿意活在别人的褒贬里。也许我应该回到山水之乐，也就是我的本行中去。"

梅妃说："玉真公主如此厚待和喜爱你，你这样匆忙离去，她会伤感吧。"

王维无奈地摇摇头，说："公主喜欢的并非是我。住在她心底挥之不去的那个人是李白。这些日子以来，我不过充当着李白的影子。"

廊檐上的冰凌滴滴答答在融化，砸在雪地上就成了一个个小洞。日影飞去，九重宫阙在日光下静默着。梅妃想，那么她呢？因为木兰河的相遇而一生轨迹都被篡改的江采萍，他在江南嬉游中大概再无法记起了吧。自古江南多佳丽啊。

梅妃就这样孤独无依地站在诗人王维的眼前。流年让她有逐渐老去的迹象，但在此刻，在偌大的上阳殿宇里，她铅华不御，尽得天真，仿佛时空倒转，她还是山间呼救的采药少女。豆蔻年华，惶恐无助，朝露浸湿衣袖。

王维就慢慢地揽她入怀，说："有朝一日，我还会回来看你。"

这样的场景她在与他分别后的无数日夜里都憧憬过，今日难得实现，却又将分别。

安史之乱爆发的那一天，很多人以为梅妃死于战乱之中。事实上，当安禄山的大军兵临洛阳城下之时，皇上早已暗暗派人接她回长安。这是乐师李龟年悄悄向皇上进言的结果。

六月，长安失陷，一行皇室从帝都出发，南下避难。梅妃的侍女换了她的衣衫端坐在车辇中。侍女询问她的主上为何要这样做。

梅妃说："我与人有约，害怕一场战乱，又是失之交臂。"

南下途中，贼兵乱寇突袭，侍女被掳走。领队的将士盘点人马，汇报梅妃失踪。

而那时的她其实早已回到洛阳。

被敌军铁骑践踏后的上阳宫像一朵揲皱的花，了无生气。大火焚毁了部分宫阙，幸存的宫人们在其间来来往往。有收拾行装预备逃难的，也有忠仆在此留守，等候她回来的。但不管怎样，她告诉他们，梅妃已经在南下的途中遭难，世间再无"梅妃"这号人物。

安史之乱对于百姓，对于江山，对于苍生黎民来说都是一场飞来横祸。如果历史可以重演，今上也会保持自己的励精图治直到晚年，而不会在美酒佳人的馥郁醇香里忘记了案牍朝政。但在梅妃心里，却又有些感谢这场战乱。在这场战乱中，她厌恶的头衔被摘去，她可以重新成为世间一名寻常女子。

她唯一需要做的就是期盼战乱平息，期盼与王维重逢。

柒·白发千丈

后来，在一个杨花潇潇落满肩的春日，乐师李龟年来到江南，他在一个花宴上遇见了王维。这时，战乱已经过去，风烟落定。

王维说："梅妃娘娘还好吗？昔日在长安求学，娘娘曾经指教过我音律，因此希望能回去问安。"李龟年一时泣泪如雨，诉说了梅妃遭难的事。窗外春风骀荡，一时落花无数，凄凄迷迷。

王维的心间有咸湿的海潮一重重地漫过，但他唯有故作镇定，落座弹琴，却已是六神无主。李龟年倚窗而歌，唱的是《相思》——红豆生南国，春来发几枝。愿君多采撷，此物最相思。

李龟年唱着唱着就合上了眼睛。他的睫毛被泪水糊成扇状。席间的宾客都以为他过分悲恸，猝然离世了。王维抚摸他的耳垂，却还有一丝热气，就未忍心殡殓。四日之后，他真的又在黄昏时分醒来。

王维坐在他的床前，斜阳像一场梦境一样暗淡飘忽地照着他憔悴的面容。

李龟年说："梅妃是深爱你的。"

王维说："我知道，但一切都已太晚。"

李龟年最终还是郁郁而死，他的惆怅只有梅妃可以懂得。其实，他隐秘的爱恋梅妃也全都懂得。但世事总是如此，无法顺从人们的心意。

王维此后故地重游，去了莆田。他在山间攀折忍冬与红豆，一路吟唱南国的风致，希望借此为梅妃招魂。而那时的梅妃站在残缺溃败的上阳宫里，梳着普通宫人们的发髻，混迹其中，隐姓埋名，等着他兑现当年的诺言，能在劫后余生里回来重聚。

她就这样等过朝朝暮暮，等过候鸟南飞又回来，等过年年岁岁的上阳花开，等到了老，等到了死，他始终没有再出现。但她并不失望，坚信他绝非爽约。

她想，深爱一个人，为什么要怀疑他。除了用尽一生，又有什么办法？

多年后，洛阳城里流传着新晋才子元稹的诗篇——寥落古行宫，宫花寂寞红。白头宫女在，闲坐说玄宗。她就在这样的诗里慢慢地睡了过去。她但愿灵魂可以乘着长风返回故园，因为在那片恍然的山水间，他们一定可以重见。

榻对山眠

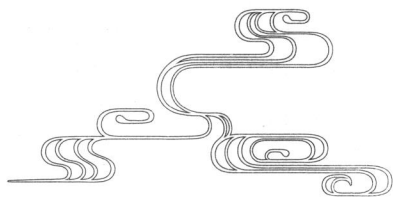

壹·旧风尘

乐声停止后，他们仿佛听到了外界的涓涓雨水。

仆婢卷起竹帘，窗外果然是一片丝雾般的境界。无边细雨让长安的春夜充盈着莫名的缱绻之意。似乎是故人起身，合上凉却的茶盏，起身道别，且未设归期。

廊上响起一阵匆忙的脚步声，灯火把来人佝偻的身影映在了纸上："鸿胪寺那边派了人来，说扶桑国外宾已经提前抵达，照例在曲江设宴接风。车马已经停在楼下，请尽快晚妆。"

先前的喜悦之色在艺伎尺素的脸上褪去。她以为这一晚可以和恩客对谈很久，她早已叫仆婢准备了新醅的梨花佳酿。恩客是颇有声名的诗人。良夜被这突如其来的外约破坏，他倒显得很平静，对着那一架荷花屏风做了个"请便"的手势，就欲下了楼去。

"外面有雨，往曲江去，可以顺路载先生一程。"尺素挽留他。

但他白衫的衣袂倏忽之间已消逝在暗沉的楼道转角处。

诗人并不年轻了，他时常会说起一些前朝的旧事。例如先帝的姿仪，或是他在国子监担任助教时接触到的那些人中龙凤。他说："大中，是啊，大中过去多久了啊。那时候，尺素你应该还是个垂髫女童吧。"

尺素读过一首佚名的诗。诗中说——君生我未生，我生君已老。君恨我生迟，我恨君生早。

她用浮花笺纸工整地抄录这首诗，置于诗人的笛囊之中。

诗人回到客邸后发现了这个秘密，展阅而笑，并回信于她。他说早在咸通年间，也曾有一位女子对他施以类似的举动，遗憾的是，在她风华正盛之时，却不幸身陷囹圄，不久就香消玉殒了。

看得出来，他对这位女子怀有很深的感情。尺素添酒回灯，举盏嫣笑："既然她有海阔天空的凤愿尚未达成，尺素愿意代劳替她完结。"

诗人望着平康坊外流光浩荡的万丈风尘，不置可否。

诗人一般会在黄昏时造访，与尺素一起用晚膳。

仆婢们闲来无事，会窃窃揣测他们的菜式，是荷叶烧鸡还是回纥牛排，碧如软玉的时令莴笋是切丝还是切片，酒水来自西北还是江南……

"温先生会品尝佳肴，会吹弹雅乐，会欣赏美人，真是不可多得的风流高士。"

"最重要的是写得一手好诗。"

她们如此会心而不厌其烦地赞美着他，像爱抚一匹产自高丽的纨纱。

贰·牡丹遇

温庭筠与平康坊的渊源，大概要追溯到大中年间。那时，今上尚且还只是郓王而已。目及之处，尚存盛世之象。但温庭筠明白，一个王朝陨落之前，总会那么一丝璀璨的回光返照。焕然重振，昙花一现，然后归于寂暗。

没有人关心这些。醇酒流淌如银色溪水，胭脂的馥味在长安城的夜空中缭绕不去，与烂漫的烟火色香并举。大家醉生梦死，仿佛风中芦花，飘到哪儿算哪儿。

他草芥之躯，不能亦不想破坏骚客友邻的雅兴，就随波逐流，也成了温柔乡的座上宾。

晚间，众人在花园内邀月饮酒，酒后即兴赋诗。庭前魏紫姚黄开得正好，吟咏牡丹，最合时宜。鸨母盛情而自信："妾身坊中这些女儿，不仅国色倾城，而且兼具文采。独自作诗，实在寂寥，各位先生不妨与她们一句一答，以文相酬。这漫漫良宵，阴阳相调，乾坤相和，也能有些趣味。"

起初只是"花开富贵春"之类粗浅平凡的五言短句，略有学识的优伶尚能附庸风雅。等到温庭筠一句"红英只称生宫里"一出，不仅众姬缄口，就连同往的墨客骚人苦思冥想后也束手无策起来。夜风吹过牡丹枝，院内一时鸦雀无声。

忽然，高墙之外，深巷之中传来一声稚嫩对答："红英只称生宫里，翠叶那堪染路尘。"

他走出门去。

一条狭长的巷道浸泡在月光中，影影绰绰，像是直达遥远的广寒宫阙。皎洁光晕里，身量不足四尺的幼女手执一朵白牡丹，亭亭而立。

"你姓什么，叫什么名字？"温庭筠问。

"姓鱼，名玄机。"她答。

"怎么，玄机不可泄露吗？"温庭筠问。

"不，名字就是玄机。"她答。

鱼玄机说，她母亲到市集上去买灯油，而这个巷子是回她家的必经之路："母亲有夜盲之症，无医可愈。这路上青苔滑腻，掌灯时分又才下过雨。我来接她回家。"

"你很通诗文，是有名师在背后指点吗？"

"父亲临终前将家学尽数相授，只可惜我天资鲁钝，难以望其项背。对于诗文，不敢说精通，只是略懂一二罢了。先生若不弃，学生愿投门下。"

温庭筠点点头，又和鱼玄机聊了几句。未及一炷香，墙内传来了呼声，酒又添一句，众人唤他进去对饮。

　　鱼玄机浅笑："先生早些进去吧，别叫旁人心焦。今夜月华明澈，想必母亲的视线不会受到多大影响。学生就此别过。"说完转身离去，缥缈背影若水雾般消逝于长巷尽头。

　　回席后，鸨母斟了满满一杯："先生怎么悄没声就兀自离席，当罚一杯。"

　　温庭筠感慨，说刚才那个天才女童的诗句对答得缜密又率性，他不由自主想要去结识。鸨母和宾客们纷纷讶异，问是什么女童，答了什么诗。

　　温庭筠一瞬间也不确定了，犹疑着说："刚才她在墙外对句，在座的都没有听见吗？"

　　一位身着鹅黄绸裙的女子扇掩红颊，微醺道："我们正襟危坐，等着温先生续写华章，先生倒出了门去，回来又顾左右而言他。到底是看不上我等蠢材，还是先生也已江郎才尽，灵思枯竭，连自己的句子都接不下去了呢？"

　　温庭筠只当她酒后失态，不与她计较。"我连她姓甚名谁都已问全，说是鱼家玄机，就住附近。诸位如若不信，大可以派人去接来对质。"

　　鸨母说不必了。

　　"偌大长安城，皇宫或西市这些地方叫人不敢妄言。但这平康坊便如妾身囊中物一般了如指掌，家家户户，何姓何名，清清楚楚。且莫说水里游的鱼，即便是美人虞，丰年余，也一概没有，先生别是梦游一圈回来，成了痴人吧？"

　　喧笑之中，温庭筠心冷如冰。

叁 · 岁时飞

镂花薰炉里，沉水檀香袅袅盘旋，雾缕在灯影中回转，勾勒出一个山遥水远的梦幻之潭。听着温庭筠漫长的叙述，尺素的双眼迷蒙起来："难道说并无鱼玄机其人吗？可是我分明听说过这个名字。"

温庭筠用一支细狼毫蘸了些金漆，缮补一面烙花琵琶的裂纹："曾经我也半信半疑，认为那一晚贪杯，滥饮过度，又兼朗月清风，心生了幻觉。可是数月后，等我回到栎山的别馆，才知道，一切都是真实存在的。"

竹影飒飒，画堂上，罗帷飘飘卷卷。温庭筠当时正在栎山别馆中绘制一幅垂钓图，门不知为何吱吱呀呀打开了。起初他以为是风，可刚刚关上，它又再度打开。

门外，一轮皓月正凝结于山间，硕大圆满，光辉明媚。有逆光的小小身影如一尾锦鲤般摇曳而来。

"先生曾经允诺收我做弟子，怎么我还没到，先生却急着关门了呢？"音色像溶洞里的水滴在石上，回声清旷邈远。

眼前的红衫少女分明是那一夜在平康坊长巷内与他对答的鱼玄机。她好像对别馆内的一切都深谙于心，轻车熟路步入画堂，为温庭筠案前的灯盏添了油，接着就研起墨来。松香很快轻轻漫溢，流动于每一寸空气之中。

见温庭筠滞立在门边，鱼玄机笑道："先生一定认为我空手而来未免唐突，请放心，束脩之礼不日会送到，届时，我求学之诚便可昭见。"

鱼玄机在别馆留了下来。

白天，她早早起身清扫堂前杏树的落花，去山阴的水涧挑水，用棕榈树的外皮制作刷具，采摘新鲜的水果。晚间，她会跟着温庭筠学习作诗。别馆外有一道山石垒成的阶梯，他们在阶梯上来回踱步，听草窠里的虫唱，观赏花间明晦不定的流萤。

有一晚，鱼玄机整理温庭筠的旧作，发现了一轴美人图，笑道："一直以为先生心无旁骛，画作取材无非是山水花鸟，高蹈于尘寰之外，没想到，终究有俗人欲念。"

温庭筠信步走来，把图画悬挂在墙上。

"这不是我的作品。去年冬夜，我身在淮南，投宿一户农家。女主人淘洗了年前新收的稻米要做饭给我吃。只是灶前柴薪不足，就取了杂物来烧火。其中就有这轴画。不知道为什么，我当时毫不犹豫就伸出手去，把它从炉膛烈火中抽了出来。画被烧去了边沿，好在没有影响到主体。我裁了云母纸，用糨糊重新粘补，勉强修复成如今的样子。"

鱼玄机仰望画中美人，见她身处白雾之中，似在云间，又似在水滨。高髻巍盘，妙目如星，端美异常。

温庭筠看得出，鱼玄机很喜欢这幅画。她还喜欢于傍晚时分坐在山崖边的一块暗红色的石头上看落日。人间的炊烟使得风中透着一丝丝草木的香气。鱼玄机的衣袂被山风吹起，远远看来，像坐在一尊莲花座上。

每一天起来，温庭筠都觉得她有一些微妙的变化，只是很难说清具体表现在哪里。到了第七天，她已完全变作窈窕女子，眉眼间早就不见了初识时的稚气。

她徐徐抬起合拢的手掌，一只绚丽的凤尾蝶鼓翼而出，临风飞去。

"先生不必诧异。蝴蝶尚有破茧之期，更何况是人呢？"鱼玄机为温庭筠系上斗篷，"只是，山中时日长，我们也该下山看看了。否则，先生的那些老友变了样子，在路上迎面碰见了，你也未必认识呢。"

下山后，他们在旅舍内吃饭。听邻桌的人议论朝政，好几处都让温庭筠不甚明白。但有一点儿他听得很清楚，那就是"驾崩"一词。他又见堂上旅客服饰新奇，像是短短几日，就改变了着装的风气。

他问马房的人如今是什么年月。对方上下打量了他一眼，说是咸通元年。

　　"到了今天，连咸通元年都成为历史了。"温庭筠说。

　　子夜已过。即使对于平康坊这样的场所没有夜晚可言，可过了子时，各处楼阁轩馆也比先前安静了许多。温庭筠饮尽杯中茶水，让尺素早些就寝。

　　"山中一天，人间一年。恐怕鱼玄机真的不是凡人，有些事真的是玄机不可泄露。至于我所听说过的那些坊间传奇，极有可能是造谣生事者编撰出来的无稽之谈。"已经入夏多日，尺素送温庭筠下楼，见院中荷枝摇曳，月影细细碎碎坠入幽暗的池潭之底。

　　温庭筠请她留步："不。重新回到红尘之后，我与她经历过的那些事，大多与你们道听途说的旧闻是吻合的。这个，我有空再与你细说。"

　　借助于温庭筠的诗名，鱼玄机开始在长安的交际圈中崭露头角。大家议论纷纷，说温先生闲云野鹤般的人，阔别七年，身边居然多了一位风致不俗的佳人。更重要的事，七年过去了，温庭筠的面目没有一丝一毫的改变。不仅没有老朽，还比以前更加清奇了。

　　一位名叫绿翘的艺伎刚刚过了及笄之年，初生牛犊不怕虎，大胆调侃："所谓相濡以沫，得到情爱的滋润，便如同花草受到雨露灌溉。那么，温先生梅开二度重返青春，又有什么可奇怪的呢？"

　　"情爱"一词铿锵响亮，像深夜里的一贯爆竹。温庭筠的目光投向鱼玄机。她斟酒的手停止了倾斜，微微向艺伎绿翘望了一眼，看不出是生气还是感激。

　　散席后，一勾淡月天如水。温庭筠和鱼玄机并肩在长街上走了很久。他们都觉得，有些事的确到了该确认的时候。温庭筠说："这些天以来，关于我们的关系，我听到过很多议论。有人说你是我的女弟子，有人说你是我的妹妹，还有一种比较恶毒的说法，说你是我的私生女。我希望你不要被这些其心可诛的流言所中伤。"

鱼玄机停住了脚步，桥上灯火阑珊，一道月痕铺设于水上："最普及的那种说法，难道被飞卿你自动过滤了吗？""飞卿"是他的小字，她不再称他为"先生"。

温庭筠不敢驻足与她对视，再度前行："不。是我从来不敢有这样的非分之想。你正值如花年华，但我已经是日影惨淡。你要去追求自己的幸福，而不是把大好的时光浪费在我身上。"

"君生我未生，我生君已老。是我出现得太迟了。"她已经用尽全力。

她没有办法让他回到盛年，只好让自己尽快长大，让世人转瞬老去。但即便这样也不能扭转局面，因为他的心是她触碰和撼动不了的。

马蹄嗒嗒，叩问着每一块砖石。

"你是什么人？"温庭筠早已封锁不住这份困惑。

"我是谁并不重要。重要的是，在这个世界上，历来都因果循环，恩怨相报。当然，你无从想象，我的突来乍到，只是为着你的举手之劳。"鱼玄机的笑容里有一段沉沉的倦意，好似花开良久，已无争艳之兴。

月影逐渐暗淡。

温庭筠低头冥想，待到神思回转后，鱼玄机的倩影已然不知去向了。

伍·宴光转

夏至之夜，尺素受邀出席宫中的赏莲乐宴。依循往年规制，内廷将夜宴安排在了太液池上。纵然远离庙堂多时，念及温庭筠与尺素的私交甚笃，曾经在国子监共事的同僚也顺道派发了请柬给他。

席上，尺素献舞，与太乐署的一位女箫手配合着完成了表演。尺素的裙衫是白色的，镶有密集的银色丝线，袖口和衣襟处染有一点儿淡淡的朱砂。舞步回旋之间，恰若瑶池莲花盛开，出尘高华，娉娉袅袅，博得座下一片喝彩。

"每当驸马们聚集在一起，本宫和诸位姐姐都会听他们议论起平康坊。尤其对一位名叫尺素的艺人大谈特谈，说是如何如何不同凡响。国色朝酣酒，天香夜染衣，今日有缘一见，果然名不虚传。至于温先生，能接二连三屡获红颜知己，结得忘年之交，想必更是高人。"昌宁公主是今上诸多的爱女之一，酒后更衣，在池阁边见温庭筠凭栏远眺，遂漫步过来闲谈。

温庭筠不明所以，连称公主谬赞。

"不知是巧合还是先生品位执着，从面相上来看，尺素和玄机竟有几分相似。难道先生没有忘记故交，对新人只是肤浅的寄情而已？"

温庭筠大惊："公主认识玄机？"

昌宁公主的侍女从内室搬了两张座椅来，她和温庭筠在水边落座："不仅认识，而且我们还是很好的朋友。昔日咸宜观香火鼎盛时，本宫常常和她秉烛夜谈。我们之间有很多话题——茶道、花艺、妆容、布料、哲学、诗歌、情爱。先生应该还记得，有一晚，你拒绝了玄机的美意。自此，她脱离了你的视野。之后，关于她的事，对先生来说，应该只是些零星的碎片。如果今时今日先生还有兴趣想知道那些年在玄机的身上到底发生了一些什么，本宫愿意分享给你。"

据昌宁公主说，鱼玄机从未离开长安，她只是巧妙地避开了一些会和温庭筠碰面的机会。她化名幼薇，大易昔妆，改头换面，在各种衣香鬓影的场合中游刃有余。

戊寅年，书生李亿考中了状元，发榜当日，他骑着高头大马，一日看尽长安花。晚间，盛摆绮宴，力邀各界名流到场答谢。金榜题名，难免得意，豪饮大醉，李亿在酒肆外一通呕沥。抬头见水面月华清圆，虚光浮动，一位女子依水而立，衣衫绝整，容姿不俗。

鱼玄机问李亿："听说你和温庭筠温先生是多年老友？"

李亿点头称是。

"他一切都还好吗？"

李亿说他还和往常一样。喝酒、弹琴、画画、吹笛，只是诗作比之前要少了很多。"好像是辜负了一位女子，以致郁郁不欢，鲜有佳句。"

鱼玄机眼波潋滟，几乎不可察觉地微笑道："今日状元高中，我空手而来，实在罪过。如果状元不弃，我愿以身作薄礼，侍奉左右，寒暖不辞。"

功名已取，又得佳人，李亿大喜过望，拍手称快，说自己一定是同时得到了文曲星君和月老的垂青。

温庭筠不由得从位置上站了起来："难道，李亿的那位姜室就是玄机吗？"

昌宁公主依旧目视前方，岿然不动地欣赏着动听婀娜的乐舞："玄机擅长易容之术，你没能认出她来，不足为奇。对她来说，能入侍李亿的府邸，在你登门造访时远远看上一眼，就已经足够了。"

陆 · 忆匣秾

昌宁公主记得鱼玄机曾说过她并没有在状元府逗留太久。

从表面上来看，是李亿的原配夫人来到京中之后，河东狮吼，悍妒不容，驱逐她离开了府邸。其实真正的原因在于鱼玄机自身。"她打算离开长安。而离开长安之前，她很想以原来的身份再见你一次，或者说，最后一次。"

她选择出家做一名女道士。

长安的头号新闻很快传遍了每一条巷陌。谁都无法想象，废弃已久的咸宜观迎来的新主人正是淡出多时的鱼玄机。众人扼腕叹息的同时，无论是否善男信女，纷纷入观进香，一睹久违的芳容。

鱼玄机没有什么变化，还和以前一样颀长、美艳。唯一有所不同的仅仅是她的着装，由一袭缁衣取代了往日的绫罗绸缎。她持着一支拂尘傲立钟台之上，目光如炬，筛选着攒动的人头。她当然是在等一个人。她相信他听到消息，一定会来。

她从春天等到了秋天，从繁花似锦等到万物凋零。

"但你迟迟没有出现。"昌宁公主气愤而幽怨地望着温庭筠，目光像是要替挚友复仇，"你是觉得没有面目再见她了吗？"

"也许是近乡情更怯吧。明明一别多时，很想去问候一声，结果却束手束脚。"温庭筠说他中秋之夜其实曾去咸宜观拜访。如他所料，当晚每家每户都团圆在家中过节，观中一片寂静。庭院里放着一架花几，几上置有一只香炉。廊下有一个青衣侍女穿梭来去，不停地往竹匾中置放拜月的贡品。月饼，石榴，菱角，莲藕。

侍女对着内室徘徊在灯下的身影唤道："已经置办好了。"

"那你就早些休息吧。"里面的人说。

侍女走后，院中只余一弯明月。他站在氤氲的香雾中注视着灯光中往复的淡影。他一再地压制着叩门的冲动，一步一步地后退，后退，像是纸上一点点溃散的墨迹。

人与人之间的情谊有时简单得宛如窗棂上的日光，有时又比密林里浓郁的迷雾还要复杂。他爱着玄机，他也知道玄机爱着自己，但除了这个世界的道义之外，他还感到一股无形的阻力。它强行在他们之间划出鸿沟，擅越雷池就万劫不复。

最后的节目是春日新入宫的一批采女联袂献上的歌舞《落九天》。众女衣着鲜艳，容颜美妙，有的提着竹篮焚花散麝，有的抱着琵琶款拨银弦，有的吹着横笛十指纤纤，有的打着绢伞恐驾风去。凌波微步，不一而足。

昌宁公主说："看起来真的很像是天上的仙子随银河流泻而来，坠入了凡尘。"

不知为何，温庭筠总觉得尺素会乍现其中，由她们众星拱月，好艳压群芳。直到最后，众女散去，宾客也依次离席，一座歌台陷入黑暗，他才意识到，尺素出现，只是他一厢情愿的幻觉："敢问公主，玄机的真实身份到底是什么？她到底是什么人？"

"她是本宫的朋友，自尊但不乏勇敢。"

昌宁公主问他是否还记得中秋夜在月下布设祭礼的侍女。温庭筠回忆了一下，说记得，而且还很面熟。昌宁公主说她就是艺伎绿翘，因缘际会，成了槛外一员。

"绿翘尚还流落在长安。如果你需要真相，她就是最好的揭秘者。"

柒·落水石

皈依后的绿翘摒弃了往日的娇俏，变得和煦而沉默。她把一束柳枝插入净瓶之中，对温庭筠说："温先生，你来得太迟了。观主已经不在人间了。"

温庭筠的心一下子皱成了春水上的縠纹："我知道，很遗憾。"

"观主用尽了一切办法想见你一面，但你就像人间蒸发一般杳无音讯。"绿翘说鱼玄机放浪形骸，高张艳帜，目的就是为了让自己堕落的污名传到他耳朵里，以激将之法引诱他出现。不见奏效，她又苦研诗文，咏出绝句，公然挂出"诗文候教"的招牌，无非也是希望他像当年的她一样，在门外高声对接，复而相见。

可他还是不曾露面。

最后，她让自己陷入了一宗悬案，替一个杀人越货的逃犯背了黑锅。

她亲眼看到那个人在月下杀了人，抛尸咸宜观后院，却对闻讯赶来的京兆尹俯首认罪。

次日，长安城再度沸腾，大家对鱼玄机已经到了爱而生畏的程度，毕竟她总会传出一些叫人匪夷所思的讯息。

"假如知道她快要被执行死刑，你还不去见她，那她就可以不留任何幻想大大方方地离开了。她不觉得伤感，这人间已让她没有挂碍。"绿翘的眼中涌上了泪水。

"我去了。我离羁押她的那间牢房只有十步之遥。可是，要想不陷入别离的悲怆，最好的办法就是不要别离。"温庭筠通过刑部的人联系到了刽子手，酬以重金，希望刽子手不要让她过于痛苦，"玄机的墓在哪里？"

"她没有墓。"

"那我该怎么吊唁呢？"

"明天黄昏会有一场雨，雨后请到咸宜观来吧。"绿翘说玄机生前最爱雨后外出，或许，在雨后湿润的空气里，会有她浮动的余香。

捌·谪仙子

咸宜观始建于遥远的开元年间，是咸宜公主斥资建造的道场。安史之乱后香火日渐衰败，直至鱼玄机入驻，它才门客络绎，重归兴旺。可惜好景不长，鱼玄机的离去，让它重新凝聚起来的人气再度瓦解。绿翘推开门扉，观内早已是蛛丝摇曳，蓬草遮头。

走过鱼玄机的窗前，温庭筠看到她旧日使用过的七弦琴早就松散垮塌如一截枯木，镜台前置放的妆奁也已染上厚厚的香尘，她的道袍和低垂的帷幔一起在风中飘摆。

"既然已经来了，就请和我一起去大殿随喜吧。"绿翘一路指引，领着温庭筠进入正殿。温庭筠仰首而瞻，见殿上供奉着两位仪容端雅的女仙。一位着青衣，双鬟斜飞，美目顾盼，秋水盈盈，眉眼之间含着恩慈笑意，让人如沐春风。一位着缁衣，华髻高耸，蛾眉如画，凤眼低垂，像有无限心事，却只拈花不语。

温庭筠对着缁衣的那一位凝视了许久，越看越觉得似曾相识。但仙凡有别，他一介蝼蚁，绝不会有遨游仙界的机遇。

"请恕我才疏学浅，这二位仙子究竟是何方尊者呢？"

绿翘引燃一束香递给温庭筠："先生只需参拜即可，对于人类以外的存在，我们往往是不可以直呼其名的。"

温庭筠热泪盈眶："那么玄机呢，玄机又是谁？"

"难道先生忘了你收藏在栎山别馆中的那幅美人图了吗？等你回到栎山之后，一切谜底便自然而然能解开了。"说完这些，绿翘就把他推出了殿外。在一团亮得看不见一切的白光中，温庭筠听到重门关闭的巨响。

等到周遭能够看清时，咸宜观已然不复存在了。

眼前是一望无尽的稻田。盛夏的稻子碧绿清透，水岸细风吹来，沙沙作响。

玖·美人恩

美人图上的女子就是那一日在咸宜观大殿上所看到的缁衣仙人。这一点，温庭筠在反复研究后可以确认。

"难道鱼玄机就是这位仙人吗？"尺素自上而下，好奇地浏览着画卷。

"可她为什么和画上的女子并不肖似？"温庭筠不解，一直在若有所思地摇头。

"也许就像昌宁公主所说的那样，她非常擅长易容。况且在人间游戏的仙子，是不会让凡人得窥她们的真容的。"

关于咸宜观里的两座彩绘塑像，坊间的说法不一。有人说，那是西王母的两位弟子，九天玄女和萼绿华。也有人说，缁衣者是鲤鱼化身，青衣者是水中的藻荇。

落叶满长安，秋天的清寂和萧索席卷了京城的大街小巷。温庭筠临窗远眺，发现街市上的人少了很多。他的内心空荡荡的，像一间搬掉了所有家私的房间。

他想，避开玄机的真实身份不谈，她为什么会来到他身边呢？

在栎山雾霭沉沉的清晨里醒来，他蓦然忆起了梦中出现的玄机。敛眉垂袖的她一步步向他走来，讲述因果和恩怨，说她的突来乍到是因为他的举手之劳。想来，事情的起端就是在淮南的那一晚，他从炉火中救出了画轴吧。一个无意之中的善举，让她降临到这个时空。

不久后的霜降时节，温庭筠收到了尺素的来信。

信函被放置在一个鱼形的乘信匣里。信中，她说自己即将远行，又因路途遥远，需要立刻出发，不能前来辞行。故而修书一封，以慰离情，并感激他一直以来的陪伴和指教。

貌若玄机的尺素一走，和玄机有关的记忆大概就要告一段落了。可是，如果在寰宇之外真的有她的存在，他很希望故人可能轻轻地入梦而来。种种未曾宣之于口的话，他要在梦中做一个详尽的表达。

当洁白秋霜盖满漫山遍野的树丛，肃杀寒气逼进内室的时候，温庭筠却没有合上窗棂。这是玄机传授给他的方法——春花秋月入诗篇，白日清宵是散仙。空卷珠帘不曾下，长移一榻对山眠……

秋 水

壹·忆君长入梦

步入迟暮之年的官人似乎彻底迷上了那只旧箱子。

箱子锁在另一个更大的箱子里，收藏于暗沉的内楼。通常，他晨起后会去看一回，一直看到近午时分。午后下了一场雨，至掌灯，雨停了，他再去看一回。

官人不允许任何人出入内室，钥匙也由他自己贴身保管。

家姬及侍女们都非常好奇，有时会在水阁里谈论这件事。园中资历最长的是杜若，她服侍官人已经有很多年。虽然官人并没有给园中的任何女子以名分，大家还是尊称她为如夫人。

杜若听到流言，拂起绣帘走来。大家纷纷从座位上站起。

"如果觉得官人没有让你们日日侍奉在侧，以至于无趣到需要打听那些零落的往事来解闷的话，不如我请示了官人，遣散大家吧。"

众人噤若寒蝉，如夫人杜若再度扫视了一圈，便拂下朱袖，扬长而去。

尽管如此，还是有不怕猛虎的初生牛犊在侍奉宿醉的官人时窃取了他的钥匙，偷偷进了内楼。

"一只旧箱子而已，漆都剥落得差不多了。花旗锁。里面什么都没有，但是内壁上有很厚的香垢，应该是胭脂。"年幼的家姬苑氏事后如是说。

消息很快传到如夫人的耳朵里。

黄昏的时候，大家刚刚在池塘边的杏树下蹴罢秋千，正准备回正堂用晚膳，就见如夫人踏过草地遥遥走来，裙脚被料峭春寒里的露水沁出湿痕。

"你收拾了东西，明天天亮之前离开吧。"

如夫人杜若站在空荡荡的晚照里，通报了对家姬苑氏最终的处理决定。

家姬苑氏失声痛哭，甚至忘记了求饶。

次日清晨，窗纸上刚刚透出青白的晓色，如夫人杜若就亲自来送家姬苑氏最后一程。晨光朦胧之中，昔日要好的姐妹披着素色单衣，在山园门内与家姬苑氏作别。苑氏刚要上马车，却有侍女匆匆赶来，通传官人的话：

"她还太小，不懂事，就算了吧。"

贰·黄鸟歌犹涩

那一年秋天，官人在江上夜泊时初次遇见杜嬚仿佛也是这么说的。

侍女到船头巡视了一番，回到船舱内，说邻船似乎有人要跳河。官人前一晚达旦夜饮，一觉睡到月上中天才醒。那时，对着摇曳珠帘下的一面鸾镜慵懒地抿了抿发鬓，说："看那船头的灯，似乎是青楼的画舫，大概又是刚入行的女孩子寻死觅活之类的把戏吧。"

他正打算让艄公把船划到开阔的水面上好远离这场纷争，就听到邻船的人把那少女的头一遍一遍埋入水中涮洗的声音。不过，他并没有听到预料中的哭声。

直觉告诉他。那一定是个非比寻常的女孩子。

"孙大官人。"看上去像鸨母的中年女子梳着时兴的桃花抛家髻，官人刚踏上船板，她就抖搂着手绢满脸春风迎面走来，忽然又眼波一转，说，"听说官人刚刚又迎回了有着江南双艳之名的姑苏许氏和锡山阮氏，现在家中姬妾成群，侍女结队，怎么还会上奴家的船呢？"

龟公看茶的间隙，官人已经脱去外裳在花梨木的圈椅上坐了下来。

"官人的好梦让妈妈惊醒了，现在自然是来向妈妈讨一杯谢罪酒的了。"代为回答的侍女目光微微侧向船尾。少女背影瑟缩，大概是他们让她休息片刻，等会儿再重新领受一轮苦难，直到她学会那些烟花倚栏所必备的谄笑为止。

官人显然也注意到了她，拂了拂指甲，发了话："她还太小，不懂事，就算了吧。"

鸨母是聪明人，陪坐着说："大官人帮一位卖炭翁从南街恶少手中夺回他小女一命的事，街头巷尾早已传成佳话。今天，莫不是还要英雄救美吧。只可惜这个还小，才十三岁，我买过来也不是立即要她破瓜迎客的，还得养个几年。等有肉了，大官人再来吃也不迟。"

官人迎着灯火，眯着眼睛，轻声问侍女："那个赢得青楼薄幸名的杜樊川好像有过一首诗的。"

侍女微笑着说："娉娉袅袅十三余，豆蔻梢头二月初。"

船尾的少女似乎意识到了事情正在潜移默化地改变着走向，侍女念诗的过程中，她慢慢地回过头来。双眸明亮得像是这江上的渔火，甚至是，被江水濯洗过的星辰。

后来，官人不止一次地对杜嬓说，就在那一刻他决定带她走，谁都阻挡不了他。

叁 · 香畏风吹散

据说，杜婑的原名是同音不同字的杜美。官人说："'美'字太过俗艳，你看这个'婑'——有一座山，山下有一条江，江畔有一张矮几，右边是文，左边是女。那你可以想象，有一个穿着薄薄春衫的女子持着一卷花间香词，坐在月下的江边诵读的情景。"

官人说这话时，轻轻地啜吸着杜婑的耳垂。杜婑卸了钗环后的耳垂上有深深的耳洞，像是藏着秘密的伤口。官人怜惜地说："女子天生为美而来，只是美得太辛苦。"

初夜承欢的杜婑伤口众多。

官人在她圆润修长的脖颈上留下樱桃般的吮痕；楚腰则因为被他长久卡住而勾勒出迤逦的艳迹；后背上是官人不小心划伤的指甲印，如同月白的绫罗上洒下一道牡丹烈酒般一泻千里；还有她最深的伤口，耻骨下绝美盛开的秾丽花苞，馥郁汁液恣意横流，绛红花瓣随着这一季暮春时节里浩荡的东风潇潇飘零。

杜婑在一夜之间告别了昙花一现的豆蔻年华，成为一个真正的女子。

官人一直对没有给杜婑留下一张画像这件事追悔莫及。比如春日午后，她在画堂里为兰花换盆，眉眼都被青翠的细叶映绿了；比如她在桐阴里消夏，用一面霜白色的纨扇盛放一只受伤的蜻蜓，轻轻抚弄它透明的羽翼；比如仲秋雨霁，他们把船泊在枯荷丛中，侍女们分食莲子，杜婑则负手在船头欣赏水天交接处的明月；比如初雪后的早晨，蛰居的侍女们都倦怠在红炉香暖的阁楼里不愿出行，只有她早早地越过山头，踏雪归来，身后缓慢地跟着马蹄打滑的车辇，而鞍头上则醒目地插着新折的朱砂梅，带来隆冬里惊艳的花信，她身着榴红斗篷的身影在洁白的琉璃世界里如同谪仙坠入凡尘。

可这些如画的场景都随着杜婑的香消玉殒而销声匿迹。

肆·游衍益相思

除去侍女以外，家中的姬妾永远维持在九个，这是官人园中的惯例。

杜嬿在官人的园中行十。官人有时会微笑着责怪她，说："你破了我的规矩，我是礼佛之人，所谓九九归原，佛门中人以数字九为最大。"

这时的杜嬿会像一只蝴蝶一样，张开衣袖，在官人逆光的视野中翩翩飞来，然后卧在他的怀里，说："我就是佛，你把我供奉好了就是你修行到家了。"

众人掩面而笑，都说她牙尖嘴利，她们笨嘴拙舌之辈不敢比肩，于是纷纷告退，把那一间长满芍药的花房独留给他们二人。

中秋佳节，官人赐下礼物。有琥珀、珊瑚、翡翠、玛瑙、锦缎、黄金、檀香，不一而足。杜嬿独独挑了那个不起眼的樟木箱子，并且饶有兴致地把玩起上面的花旗锁。

官人问为什么，是否嫌珠宝的成色不好。

杜嬿摇摇头，说她先要一个箱子，而箱笼空置犹如美人没有归属，官人一向是见不得这样寂寥的下场的，所以日后肯定会用这世间最金贵的珠宝慢慢地填满它。

官人大赞她芳心魅意，当即又赏了十六对玉板作为压箱底之用。日后，杜嬿箱里的阵容果真一天一天地壮大起来：祖母绿，猫儿眼，翠羽明铛，瑶簪宝珥，玉箫金管，夜明珠，古玉紫金玩器，应有尽有。

可杜嬿脸上的愁色也像这堆积如山的稀世珍宝一样越积越厚，像是雨前的天空笼罩着一层潮湿的青云。

侍女问她："你还缺什么呢？"

杜嬿凝视着在月光中闪烁的奇珍异宝，说："缺一颗心。"

杜嬿的这种感觉在次年春日官人诞辰上看完《牡丹亭》之后得到了

极限的膨胀。那天午后，女眷们都在软风轻轻的水榭上看戏。戏中的女子叫杜丽娘。说的是一个日光和暖的天气里，杜丽娘和侍女春香走进了家中禁锢多时的花园。在这个园子里，杜丽娘不仅邂逅了春天，也邂逅了她此生的爱情。

那个女人把长而洁白的袖子向天空抛去，轻声唱："锦屏人忒看的这韶光贱。"

台下的杜嫩和杜丽娘一样，产生了一种顿悟。这种顿悟与年华的意义有关，与时间的去向有关，与某种隐秘且具备吸引力的情感有关。

侍女说那个半掩在帷幕后吹笛的青衫男子叫柳遇春，他如柳叶一般狭长的眼睛会随着笛声曲调的抑扬而流盼，吹完《皂罗袍》的时候，他的眼神和杜嫩一撞，此时，锣鼓乒嚓一响。

戏罢，在后台，杜嫩执着绢扇望着昏黄铜镜里的柳遇春说："真巧。我与丽娘同姓杜，你与梦梅同姓柳，恰好一台戏。遇上春天，原来就这么简单。"

伍·归晚更生疑

杜嫩和柳遇春约定的时间是在上巳日的五更。她对柳遇春说："山高水长，你要准备足够的盘缠。并非我毫无家私，实际上恰恰相反。但这都是他给我的，现在我只能还给他。"所以，那天摸黑晓妆后，杜嫩将所有他赏赐给她的珍稀用一匹蜀锦包好了，轻轻地放在了他东厢房的门口。

起身欲走的杜嫩忽然又停下了脚步，拂开重重帐幔，走入内帷。前一夜陪寝的侍姬已于子夜时分回去自己闺中，只余下一袖沉香飘散在微微有些潮湿的空气里。而低垂的床帏之下，官人正熟睡着，下半夜的春梦外化成一个微笑的表情凝结在他的双颊上。

策马离开山园前，杜嬫回望了它高耸的门楣一眼，便风一样地隐入拂晓朦胧的天色之中。

这个她生活了多年的尘寰仙境，她只带走了一样馈赠——那一只盛放过百宝的樟木箱。

抵达城外的板桥时，柳遇春还没到。杜嬫寂寥地倚着桥阑看早起的少妇在河边的青石阶上捣衣。她想，大概不久之后的自己也要过上这种烟火人生了吧。

不久后，桥那一头终于响起辚辚朱轮之声，杜嬫一路奔跑到马车前，对着翠绿色的车帘说："我等了你很久。"一只手从里面撩起了帘子，无名指上那枚蓝田玉约指，杜嬫非常熟悉。他常用这只佩戒而微凉的手抚摸她的侧脸，让她感觉像是一只长喙的鹭鸶在轻缓地吻啄着她这片丰饶的水域。

官人的脸庞随着车帘抬起的弧度缓缓裸露于晨光之中，显得非常明亮。大概是觉得光线刺眼，他优雅地弹开折扇微微遮挡着。马夫搬下脚凳，扶着官人下了车。

"我也等了你很久。终于等到，你要离开我的这一天。"身着白纻春衫、以柳枝绾发的官人伸出另一只手，手里有一樽精致的犀角杯，里面的液体是清淡的缥碧色，"一杯春露暂留客。饮下这杯酒，算是我为你送行。你也该向我告别才不算失了礼数啊。"

杜嬫接过来，说："一杯春露暂留客，两腋清风几欲仙。你是要用鸩酒送我羽化登仙吗？"

"我怎么舍得？"

迟疑片刻，杜嬫一饮而尽，原来真的不过就是一杯寻常的青梅酒而已。她大致已经猜出了内情，这不过是他布下的一局棋，等着她自投罗网，他再施以恩德，让她好感念无加。

杜嬫恍惚觉得自己是一枚被他握得很温润的棋子，瞬间跌落到人世这个偌大的棋盘上，只觉寒意逼人。她不打算再等那个人间蒸发一般的柳遇春了。只有官人才能如春风拂她面，她也只有配合他，以完成这一场你知我知、心领神会的戏码。

后面又来了几辆马车，车上是昔日姐妹们的盈盈笑语，帘幔飘拂之间，她们发髻上的蛾儿雪柳黄金丝缕因为要来游春的缘故都拂拭得璀璨异常。没有人知道发生了些什么，她们只当杜嬿这年轻的十妹是按捺不住踏青的冲动，早早地出来为她们探路而已。

官人扶杜嬿上了车，这三月初三的好光景，与他同车而行是绝对的殊荣。杜嬿配合时宜地梨涡浅笑了一番，算是生生消受了这等福分。

入了车内，官人把那一包珍宝重新放回了杜嬿的樟木箱中，说："这是你的，就永远都是你的。就像你是我的，就永远都是我的。"

陆·衣愁露沾湿

赏春那一日，水滨茂盛的莎草并没有给杜嬿留下太深刻的印象。而不久后，到了谷雨时节，长姐罗氏的辞行让她大为所动。

"我是他最早的一批家姬。当时我和你一样，是最小的一个。后来，就眼看着同辈的姐妹们一个一个色衰爱弛，秋扇见捐，最后离开山园。但这里永远都不缺女人，因为雏凤清于老凤声，旧人哭泣，新人欢笑，就像田野，割了一茬成熟的晚稻，就会种上一茬新麦的秧苗。所以你看每年的上元灯节，一个人放一盏湖灯就已足够照亮这片不夜天。人说'江湖夜雨十年灯'，我放了十年的灯，现在，终于也要走了。你多保重，别用尽了好年华，积攒一点儿，留给余生吧。"说完这些，卸去钗环从简轻装的长姐罗氏就迎着最后一缕暮色下了山。

杜嬿长久地看着烟霭沉沉的山道，生出无限怅惘。此后，她再一次决定离开这里。

这回，她提前向官人通达了自己的渴望。

"好吧，花欲辞树留不住，我放你走。只是，你可以告诉我你要去哪儿吗？"灯火中，官人抱着芳龄侍女的剪影投射在画屏上，那薄薄的嘴唇仿佛没动过似的。

"京师。"

"京师？京师是好地方啊，我也有很多年没有去过了。你到了那里，要如何谋生？"

"我总有我的方法。"

"去吧。"那轻松的语气让杜嬿难以置信。而与此同时，心间更伴有一种奇异的失落，像是一枚璞玉在沼泽中迟缓地陷落。

屏风后，侍女的笑声像是蝶翼拂过轻颤的花枝。

柒·含啼向彩帷

到京师的秋天，杜嬿失足跌入风尘。或者，与其说成是跌入，不如说是跳入。是她自己主动投身了这个事业。侍女在为她准备沐浴的兰汤时也曾问过她，说小姐这般纯质，不是应该由簪缨望族八抬大轿明媒正娶吗，如何选择走这样一条下坡路？

杜嬿没有回答，只是让她手持青瓢，缓缓流下一注细水以淋浴。

杜嬿无法解释给她听，说自己想逆流而上回到数年前的那个秋天，她仍然是被揪住头发一遍一遍浸入冰冷江水的少女。而假如那一夜并没有官人的出现，她一生的命运又将会如何呢？也许，还是会因为饥寒交迫而屈服于鸨母手中的一碗热汤，最后顺应天意，成了青楼芸芸众生里再寻常不过的一员。或者倚楼卖笑，声色犬马，直至出现贵人便可脱籍从良；或者丝竹管弦，醉生梦死，接鸨母的班在这桎梏之中做一辈子的脂粉生计以达终老。

当然，这并非她想表述的重点。种种回忆的关键之处在于，即便她保持原有路径，按部就班地成为一名风尘女子，也和她后来在山园里所经历的生活没有任何区别。仅有的细小差异是，在青楼，她需要委身于天下众人，而在他那里，她只属于他一人。这并不值得庆幸，因为无论是哪一种，都和她突然开窍那一天所领悟到的爱情没有任何关系。

她不想承他这份空洞的恩典。做出这个选择，就是要把他曾经的仁德全部从身体中剔除，而掌握命运的机会，始终还是要交还给自己。

这么复杂的话题，对这个刚刚受了鞭笞并被委派来服侍她的懵懂小丫鬟说起，实在是太沉重了，那她只好三缄其口，留下神秘的沉默。

但是生活却未能如她所愿的那般沉默宁静，此年秋天的迎来送往很快背离了杜嫩预想当中那份普通的工作。她以迅雷不及掩耳之势红遍了京师，成为名冠全城的花魁。而且慕名前来的客人在得窥花容之后皆叹她的一颦一笑足以粉碎"盛名之下，其实难副"这句话。

艳名远播后，杜嫩逐渐清高，轻易不下绮楼，王孙公子们千金难买一笑。正在鸨母一筹莫展的时候，一位叫李甲的客人出现了。

"你是从江南来的吗？"杜嫩花间小酌时问他。

"美人慧眼，不过我很好奇，这是如何看出来的呢？"李甲走到池边，对着月光照了照自己，似乎寻觅不出什么特别的蛛丝马迹。

"是气味，秋水的味道，我记得很清楚。芦苇折断的枝竿在水中腐烂，生疏，像青铜器皿的锈。"

杜嫩站在秋海棠丛中，头顶的一叶芭蕉上，露水顺着叶脉滑落到她的脖颈里。

李甲爱上了这个与众不同的女子，杜嫩也爱上了他。

但杜嬅知道，自己更多的是爱上了他江南人士的身份。在她心目中，那代表着一座消失的故园。

捌·不及红襜燕

本是来京师国子监读书的李甲沉醉在了温柔乡中，一梦难醒。

起初因着上上下下的银钱打点得到位，杜嬅让他一人独占，鸨母也不好计较。后来，他流连青楼的行踪为京中亲友得知，又寄信于他家中双亲，堂上至为震怒，断了银钱供给，致他囊中羞涩，手不应心，却难断恩情，仍与杜嬅厮混。

鸨母积怨已久，怒不可遏，自然传出了不少难听的话。

风声入耳，李甲惭愧不迭，向杜嬅告辞，说筹措了资费再来。杜嬅摇摇头，说扬汤止沸不如釜底抽薪，当即下楼与鸨母谈判，最后的结果是以三百两银钱赎身。

回到房中，李甲一脸黯然地看着窗外飘摇的落花。杜嬅知他心中所想，手执金剪，裁开衾被，取出了一百五十两私房。

"你再想办法借来另一半就事成了。"

李甲有一位同乡也在京师读书，听说了杜嬅的事迹，为她矢志不渝的决心感动，拿出了积蓄，替李甲成就了好事。等到三百两银子拿到面前，鸨母又生了悔意，想要再添刁难。杜嬅看着眼前车水马龙的长街不禁冷然一笑，缓缓回过身来，说："如果想要鸡飞蛋打的话，你自然可以放手一搏。"鸨母熟知她的脾性，也不敢横加阻挠，收了她的衣裳头面，自此同意她净身出户。

去往渡口的途中，杜嬅忽然对李甲说："回江南之前，我还想去拜访一下你的这位朋友，谢谢他的成人之美。"因为冥冥之中，她觉得事情似乎没那么简单。

当夜月光如水，杜嬛见到了这位救命恩人。

故人重逢，气氛微妙却秘而不宣，身边的李甲成了一个摆设。恩人按下心潮，对李甲说："木樨花开，是良辰吉日，不如两位就在寒舍永结同心吧。"李甲连连说好。府上侍女得令后张灯结彩，斟酒布菜，一个临时的婚宴似乎在刹那之间就脱胎成形了。杜嬛知道，这绝非偶然的建议，而是筹备已久的计划。所以在李甲大醉被送入洞房后，她单独为恩人斟了一杯酒，说："这一杯，你一定要喝，算是你向我谢罪。"

柳遇春一连痛饮三杯，借着酒意醺然吐露心扉，说自己从来没有指望能够得到她的原谅，但她不该误会官人。那件事只是官人发现之后快马加鞭追上了她，而非她所想象的那样，是个蓄谋已久的陷阱。至于他，除了怯懦地在桥下看着他们遥遥行去，别无选择。

杜嬛在幽微的火光中问他："那一百五十两银子，如果我没猜错的话，是你当时为我们夜奔准备的盘缠。"

"今时今日，钱财于我已是身外之物，它能用在最初的人身上，便再好不过了。我只是希望自己的虔诚，能换来你的释然。"

"今时今日，红尘于我都是身外之物，又有什么不能释然。我已经很久没有听你吹笛，能再为我吹一曲吗？"

柳遇春取出缠丝笛，春去秋来后，又一次吹起《皂罗袍》。

很快，莺歌燕舞姹紫嫣红的游园取代了秋风萧瑟更深露重的庭院。月光如水却是艳阳天，晴空万里又兼雨丝风片，她这看透韶华的锦屏人容得下白昼也容得下黑夜，既然做不成如花美眷，那便负得起似水流年。

玖·爱水看妆坐

回江南的船上，杜媺还沉浸在与柳遇春渡口送别的场景中，李甲却拿父母会介意她风尘身份的话煞了风景。"如此，你先回家游说，我暂避于西子湖，等你疏通好了，再来接我。"杜媺知他有此心结，早已想好对策。

李甲似乎仍然觉得不妥，忧心忡忡地在船舱里来回踱步。

入夜，他们遇上了同往江南去的船，船主邀请李甲过去饮酒。那位朋友似乎兴致很高，和李甲把盏言欢通宵叙谈。等到次日，杜媺支起船窗梳妆时，李甲才一身酒气地回到船上。

"你们聊什么这么投机？"杜媺用翠黛把双眉扫成淡泊的远山式样，从这一天起，她再不是青楼里那个柳眉纤细的花魁。

李甲无言。杜媺觉出了一丝微妙，转过头来扫了他一眼，李甲登时跪地，泪流满面，说邻船的主人倾慕她的芳姿，而他回家之后又没有办法给一家老小一个交代，她若有心易主，不如此时跟了邻船去吧。

杜媺波澜不惊地问："那你呢，岂非人财两空？"

"船主说，他会以千金相赠。"

杜媺笑了笑，伸手拉他起来，说："千金，确实是一笔丰厚的财富。我不怪你，相反要谢谢你，给我沽了一个体面的价格。现在，就请你再为我做最后一件事——替我收拾了箱笼，我们去船头交接吧。"

走出船舱，江上秋风正起。环顾两岸，晓来霜林如痴如醉，抬起头，又可以看到天高地厚北雁南飞。杜媺向邻船唤道："是哪位官人赏识贱妾蒲柳之姿愿意收入帐中？"

片刻之后，衣冠工整的官人应声而出，像是一直在等待她的招呼。

杜媺的诧异只在脸上停留了一瞬，便与他一起在这滚滚江水之上陷入长久的凝眸。漫长的分别在他们这里似乎化成了一场游戏，她躲在丝绒帷幕后敛声屏气，他绕到她身后抱住她，说："原来你在这里。"其中，是欢愉大过哀伤，还是苦痛多过甜蜜，翻云覆雨之间已经很难分清。

最后，杜媺的一声仰天长笑打破了对峙。她想，兜兜转转，原来她始终在他的藩篱之下。他的五指山绵延到无穷无尽之处，而她，不过是他掌心上打滚的泼猴，她抓耳挠腮献个丑，他却宽宥一句"美不胜收"。

官人说："我说过的，你是我的，就永远是我的。"

官人说："你是十娘，这个数字，我终生只给你一人。"

杜媺在那一刻并不觉得痛快，反而体会出了自己的蠢钝不堪。她短短的前半生经历过多少反复无常的人啊。柳遇春言而无信，鸨母出尔反尔，李甲食言而肥。剩下这个一诺千金的人，居然最早被她抛弃，这是何等让人羞耻的愚昧啊。

李甲手足无措地看着他们，对眼前两位竟是相交多年的旧相识这件事表示出了茫然。

杜媺让他把最里面的那只樟木箱子拿过来，捧着它郑重地询问官人："那么，它还是我的吗？"

官人点点头。

杜媺臻首娥眉，微笑看着李甲，说："你过来，你看看这些够不够千金。"说罢打开樟木箱。堆叠如山的和璧、隋珠让两艘船上的人都啧舌不已。杜媺却毫不留情地把它们尽数抛入江中，琳琅坠水的奇响一时不绝于耳。李甲后悔不迭，连忙抓住她的衣袖，一声一声唤着"十娘恕罪"。

杜媺又看着官人，说："如果你还记得，十年前，也是在这条江上，也是秋天，也是在两船之间，有人救下了一个女子的性命。她这一生虽放荡不羁，却一直对此事感恩于心。只是，事到如今，也是时候轮到她还他这个人情，还他这条命了。"

语毕,以惊鸿一瞥之姿跃入大江的杜嬿闻到了秋水久违的气味。芦苇折断的枝竿在水中腐烂,像青铜器皿的锈。这,属于宿命中应有的死亡。

拾·双栖绿草时

多年后的一天,门上的人向内通传,说有一位船夫坚持再三,一定要求见山园的孙大官人。来人开门见山地呈上了一只樟木箱子。说是一个微雨潇潇的晚上,一位柳姓的客人在他的夜船上吹笛,笛子失手落入水中,因是心爱之物,便着熟悉水性的渔民下水打捞,却捞到了一只箱子,箱中有若干财宝,都被他赠与清苦的渔民。而这只箱子,他再三强调,一定要递送到这里,那才不辜负箱子主人的一番美意。

官人招了招手,侍女从船夫手中接过箱子呈至官人手中。船夫抬起头,见这位官人已年过半百,两鬓斑白,此时捧着箱子,老泪纵横,几乎已泣不成声。

没有人知道这其中的曲折,这本该是消散在季节流转中的旧事了。可是,新一年春天来到的时候,他又载着一车家姬去游春,这次,他们是去江边。因为怀抱着对那条江的哀愁,他于"日出江花红胜火,春来江水绿如蓝"的美景已暌违多时。

女子们在船上载歌载舞,每一个人的身姿都婀娜如新柳。他却对这逼人的青春气息产生了一种近乡情更怯的心绪。他知道,自己真的开始老去了。

家眷们的歌舞戛然而止,因为江畔忽然传来了一缕奇异空灵的游吟,仿佛是云间的菩提洒下梵音佛唱。人人都屏住呼吸,倾听这春日里不可思议的美妙绝响。

官人问:"是什么人?"

侍女说："是一位妙龄的少女。"

官人命人把船划到岸边，只见那着银红衣衫的少女梳着双鬟，在一树洁白的梨花树下踏歌起舞，手腕上的铃铛发出清越如风的声音。

他情不自禁地叫了她一声"十娘"。

侍女们面面相觑，都认为他可能太过劳累，需要休息，并解释说，家中从没有十娘，只有九娘，更何况，这只是一位乡野女子。

官人并不听劝，固执地上了岸，唐突地请教了女子的芳名。

"杜若，就是山间一种香草的名字。"杜若说话时神色清扬，这和他记忆中的某位佳人如出一辙。他喃喃自语："若者，像也。这也难怪了。"

这位叫杜若的女子后来就成为了山园里的如夫人，一直侍奉官人到他老死。而官人对她的宠爱也异乎寻常，并且总是与她两人对坐在水榭中，看着年复一年的春色，一遍一遍不厌其烦地向她讲述同一个故事——很久之前，我还年轻的时候，曾经在月华潋滟的秋夜邂逅一个与你同姓的女子。原谅我不能放肆地提起逝者的姓名，我们就暂且叫她十娘，好吗……

骤雨打新荷

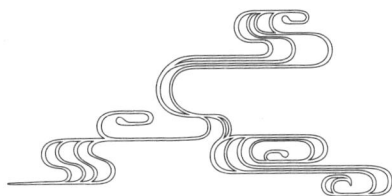

壹·绿叶阴浓遍池阁

莲比丘尼端来了清香四溢的荷叶饭。

一位刚刚册封的贵人不大认得饭里的名堂，便向比丘尼请教。比丘尼娓娓道来，说："俗家虽多制八宝粥饭，但佛门仰奉九九归一，除必备的花生、枣、杏仁、核桃、栗子、百合、桂圆、莲子之外，多加了一味莲心。药理上可以清火静心，法道上也可以使人铭记五味，得知众生疾苦。"

太后环视了比丘尼的庭院一圈。炎炎夏日，院落却因古木参天，寂寥无人，而显出一种清旷。"哀家去年做寿，内务府请的是峨眉山的师父。皇帝问过哀家的意思，是不是留一拨人常居宫中祝祷。可是，一来，修佛之人游历苦行，多如闲云野鹤，不大喜欢拘束，禁锢他们，只会磨减其灵性；二来，古人云'山不在高，水不在深'，想必通感上苍也是人不再多，能得一二者如尔等这般敏慧冲怀，也就足以祈求大清国运恒昌。"

太后对于比丘尼至高无上的褒奖，众人已经司空见惯，以至于时间久了，比丘尼甚至有了和太后平起平坐的地位。后宫的嫔妃与格格们来到大佛堂进香前都要先见过比丘尼，这和慈宁宫的晨昏定省已无分别。

其实，比丘尼来到宫中并没有多久，她出现在太后病重垂危的夜晚。那是三更时分，紫禁城上空时值十五的满月明如鸾镜，太医院上上下下悉数到齐，六宫众人集合于慈宁宫大殿随时待命。过了一会儿，寝宫传出隐约的哭泣之声，又有小太监们步履匆匆地忙进忙出，几个少不更事的答应眼见得就要哭了起来，却被令妃喝止："不到最后一刻，本宫看哪一个敢触老佛爷的忌讳。"殿上顿时又鸦雀无声。如水的静默里，就连宫眷们的鼻息都丝丝入扣起来，这比死亡更加让人焦灼。

忽然，空中传来了一缕迟缓却有节奏的敲击之声。大家都侧耳聆听起来。已经过了打更的时辰，显然不是更鼓。揆常在凝神细听了一会儿，说："娘娘，似乎是木鱼。"深宫内院，夜半之时，这木鱼声显然来得蹊跷。众人分辨了片刻，确定了声源在西华门一侧。令妃请示了圣意获准后，立即着人前往。

在宫女们的记忆中，朱红色的宫门缓缓拉开后，一身白衣的比丘尼站在月光中明亮得仿佛随时都会消失。她闭着眼睛敲击木鱼兀自朝前走，护军们想拦着她却又不敢，只是一溜儿小跑跟在她身后。比丘尼走得很快，面纱与衣袍在夜风里飞舞。她轻车熟路地走到慈宁宫门口，堂而皇之不待任何通传就入内，最后径直走进寝宫，对在场的所有人说："请你们出去。"声音轻得像鹅毛落在丝绸上，却又如钟磬般气势恢宏。九五之尊的天子在她眼中和命如草芥的平民没有两样。

仿佛民间巷陌里流传的神话故事一样，那一夜过去后，让太医们束手无策的太后在比丘尼的手下起死回生，凤体渐愈。包括当时昏迷的太后在内，没有人知道她到底用了什么样的海外奇术。她只是在事后轻描淡写地要求太后近身的晴格格利用闲暇时间于钦安殿内抄写《长阿含经》。

太后吃了一勺荷叶饭，说："不知为何，这饭让哀家想起了圆明园。说起来，也是时候该去那里避暑了。"

"太后明鉴，这饭就是取圆明园荷叶上的宿露制成的。"比丘尼说着看向了席间的明珠格格，"听闻格格也有取露水烹茶的爱好。"

明珠格格温柔地笑了笑，说："是，这是从我母亲那里学来的。"

贰·海榴初绽趁凉多

明珠格格来自民间，是皇上的沧海遗珠。据说她的生母极美且有才华，在皇上南巡的那一年得到了垂爱。不过这对皇家来说始终不是体面的事，所以几经周折，虽然她的格格身份得到了太后的认可，但这段往事在宫中仍然是忌讳，没有人敢随便提起。

明珠格格入宫前曾于学士府中受到照料，与大学士的长子互相倾慕，又兼学士府的福晋与令妃是姐妹，皇上便为二人指婚，婚期参考黄道，拣选在了年底。郎才女貌，天作之合，坊间一度传为佳话。

福晋第一次见到莲比丘尼是在令妃之子十四阿哥的诞宴上。当时她不胜酒力，入延禧宫内室更衣，在回廊的转角处邂逅了早已仙名在外的比丘尼。

"为何师父法号只是单名一个'莲'字？"二人在水阁落座，看着日光之下盛放于池中的莲花，福晋如是问道。

"莲是佛门圣花。偈语曰'看取莲花净，方知不染心'，妙法莲华，无上高洁，能以莲为名，是佛门弟子的殊荣，只当珍惜，不必追究。"

福晋见她言语之间讳莫如深，也就不再多问。二人略聊了一些禅机，日色就已黄昏。临行前，比丘尼思量再三，还是叫住了福晋。

"怎么，师父还有指教？"

"今日是小阿哥华诞，本不该扫福晋的雅兴。只是事及生死，性命攸关，为防无妄之灾，还是尽早提点福晋为好。"

福晋雍容的脸庞在暮色中逐渐暗淡下来。

"格格与令郎不宜成婚。"说完这句话，不待福晋追问，比丘尼转身远去的背影就消失在了浓阴深处。

叁·高柳鸣蝉两相和

掌灯时分，福晋到餐厅用晚膳。她一抬头看到坐在对面的明珠格格，正笑盈盈地给她的长子也就是格格未来的额驸夹菜。福晋一失手打翻了一只瓷碟。丫鬟们听到声响，赶紧进来收拾。她看着空荡荡的桌子，忽然很气愤地问："老爷呢？少爷们呢？"丫鬟回话说："老爷差人来家通报过了，今日朝中有要事，不回府中宿夜。大少爷今夜御前当值。二少爷午后已经启程返回西藏。"其实这些话事先管家早已通传，是她自己忘记了。

晚间，偏厢备好了热水，丫鬟们伺候福晋焚香沐浴。她浸泡在浴桶里迷迷糊糊地打盹。各色花瓣纷纷扬扬地洒落下来，馨香让厢房如坠空谷仙境。朦胧中，福晋睁开眼，透过腾腾水雾，她仿佛看到花鸟画屏后一个人影一闪而过。她一下子就从水中站立起来："什么人在后面？"丫鬟抱着出浴后要更换的衣服慢慢走了出来，说："福晋，是我啊。"

睡前，丫鬟持烛来至帐中驱赶蚊蝇，福晋看见火光，心中烦闷，挥了挥手打发她下去。垂下帷幔，窗外斜月朗照，花影幽微。很多往事像逐渐长出水面的清圆风荷，密密匝匝挤上心头。福晋一遍一遍回味着比丘尼意味深长的话音，各种不祥的预感层层堆叠，让她深觉叵测。

五更鼓刚过，彻夜未眠的福晋就起身入宫求见令妃。

"姐姐拂晓进宫，想必有要紧事。"令妃遣走了一众宫人。

"昨日离宫偶遇一位讲经的僧人，说是府上年关前后恐有不吉之事，需得高人化解。听说宫中莲比丘尼素来仙风不凡，只是深居简出，甚少见人，所以我想请娘娘代为投递拜帖，为我引见。"福晋话中半明半晦，半虚半实，令妃恐她有难言之隐，也未细问，当即用素笺写了帖子，差人为福晋领路，送至大佛堂。

大佛堂位于慈宁宫后殿。太后前些年于五台山清修，大佛堂曾空置数年。如今太后归来，比丘尼又妙手回春功德无量，皇上便着人重新修缮，并且御笔题写楹联——八百牟尼现庄严宝相，三千筐卜闻清净妙音。

即便是初夏时节，福晋轻声念完这副对联后，仍然于清晨感觉到了一丝寒意。

佛堂的门缓缓开了。看不出是什么人在它背后开启，或许，是这早间的风。比丘尼跪在蒲团上，面对着金身塑像做着早课。案上烛火通明，炉中香火缭绕，红泪如珊，青烬如尘。

"该说的，我都已经向福晋说明。福晋请回吧。"背对福晋的比丘尼闭着眼睛轻声说道。

"出家之人以慈悲为怀，见不得众生受苦。我辈乃凡人，为师父昨日一句不知是戏言还是实情的话而日夜悬心，胸如翻江。师父如何能置之不理，不闻不问？"

比丘尼手中的念珠和木鱼都停了下来，并随之缓缓起身，睁开双眼："戏言？福晋的意思是我在同你开玩笑？"

福晋一时哑然。比丘尼顿了顿，又说："出家人不打诳语。我与福晋不过萍水相逢，福晋有所质疑也乃情理之中。那么，信或不信，就在福晋自身了。"

福晋兀自请了一炷香，到佛前参拜。礼毕，轻声说："所谓天机不可泄露，具体而微，娓娓道来，实在是强人所难，我亦不想苛求师父，只求点化一二而已。"

见比丘尼并没有拒绝的意思，福晋走近一步，目光如炬地看着她，问："师父说犬子与格格不宜成婚，那么，到底是在哪一方面不符合规制呢？"

比丘尼看了她一会儿，取出一只盛满清水的白瓷碗，用一枚绣花针刺破手指，滴了一滴血在水中。很快，血水交融，化为无形，只有一层淡淡的粉影。

整个过程下来，比丘尼不发一言，福晋却已瞠目结舌。

"福晋好走，恕我不送。"比丘尼又跪了下来，敲起木鱼，捻动念珠，仿佛福晋并未来过一般。

福晋退出大佛堂的时候，远远看到御驾正往慈宁宫行来，大约是皇上来给太后请安。朝阳正蓄势待发，在辐射而出的耀目光线里，福晋只觉得一阵眩晕。

肆·乳燕雏莺弄花语

虽已人到中年，可十多年前她和妹妹在后花园荡秋千时的情景，福晋还是记忆犹新。

杏花连绵如云，东风浩荡又柔软。她的衣服是烟霞紫，妹妹的是胭脂红。雪白的花瓣落在绸缎上，也被渲染出了柔柔的粉色。那一年，她要参加大选。妹妹曾经在明媚的早晨询问即将入宫面圣的父亲，那紫禁城是一个怎样的所在。父亲说："你们蹴秋千的时候，在最高的那个点瞭望东方，就可以看清它的面目。"于是，她和妹妹竞相摆动。妹妹渴望看到红墙之内，是怎样巍峨的殿宇。而她更想看到的，是未来丈夫的仪容。只是姐妹俩一直无所收获。

父亲带着妹妹出门游玩的夜晚，她因为待选秀女的身份，只能禁足于家中深院，任由秋千无力摇摆。夜色绰约浓郁，天地之间春深露重。前厅忽然传来一阵小小的喧哗，不久又平静了下来。也许是猫啊狗啊的冲撞了人，也许是父亲的侧室在拌嘴，她无心去管，只是想着自己的心事。过了一会儿，又听见脚步声在穿廊尽头渐行渐近。

"主子，这是后院女眷的居所，不宜入内啊。"

"普天之下，莫非王土。不过是随便走走，又不会造次。只怪清泰不在家，下棋也无伴。"

她隐约听见那人打发了奴才，兀自走来。他步行到花园，停下了脚步。无月的夜晚，万物莫辨，于是嗅觉灵敏起来。她在花香和草木香之中识别出了来客身上的气味。那是一种华贵的香料，来自西域。

"给皇上请安。"大家闺秀，宠辱不惊，她从假山后缓缓走出。

皇上的口气是惊讶的，说自己是微服私访，且夜色朦胧也无法看清他的容貌，怎会识破他的身份。她说是龙涎香的香气泄了密。普天之下莫非王土，普天之下也只有天子才能用这种香料。

皇上问："你是清泰的女儿吗？"她说是。

皇上走过来拉她的手。她本能地往袖子里躲了躲。

"难道日后成了妃嫔，也要这样害羞吗？"皇上让她带他去闺房参观。

到了她的寝室，她要掌灯，被皇上阻止："别让他们知道我在这儿。"

后来，在黑暗中，皇上对她说了些什么，她已记不分明。或者这一段记忆，她强行从自己的历史中剔除了出去。像是在洁白的米粒之中淘洗出了一颗沙砾，她隐约能回想起自己的雕花木床非常拥挤，皇上的龙涎香非常浓烈。突如其来的情欲如繁星满天的苍穹一样笼罩了四野，笼罩了一切。

当月，她信期有误。大选将近，骑虎难下焦头烂额之中，有人提点父亲移花接木。于是妹妹代替她入了宫门，并且殿前得幸一举中选。她自己则被送入了一场紧急操办的婚事。在平稳如船的八抬大轿里，她情不自禁地想：高高在上的皇上，你一定以为妹妹就是我吧。毕竟那一夜，他们那么慌乱匆忙，尚未来得及看清彼此的模样。

当年，她以早产为幌子诞下了长子。

伍·良辰美景休虚过

福晋最初听到明珠格格的身世时表现出了极大的同情，尤其是对于她已故的母亲，那个在湖畔用一生等待着圣驾重巡的女子。同时她也很庆幸，自己当年虽铤而走险，最终却化险为夷，没有落得逝者这般不堪的下场。

但那时的她完全没有想到，有一天，这位格格和自己的长子之间会产生爱情。

格格的身份尚未确立之前，福晋一直在阻拦她和长子来往。大学士一度认为他的夫人拜高踩低没有雅量，是在担心格格的地位无法得到皇室首肯，从而配不上他们的儿子。纵有难言之隐，福晋却无从解释。不得已而为之，她只能在一个暮色四合的黄昏备了盘缠雇了车马，送这位民间格格出府。谁知隔天晚上，固执己见的长子就带着格格重新回府。后来格格暂以侍女身份进宫掩人耳目，与常在御前行走的长子多了不少相见的机会，隔着四面红墙，福晋想管也是有心无力。不久后，格格守得云开见月明，不仅与皇上相认，还得以赐婚。

窗外乌云沉沉，眼见又是一场大雨。

前厅通传说大少爷回来了。

"定下了没有？"福晋撩起纱帘，一面走至前厅，一面问道，"皇上到底准备在哪一天去圆明园？我听你阿玛说，这一次随行的队伍很庞大，御前的人手是不是充足……"

长子并没有回答，只是吩咐丫鬟准备干净的鞋袜，说完就往自己的寝室去了。

如此失礼，福晋却已习惯。从她第一次阻拦他和格格的婚姻开始，母子已经形同陌路。

陆 · 芳尊浅酌低诡歌

"既然师父已经神机妙算了解个中情由，知道他们不宜婚配，还请向皇上和太后进言，取消了这一门婚事为好。"

比丘尼是在太后初入圆明园那一夜偶感风寒后被请来的。起初太后就想带她一起入园，比丘尼以绣佛为由婉拒。谁知当天下榻后，晚风夜雨清冷，芙蓉玉簟微凉，太后不适，一时小恙，又不大信任太医，晴格格便连夜回宫，请比丘尼务必陪同。

福晋听闻此事，也备了消暑的果品申请入园陪令妃歇夏。

"师父如今有这样的本事，深得太后之心，随便撷取一个由头，诸如生辰不合，或是冲撞星斗，太后和皇上想来也不会深究。更何况太后先前本就不大属意格格，质疑她的血统。今时师父再旁加规劝，应无二话。"

比丘尼在垂着竹帘的亭子里画画。她把月牙色的宣纸铺开，用刻有兰花的镇纸压好，蘸了三分朱砂七分淡墨，大笔如椽，手腕翻转，一朵莲花就跃然而出。

"生辰不合是民间术士惯用的伎俩，我倒没有卑微到这种份上。至于冲撞星斗，那是钦天监的职责，也不在我的管辖范围之内。"比丘尼搁下笔，走到阑干边卷起帘子，看着一塘新荷，忽然问道，"何以对这件事最关心的人是福晋，而不是大学士呢？难道，对于那些往事，他真的能做到忘怀，甚至漠视？"

热浪袭来的暑天里，福晋噤若寒蝉。

晚间，皇上新开了一窖冰，御赐到各个园阁。令妃躺在藤榻上休息，宫女在一旁摇扇，福晋则与一位负责照顾小阿哥的嬷嬷闲聊。老人积古，说出的一些乡野故事尽是骇人听闻。

嬷嬷说他们镇上有一个如花似玉的姑娘，年纪是二八年华，容貌是绝顶秀色。又有个有钱人家的公子哥，长得也是一表人才，也念过些诗文辞赋。有一年春分，两人在踏青的山道上遇见了。四目勾留，皆有情意。小姐虽害羞，耐不住公子风流，三寸不烂之舌教唆之下，竟然背着人在山洞里与他野合。

福晋听到这里微微把头侧向一边。

后来，小姐就有了身孕。她母亲劝她，寒门女子即便清白，那侯门绣户也是高攀不上的。于是索性带着她远走他乡，找了山里一个樵夫草草嫁了。太平盛世，原以为就这么虚度光阴了此残生。谁曾想，这小姐生下了一个儿子，若干年后长大成人，倒出落得骨骼清奇，字也识得全，书也念得进。他父母欢喜，凑了盘缠雇了车马，叫他进京赶考。这小哥儿也算他祖坟冒青烟，往上数八代都是种田砍柴，偏赶上他这遭榜上有名，自此在京城立足。青年才俊，人人皆喜，月老庙里香火旺，红娘牵线穿梭忙。多少媒婆踏破了门槛要给他介绍那大户小姐贵胄千金，却都看不上，独独相中了一个卖花女，说自己的母亲便是贫苦人家出身，勤俭持家，相夫教子，是贤妻之道，不久就与这卖花女结为夫妻。街头巷尾都说那姑娘是飞上枝头变凤凰，可惜好景不长，成亲没多久，这少夫人就连续两次小产。乍听起来是福薄，后来才晓得，居然是孽债。

福晋听得胆怯，却又掩不住好奇，边上的两个小宫女也凑过来刨根问底。

昏暗的灯下，满脸皱纹的嬷嬷瞪大了眼睛，徐徐说道："你道这卖花女是何许人也？她连连滑胎，又生下个翻眼歪嘴的呆子，家里人觉得怪异，就请了大师来参看，抽丝剥茧，这才发现她竟是当年那轻薄公子的女儿。那公子花天酒地挥金如土，败光了家业，又弄得一身是病。妻房妾室私奔潜逃，儿女仆人也树倒猢狲散各自生活。唯独这么一个小女儿，可怜她老子，卖花为生，筹款治病，终究无力回天。锦被温床生，破席烂苇死，也实在是荒唐凄凉。"

宫女们听得心惊胆战，福晋的神思早已飘远。令妃一觉睡醒走来探视小阿哥时，福晋才回过神来。

"嬷嬷又在说什么笑话，也说与本宫听听好解解乏。"

柒·前定何用苦张罗

夜晚的雷雨惊扰了令妃的酣眠。宫女请福晋过去寝室说话。

夏夜烛火燥热，一个叫腊梅的宫女别出心裁，捕捉了很多流萤，效仿古人囊萤映雪的典故，制作了一盏萤灯置于室内。廊下又有茉莉的清香徐徐溢出，所以安宁之下倒清凉无汗。

"像这样夜间惊醒，找姐姐闲聊，感觉已经是很久前的事了。"

"做姑娘时候的事，现在看起来，好像隔了三生三世一样。"

令妃斟了茶递来，福晋慌忙说不敢。令妃说："奴才们都已打发下去了，姐姐不必拘礼。"

福晋说："娘娘始终是娘娘，代表着皇室。君臣有别，能有这样的良夜供姐妹闲叙，已经是我的福分了。"

"那一年，若不是姐姐身体抱恙，又怎么会由我替补进宫？如果没有那样的事，今时今日协理六宫的人就是姐姐了。"令妃望着窗外滂沱喧哗的雨水，不无伤感地说，"只是，妃子的身份、地位虽然崇高，却也有不为人知的困扰。就像这样的雨夜，和自己嫡亲的姐姐说话都不能再体己。"

福晋听令妃这样伤感的语气，第一时间想到的并非是身份、地位的悬殊所带来的违和。她想，连同餐同宿的妹妹都没有察觉她那一年幽微的变化，自己的丈夫作为后来者，又怎么能参悉呢？如此一来，比丘尼的话又有了另一层不可言说的玄机。

雨晴的早晨，又是一宿无眠的福晋直入比丘尼的居所。

130

她的声音如同梧桐叶上三更雨一般急促、清凉："请师父说明真相。"

这一次，比丘尼没有再拒人于千里。

捌·珍珠乱撒打新荷

比丘尼说，皇上那一年南巡的队伍很小，毕竟目的是体察民情。声势太浩大，就难以掩人耳目。陪同他出行的都是当时的至亲至信。

"大学士是其中之一。这一点，福晋应该清楚。"

福晋迷惘地点了点头。

"那么，福晋真的以为，大学士当时对初入京城无处可去的格格施以眷顾，是因为曾经见证她母亲和皇上的一段露水情缘，所以心有不忍吗？"水亭外，日光晴朗，湖上白荷初出碧水，清澈得近乎透明。福晋正为这扑朔迷离的事懊恼，比丘尼却闲适地念起了当年皇上留下的诗句："轻沾雨露轻出水，半城荷叶半城风。大明湖畔霞色晚，便趁北斗驾乌篷。"

"这是皇上的诗。我听格格说起过。"

"皇上画了一轴荷花图，题了一幅扇面，一起交于女子作为信物。若干年后的今天，她的女儿带着这两样信物找到了皇上，成了格格。这一切听起来似乎是水到渠成。"

福晋渐渐听出了门道，惶恐之中斗胆问道："难道师父觉得这其间有何不妥吗？"

比丘尼压了压被微风吹起的面纱，说："格格来到京城，除了画轴和扇面以外，还带了一把她母亲用过的七弦琴。琴的背面也有一首诗作为琴铭，来自它的女主人。福晋有时间的话不妨去看看这首诗，相信一切便会真相大白。"

玖·任他日月如碧梭

弹琴时的格格低眉垂首，妙目流盼，十指纤纤仿佛玉质，撩拨得七根素弦如泄天籁。因为知道真相即将来临，福晋反而不敢伸出手去揭开谜底，倒希望一切戛然而止，回归平静。

在格格浅唱渐止一曲弹毕时，福晋忽然好奇地问道："你的琴艺是母亲所授吗？她是怎样的一个女子呢？"

格格微笑。她笑起来时，双眸弯如新月，这让福晋觉得异常熟稔。据妹妹令妃说，皇上一直都说格格的容貌和她母亲很像，说格格遗传了她母亲所有美丽的部分。可是福晋想，自己从未见过这个传闻中的奇女子，而格格和皇上的面庞说起来也无甚相似之处，那么，这种熟稔之感到底来自哪里呢？

"如果不是我母亲的女儿，只是听外人描述，我也是绝对不相信世界上真的有这样的人存在。她会弹琴，精通棋术和药理，善于书画，在诗文上也有自己的造诣，几乎无所不能。"

福晋在格格崇拜的神色中不难想象出她母亲在她心目中是何种伟大的形象。"不过她最伟大的地方，是她作为母亲的担当。"格格如是说。

福晋又问："你母亲在世的时候，有没有向你描述过你的父亲呢？或者，难道你自己不会好奇，不曾主动询问过吗？"

"很小的时候，我曾经问过，但是母亲严肃地告诉我，这不是我应该关心的话题。她的一生都在等待中度过，如果不是预知自己即将病逝，也许她到死都会守护这个秘密。"

谈话间，外面来了一个宫女，说晴格格请明珠格格过去看一个绣花样子。

格格缓缓起身，嘱咐自己的侍婢给福晋续茶，又对福晋说："我去去就来。"

无人的琴房因为窗外的蝉鸣显得更加寂静。那具琴就在眼前。照比丘尼所说，所有的秘密都隐藏在这具琴身下。福晋朝走廊外看了一眼，步履轻盈如鹤踏雪泥一般走到琴案前。她想轻轻抚弄一下，长长的护甲却不小心勾到了琴弦，发出"叮"的一声脆响。她缩回了手，想就此罢休。可最终，她还是忍不住查验了它背面的琴铭。确实是一首诗。

> 一夜雨露是恩泽，谬赞蒲姿倾国色。
> 莫忘曾唤小莲心，空教雨荷盼春和。

雨荷，记得是格格生母的芳名。至于春和，福晋很熟悉，是她夫君的表字。

拾·人生百年有几多

即使上了年纪，大学士仍然坚持每晚留出一个时辰在书斋作画。

福晋有时会沏一壶莲心茶过来陪着他。大学士说："莲心在药理上可以清火静心，在法道上也可以使人铭记五味，得知众生疾苦。"

大学士年轻时南征北战功勋卓越，外人听说他雅好丹青，常常馈赠气势磅礴的山水画或是虎啸龙吟的猛兽图，却都是以讹传讹。大学士的最爱是仕女图，爱收藏，也爱画。不过他笔下出现的女子无论站卧坐起还是抚笛鼓瑟，都只是同一人。画完了，他会题下"小莲心"三个字，落款"春和"，盖上大印，然后烧毁。

福晋曾经在洞房之夜询问他的表字。他说是春和，但这个字，他只会告诉他的女人，外人一概不知。福晋也曾经在初次目睹他焚烧画作的夜晚问他为什么这么做，"小莲心"三字又是何意。他说，画中女子是故人，"小莲心"是他给她取的爱称。

从本能上来说，福晋自然会觉得伤心，天下女子，谁会愿意有另一个人停留在夫婿心中，分食一份爱意。可她看看暴雨初歇后湛蓝高远的天宇，又觉得释然。试问人世间，二人相逢皆是赤子初心的，又能有多少？寻常如己，一样有不堪的秘密。

日过花廊的午后，穿堂风吹来新荷的清香。福晋有时路过庭院，会看到格格带着孩子在花荫下念书写字。虽然坐拥天伦之乐，福晋却尚未放下重担。她想，格格的母亲在弥留之际和盘托出的秘密如何算得上是秘密呢。身为女子，一生中总有一二秘事不可对人言，即便亲厚如母女、夫妻，也要守口如瓶。

福晋正要回房歇中觉，看到一个丫鬟匆匆走来，递了一双布鞋给格格，说是一位云游的师太来化缘，用这双布鞋换了半袋薏米。格格接了过来，让小少爷试了试，大小正合适。

福晋一下子就想起了失踪已久的比丘尼。那一年，她曾经手写了一封长信托人带给比丘尼。信中，她讲明自己的头胎是一个女儿，为巩固在府上的地位，就托村妇偷龙转凤，所以长子并非己出，请她不必再插手这件事。后来，比丘尼便在格格新婚前夜消失了。如同来时那般奇异，她的离去也一样神秘莫测。没有人知道她是谁，为什么而来，又为什么而去。

福晋听丫鬟如此说，匆匆走到门口。车水马龙的长街上人来人往，一片白茫茫的日光。红尘烟火里，似乎看不出有什么人刚刚造访，倒是头顶的一片青云，显然是不久后又一场骤雨的迹象。

浮 花

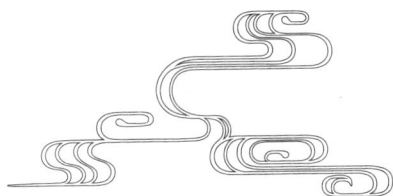

壹·纱帷昼暖墨花春

似乎那些年，阳春的到来总是非常敏捷。常常前一夜山间还遍布着白雪，次日晨起，就有温软的南风遥遥吹来。落花断续，窗前像是下了一场红雨。

走到殿外，耀眼的光线让笪姬不得不启动茂密的眼帘。

白茫茫的春光一泻千里，女娲坐在昌盛的凤凰花丛中用碧绿的柳枝编筐。山涧在她身后清澈地流落着，那柔和的水声恰如其分，像是女娲本人在哼唱着异乡的谣曲。

女娲感觉到了笪姬的存在，抬起头向她微笑，眉眼朦胧而优美，绝不同于人类。

扶着朱红色的柱子，笪姬迷茫地询问自己，她真的是灾难的缔造者吗？兽类真的与她有着难以化解的深仇吗？

不用思考这些难题的日子里，笪姬可以尽情地享受和女娲在一起的乐趣。女娲带她去幽深的树林里品尝蜜蜂们酿造的成果，用新织的布为她裁制春衣，在绿芦成阵的滩涂间捕捉青螺和横行的小蟹，江上的风缥缥缈缈地吹来，水波里的光闪烁如星，她和女娲一面饮酒一面乘着竹筏顺水而行，回到女娲山，回到属于她们的宫殿里。

女娲无微不至的照拂使笪姬如沐春风。可一旦想起王临死前的眼神，她又会在寒噤中清醒过来。她无法忘记自己的任务，那些遍野的横尸也不允许她忘记。

她要取女娲的性命，以此来换来兽类的太平。

贰·踏天磨刀割紫云

兽类以狮为王，以狐为美。大雪封山的冬夜，在幽暗的洞穴里遥望着远处火光绰约的村落，一向尊贵桀骜的王沉沉哀叹了一声。他问笪姬还记不记得那些人类出现之前的日子。笪姬缓慢地踱至他身旁："记得。那个时候，我们自己也会竞逐厮杀，也经常伤亡惨重，血流成河。但我们只有牙齿和爪子，没有弓箭，没有刀枪。"

"盟友和敌人之间的界限并不明确，要看怎么筛选。在你们狐族面前，我们狮族是敌人。但有了人类这样共同的敌人，我们反而可以站到一起。"王凄怆一笑，"狐乃美兽，你又是狐中最为机敏者，在灭顶之灾尚未降临之前我想交给你一个任务。"

笪姬垂首待命。

"从我们这一片山林向东南，再向东南，一直往前走，有一座女娲山，山上有一座女娲宫，宫里住着一个女子，她的名字叫女娲。她拥有抟土为人的神力。我们要想从根本上抵抗人类，就必须杀了她。否则日后人类越来越壮大，总有一天会超过我们的数量，到那个时候，我们再想保命，就回天无力了。"

笪姬深思一番，答道："我当然愿意为这片土地效力，不过，既然她是神，我恐怕没有足够的本领去撼动她。"

王转过身，向洞穴深处的黑暗行去。雄浑的狮啸撞击在洞壁上，分明已是末日之叹："试一试吧，强弩之末只是搏个万一。"

那一夜，笪姬与王都没有睡。天快明时，急促的马蹄声像惊雷一般剥夺了他们昏沉的睡意——贪婪的人类再一次毫无征兆地突袭。他们在洞口看到成群的鹿纷纷跪下了前蹄，豹子的鲜血洒满了白雪大地，就连那些小得都不够果腹的兔和鼬也没能逃脱追捕，甚至有的早已被技术精湛的猎手一箭双雕。

王猛啸一声，笪姬知道他按捺不住要去阻止这一切，立即抱住他的前爪："他们有利刃在手，我们仅靠肉身绝不是他们的对手。贸然出去拼杀只会枉送了性命，请三思而后行。"

"万兽既然推选我为王，绝不是让我在这里眼睁睁地看着他们用血肉之躯拖延敌人的脚步。如果我不能保护自己的子民，即便苟活，大概也是这世间最孤独的王了。"说完，王就像一团金色的火焰一样飞奔而出，映亮了洁白的山川。他飞快地衔起幼貂和羊羔这些他曾经的食物送至安全隐秘处，又迅速折返到屠戮场，向着带队的那个猎人扑去。

他必须要那个人死。

就像他这王死了，兽会大乱一般，要想让狩猎的团队崩溃，必须要拿下为首的奸贼。

箭射过来了。它的力量足够切断烈烈的朔风，自然也足够刺入王的身体。他惨烈的长啸让笪姬寒噤不止，可她分明又看到王忍着剧痛拼命咬住了领队猎人的腿，一把将他拖下了马，一直拽着他往前疾行。猎人队伍紧随其后不断地向王射箭，不断地射，不断地射，满身芒刺使王看起来像一只巨大的刺猬，但王还是死死咬着猎人的腿奔跑着。

到了悬崖边，王停住了，猎人醍醐灌顶地明白了王的用意，挣扎着用手中的长刀刺向王。

血染的王在东升的旭日下伟岸直立着，随后一甩首，将领队猎人扔下了万丈深渊。

　　猎人们见状，纷纷调转追赶王的脚步，驾马下山寻找首领的尸首。一直坚持着不肯倒下的王看到敌人撤退，微弱一啸，顿时如雪崩般瘫在了悬崖边上。笪姬和那些幸免于难的万兽纷纷奔至王的身边。一时间，猿啼鹿鸣，熊吼狼嗥，各种悲声如天边徘徊不去的飞鸟般久久萦绕在山间。

　　王合眼前一瞬的嘱托在这些哀号之下显得轻如鸿毛，但笪姬听得很清楚。

　　"杀了女娲。"

叁·捶碎千年日长白

　　东南，再东南。

　　朝着这个方向，笪姬每日黎明都会看到一颗浅红色的星星。以前，她以为这种颜色的星星代表着福祉，却万万没想到它是万恶之源。曙色晦暗，它漂荡在渐渐稀薄的银河里，像水上一瓣浮花。

　　穿过暮春细细的雨水，初夏的晚风，深秋的落叶和隆冬的雪，笪姬一直往东南走。沿途她不断地向草丛里的同伴打听女娲山的具体地址。没有人听说过这个地方，以至于她的脚步慢了下来，她甚至一度怀疑是王记错了方位。那颗像浮花的星还很远。笪姬想，某一天，能走到它之下，由它当头闪烁，或者女娲山就到了吧。

　　她感到非常疲惫，就在一株高高的松树下睡了过去。

　　醒来后，她看到老迈沧桑的树干上盘踞着一条硕大的蛇尾，银白的鳞片在艳阳下熠熠生辉。举目上观，蛇尾一点点过渡成为人的腰肢，一个容貌绝美的女子正提着一柄竹篮采摘枝桠间垂坠的松果，整个人柔软得像河滨的新柳。

"你醒了。"女子一跃而下，蛇尾萎落，成为白色的衣袂，虚笼笼地遮着幻化而出的修长双腿。

"我睡了很久吗？"

"是啊，从春天睡到了秋天。我想你一定是走了很远的路吧。想吃点什么吗？"

"我有点渴，这附近哪里有水？"

"你跟我来。"

白衣女子提着一篮松果逶迤行去，她的发丝在山风里飘摇。每走几步，她就会回过头来看看尾随其后的笪姬。笪姬戒心甚重，迎上她的目光就会停下来躲到一旁的山石后。几次三番，白衣女子就不再过问它了，一直往山上走。日光透过树木枝叶的罅隙洒在她的后颈上，如发光的图腾。

泠泠水声在不远处传来，笪姬几步蹿了过去。山里的一面大湖波平如镜地倒映着苍蓝色的天宇。笪姬俯身饮水。白衣女子兀自踏上了横跨湖面的一座木板长桥向山深处走去。

笪姬正畅饮，湖水不知何故越涨越高，几乎要濡湿了笪姬的眼睛。她当机立断追随白衣女子的足迹上了长桥。此时，湖水满溢而出，飞流而下，成了一道瀑布。

来时的路被水淹没，山的另一面则是悬崖。

"要去我家中做客吗？我临走前在锅上炖了食物，应该都熟了。"白衣女子说。

一时不知如何下山，笪姬思前想后，唯有随她而去。

花木葳蕤，可它们碰到白衣女子的身体时如同得到了某种感应，纷纷收起了枝蔓而呈现出一条大道。径直走到一座深红色的殿宇前，白衣女子方才驻足。笪姬顺着她的目光看去，见门头悬着一块石匾，上面清清明明写着"女娲宫"三个字。

肆·东指羲和能走马

女娲的宫殿非常宽阔，宽阔到用空旷来形容也并不夸张。梁很高很高，冥冥之中，笪姬觉得它是和天平齐的。一幅幅白色的纱罗从天而降，殿外的风像吹动着云层一样吹动着它们。

女娲的宫殿里没有任何东西，连床都没有。子夜明月朗照，她漂浮在风中而眠的姿影依稀可辨。笪姬感到困难——对于王临终前交代的任务。

她简明扼要地问女娲是不是神。女娲也毫不避讳地给予她肯定的回复，轻松得好似神的身份并没有任何隐瞒的必要。

"神是万古长存的吧，即使地老天荒，生命也不会完结。"笪姬这样问。

月光清洗着女娲本来就极为明净的眼睛，她喃喃地说："不。等到世间有了日日如常的运转，清晰而有力的秩序让所有的人都自发地遵守，神的任务就完成了。像世间万物寿终正寝长眠故土一样，神也会灰飞烟灭，变成地上的一阵风，或是天边的一颗星。这是我们亲手创造出来的世界，我们最后也会变成它的一部分。"

女娲也会死——这是笪姬希望得到的答案，毕竟凭她的力量，终其一生可能都无法达成王的遗愿。她觉得伤感，更对这个一开始就被王放到敌对面的女子有了一些眷恋和同情。当然，她也觉察到了自己的可笑。一只卑微如草芥的狐居然怜悯一个神。

在与女娲相逢之前，笪姬一直认为神是忙碌的，需要呼风唤雨，并且无时无刻不在巡检着江河大地。而实际上，女娲的生活非常平静、单调。

她每天唯一的工作就是坐在湖边，用水和泥捏出一个个小人。暮色低垂的时候，一只巨大的凤鸟从西方飞来，女娲把这些小人安放在凤鸟艳丽的脊背和翅膀上。凤鸟弯起长长的颈，以翎毛摩挲女娲的掌心。凤鸟将载着他们到人间去。沐浴过雨露、风和阳光，这些泥人就会成为一个个鲜活的生命。

捏完这些小人，女娲的膝盖上出现了一块长长的木头，木头上有七根线，她的手指拨动每一根线都会发出不同的声音。

女娲说："这叫琴。是伏羲创造出来的。"

笪姬问伏羲是谁。

女娲的目光里涌动着一种玄妙的忧伤。她说伏羲是她的兄长，也是她的夫婿。走兽有雌雄之分，神和神创造出来的人也有男女之别。女娲是女子，伏羲是男子。他们一起创造，一起生活，度过了很漫长的时光。

如湖水落下山变成流涧，女娲的眼中也落下了同样的两行流瀑。她说这是眼泪。当一个人思念另一个人的时候，眼泪就会出现。

伍·孤鸾惊啼商丝发

"做人的感觉，你想试试吗？"有一天，在捏完又一批土人偶之后，女娲这样问笪姬。

人？那些在马背上驰骋，手握弓箭，杀戮无数，野心勃勃的人吗？笪姬这样想。做一个让自己都害怕的存在是危险的，可也正是因为危险，才会令人心生向往。何况，做人可以操控利器，那么，替兽类复仇的大业就有了一丝丝成功的几率。

一个土偶被女娲立在水上。她说："你去吧，进入它。"

笪姬怕水，在湖畔踌躇不前。女娲微微拂动衣袖，推送她徐徐涉水而行。

白色的水雾里，那土偶散发着淡淡的红光，这令笪姬忆起天边那一颗哀艳的星。她闭上眼睛，投入它，与它融为一体。倒影再一次出现在水中时，她的姿影已有倾世之态。当她和女娲并肩走入凡人的视野，众人甚至以为这一对白衫飘举的美人是姐妹。

女娲屈膝跪坐在幽深的柳荫中，笪姬帮她梳头。身边芳草如茵，蝼蚁不停穿梭往来。

女娲淡淡地说："凡人之所以是凡人，是因为他们总有看走眼的时候。就像他们觉得我们是姐妹，就像他们怎么都看不出，这个所谓的妹妹其实对姐姐存有杀心。"

笪姬的手很稳，梳子并没有掉落，可她的动作却慢了下来。梳齿一丝一丝地篦过女娲的头发："你很早就知道了吗？"

"神对一切都了如指掌，看穿万民的心思就和透过水看到鱼一样简单。"

"那你为什么还让我留在你身边？"

"因为你杀不了我，而且，你慢慢也会知道，即使我没有造人，兽类之中也将有佼佼者脱颖而出成为世间的主宰者。我这么做，只是加快了进度，让生息繁衍更早地进入秩序。所以，它非但没有铸就涂炭生灵的大错，相反是一件好事。这也并非我个人的筹划，是我和伏羲共同探讨出来的方案。"

"可以说说伏羲吗？"

女娲站起来，走到水烟缭绕的湄岸。她说伏羲是一个永远都讲不完的故事，她需要整理一下思绪，寻找合适的开端。

很早很早，伏羲和女娲就一同出现在天地之间。那时，茫茫四野都还很荒芜。他们无从追溯自己的来处。他们也许源自云与天的碰撞，也许源自雨水对山石的洗涤。但这都不重要了，重要的是他们今后要面对的一切，这其中就包括缔造人间的大业。

女娲抟土为人，伏羲传授人们使用工具和建设家园的方法。他们各司其职，像是在一轴画卷上完成不同的部分。

后来，在一个阴沉的春日，梨花如雪，空气中四处流淌着清冽的香气。伏羲于花雨中深深地凝望着女娲。他夜色般漆黑的袍袖猎猎招展如风帆，这让他看上去像一艘即将启航的大船。他说："我们不能再待在一起。连人都有了羞耻之心，通婚者必须从外族中挑选，而绝不能诞生在内部。"

"我早就感觉到你想离开了。"女娲的琴停了下来，"我们和人不一样，可以看到对方的心底所想。可是，既然不一样，为什么要去顺应他们的潮流？他们离开了我们，势必会建立新的规则，这是我们难以操控更不必遵循的事。"

说完这些话，女娲就明白，所有的解释和挽留都是无效的。伏羲会在月升之前离去。

那一晚，她一直送他到星河之畔。

伏羲说："其实你也清楚，祝融和共工都很爱你……"

女娲哀伤一笑："我们和人不一样，没有那么容易移情。"她咬破手指，在一颗星星上滴落一滴血："星星太多，如果有一天你忘记了回家的路，记着抬头分辨这颗浅红色的星。那是我在原地等你。"

陆·神血未凝身问谁

入夏后，雨水明显增多，瀑布的流速也变得越来越快。女娲在山巅遥望远处的一条大河，那里的水位正在不断地抬高。笪姬亦忧心忡忡起来："两岸的村庄都十分密集，如果暴发洪水，受灾的人口一定不少。"

女娲的眼睛里荡漾着慈善的光："他们曾经射杀你的同伴，侵占你们的家园。你不再恨他们了吗？"

笪姬顿了顿，说道："人祸固然叫人愤怒，可天灾远比人祸更可怕。况且，洪涝夺取的不光是人的性命，兽类一样不能逃脱。你如果能用神力来阻止，大家一定会非常感激。"

"先等一等。如果真的是他在兴风作浪，那就轮不到我出手了。"

夜间天风浩荡，笪姬正要关上殿门，只见一团火球瞬间划过了天际，那绚丽的弧线让她误以为是梦幻泡影般一闪而过的虹。只是，紧随其后纷至沓来的一团团火球很快就消解了她的想象。

女娲悄然来至笪姬身边，夜风里，她白衣飘卷，周身像围绕着一大簇银翼的蝶。

"果然是共工。"女娲说。

这个名字，笪姬不陌生。在有关伏羲的故事里，他是女娲的爱慕者之一。

"他为什么要这样做？"

"他要毁掉我和伏羲辛辛苦苦营建的一切，好让我忘记伏羲，和他在一起。"

"神也会这么自私吗？"

"当然，这是所有感情的根基。我们的爱，我们的恨，都要从自私开始。"

暗沉的夜空正逐步变亮，不仅仅是由于那些璀璨的火球。当遥远而混沌的山谷披上淡淡的红光，笪姬惊讶地发现，那只曾经替女娲载土偶到人间的凤鸟正扑闪着燃烧的翅膀迢迢飞来。浮荡在苍穹下的云层被它的羽翼点燃，仿佛朝霞们等不及黎明而提前登场。

凤鸟飞抵她们脚下，火焰最旺的部分竟然是一种接近白光的状态。一个剑眉星目身材颀长的绛衣男子跃出万丈白光，来至女娲身边，顺着她目光的朝向一并远眺。

"他现在真是越来越易怒了。"绛衣男子说道。

"该说的我都对他说了。他能理解也罢，不能理解也罢，有什么情绪都应该冲着我来。下界的黎民是无辜的。"女娲的眉峰微微凝聚着。

绛衣男子说："他座下的那两个助手已经被我击退，想来这水势暂时还构不成太大的威胁。"女娲转身朝宫殿走去。绛衣男子一扬手，撒出了万颗火种，原本幽沉的殿宇刹那间亮起了盏盏明灯，辉煌得让人有热泪盈眶的冲动。绛衣男子站在殿门外，并没有进去的意思，只是对女娲说："时辰不早了，你尽早休息吧。"

女娲点点头。

绛衣男子的目光落在了笪姬身上："她就是你之前收养的那只小狐狸吗？你把她变成了人？"

女娲微微拢着笪姬的肩膀："是不是很美？"

"这样也好，有她在你身边，日子不会那么孤单。"绛衣男子笑了笑，就要下山去了。

"谢谢你，祝融。"女娲对着他的背影说。

"几千年都过去了，你我之间何须这样客气。"祝融回过头，脸庞在火光中更加俊朗，"有些感情需要占有，但有些感情，能陪伴就已足够。"

柒·海尘新生石山下

女娲告诉笪姬，其实她以前和共工是非常好的朋友。共工和伏羲也是。他们三个人在山亭里无数次就着清风明月饮酒弹琴，千年岁月好似弹指一挥间。

一年冬天，伏羲到人间游历。雪下得非常大，女娲接到共工的邀请，去他位于沧海的居所赏梅。那一日，共工照例喝了很多酒，女娲因只身赴宴，略饮几杯就起身告辞。共工仓皇下了主人的席位，一把握住了女娲的手。一份被克制很久的心思在那时毫无保留地漫溢出来，几乎不需要动用神力就可得知。

"你醉了。"女娲厌烦地挣开他的手。

"我没有。"共工说，"你跟我来。"

他们御风而行，在一方冰潭前悠然降落。共工问她还记不记得这里。女娲环视一圈，大雪覆盖了记忆的线索，她面若冰霜地摇摇头。

"其实，这里很早就下雪了。山里枫叶红了的那一阵，你曾在这个水潭沐浴。为了让它保留你身体的香气，我就用冰封锁了它。不管你接不接受我，我以后都可以来到这个水潭边，在气味里怀念你。这是你留给一个水神唯一的东西。"

说这段话时，共工的眼睛是浅红色的，也许是喝多了，也许是泫然欲泣，总之，当她后来在星河之畔送别伏羲，用血点亮那颗星星时，女娲蓦然就想起了共工的眼睛。

浅红色是一种淡淡的凄哀，是等待。

自此，共工与他们断绝了往来。听神界的友邻说，他常年潜沉在水底滥饮，酗酒使得他心性大变。海啸和洪水时有发生，多少船夫和渔民都枉送了性命。

"我曾传话奉劝过他。他安稳了一些年，如今又开始躁动了。"

笃姬问："有什么方法永绝后患吗？"

"祝融总是会挺身而出。我想，一场水火之间的大战恐怕在所难免了。"

女娲的预测很快在天地之间上演。笃姬只记得，这一日，天的一半是暗青色，另一半是火红色，两半寰宇惨烈撞击后，金色的熔浆如雨倾盆，大地被砸出一口口深井。原先是暗青色的那一边占了上风——那条恶龙喷出如山巨浪，叠叠翻滚，逐层涌来，火焰遇水，尽数熄灭。祝融这一侧就要被它压倒时，火红色的另一半里生生飞出无数只灿烂的凤鸟，它们结成人形的队伍，一路向前飞去，长喙中不断吐出金珠，直直射向恶龙的双眼。

漫长的交锋后，笃姬只听云间传来一声惨烈的龙吟，那暗青色的一边便如潮退去，金色的晴光占领了全幅的苍天。

女娲双手合十，默默为元气耗尽的祝融祈祷。

"你看。"笃姬指向冰冷的北方。在那里，巍峨的不周山作为擎天柱已为人间效力了千秋万载，而双目失明的恶龙正奋力向它拦腰撞去。一阵天崩地裂的巨响后，森冷的青色龙鳞伴随着塌陷的天洞纷纷飘落。

"女娲，天塌了。"笃姬奋力呼号着向她奔来。

银河倒灌，天水奔流，人间成了一片汪洋，这远比共工之前的擎举要残酷数倍。

飞沙走石中，女娲转身一掌击碎了自己的宫殿，同时召唤祝融的火凤，以万丈高的烈焰炼制宫殿的碎片。她说除了水火之外，这些碎片恰好包含了五行之外的金、木、土，若能炼出五彩石，或者这天之罅隙尚可补救。

追随女娲的那些日子里，难以忘记的场景数不胜数。但笪姬想，如果她临死前还在回忆其中一个画面，那一定是婀娜而矫健的女娲手捧彩石飞向天际奋力而行的样子。她的长发缠绕飘飞，月光一样皎洁的衣裙宛似电露泡影。天女回眸，流照人间。

笪姬永远都记得她作为神的惆怅和美丽，以及她呵护着的亘古的爱情。

捌·银云栉栉瑶殿明

当太阳再一次从东方的扶桑巨树中驭马而出时，女娲没了踪迹。天地恢复了最初的样子，笪姬也一样，回归狐的本体。她孤零零地站在风卷残云后的山巅，任山风戚戚，扑面而来。那一座曾和女娲共同居住过的宫殿只剩下了遗址，她回首看着那些断壁颓垣，不禁号啕大哭。

笪姬下了山。每一个孤寂的黎明，陪伴她的依然是头顶那一颗浅红色的星星。

她猜不到女娲最终有没有等到伏羲。她总是一厢情愿地替女娲假想，那个男子披星戴月一路远行后始终不能忘记她，仍会回来与她厮守。他们双尾缠绕，互诉爱意，生命融入山河，融入天地，成为万民的皈依。

为了纪念女娲补天的功德，人间真的开始修建各种庙宇，用巨石雕刻女娲的神像，竖立宝幡，谨奉香火。众人的心愿多得像流沙，在案台之下打盹的笪姬想，这么多祈望，女娲你真的可以替他们一一实现吗？

又有很多年过去了，乡族成为城邦，城邦一多，又聚合成为国家，一国之主便称为王。

据说，这一朝代叫商，商朝的王叫纣。大概也有很多愿望想请神灵帮忙实现，纣王听说了女娲的声名，便来到庙宇中参拜。然而，当他看到女娲像的第一眼，就被她端丽幽谧的容颜吸引了。纣王情思摇荡，不能自拔，随即在墙上题下了一首诗。

> 凤鸾宝帐景非常，尽是泥金巧样妆。
> 曲曲远山飞翠色，翩翩舞袖映霞裳。
> 梨花带雨争娇艳，芍药笼烟骋媚妆。
> 但得妖娆能举动，取回长乐侍君王。

笪姬轻蔑地笑了。区区一介凡夫俗子，竟然对女娲存有这样的不敬之心。她必须替女娲惩治这样的轻狂之徒。只是，对一个君王来说，死并不是最可怕的事。她得换一个让他痛彻心扉的方法。

郊外的陌上，冀州来的一行人马正往朝歌的方向而去。那红罗飘飞的肩舆上端坐着的苏家少女正是进献给纣王的礼物。笪姬灵机一动，像当年进入土偶一样，进入了少女的灵魂。

前一夜，纣王和大臣们饮酒赏舞，直至拂晓方才进入后宫。侍寝前，纣王一层层褪去她的纱裙，问她叫什么名字。笪姬透过帐帷，见宫殿的飞檐下正低垂着那一颗浅红色的星。她无比伤感，却满带笑意地回答他："我叫妲己。"

纣王问她这名字有什么含义。

笪姬说："妲——有女达旦，是说东南方有一颗星，某个女子在这星星之下等待爱人，日复一日，直至天明。"

纣王啜吸她滚滚垂下的泪珠，爱怜道："美人儿，是我来迟了，让你久等了吗？"

玖·仙人烛树蜡烟轻

离宫别馆，次第兴筑。鸾马奇物，充盈宝殿。以酒为池，悬肉为林。丝竹漫天，奇花遍植。笛姬的计划有条不紊地开展着。她就是要他寄情声色，荒废朝政，要他亲手毁掉戎马半生才换得的天下。国破家亡，万劫不复。

可当暮色席卷四合，站在高高的露台上俯瞰华灯初上的百里朝歌，她却心有余悸——倘若女娲得知这民不聊生水深火热的状况，会原谅她的草率和荒唐吗？毕竟这烟火人间，是她和伏羲数千年的心血。

在她为此苦恼而左右为难之时，宫女们议论纷纷，说御前近日多了一个琴艺卓然的青年。这位青年是西伯侯姬昌之子，也是纣王扣押在手里的人质。自与女娲一别，笛姬已许久未听过琴声，闻讯后，当即召这名叫伯邑考的青年到后宫传艺。

"你知道琴是谁发明的吗？"她问伯邑考。

"恕我无知，请不吝赐教。"

"是伏羲。琴是他送给爱人女娲的礼物。"笛姬又问，"你的琴艺又是拜谁所授呢？"

伯邑考整理了一下衣襟，如此描述他师父——他说他师父弹琴总是那么出神入化，并不是技巧有多高超，而是每弹一首曲子，都像是娓娓道来一个古老的故事。不弹琴的时候，师父喜欢负手站在西岐最高的山上。他告诉伯邑考，东南方那颗浅红的星星之下有他一直想回的家和一直忘不了的人。

伯邑考见笛姬垂泪，惊道："是我言语有冒犯之处吗？"

"不，我只是和你的师父一样，思念着远方的故人而已。"

得知西岐人质和自己最心爱的妃子密谈一夜的消息，纣王至为震怒，不由分说杀了伯邑考。但罪壑难填，仅仅取人性命早已无法满足这位杀人如麻的君主。他得意地告诉笪姬，一碗肉羹正被送往姬昌手中，食材就是他的儿子伯邑考。

金碧辉煌而无限荒凉的大殿之上，锦衣如花的笪姬抱着伯邑考留下的琴，强忍所有愤怒和恶心，对眼前的恶魔回以媚笑。她再也不用为自己的决策感到歉疚，女娲如有神知，想必会鼎力支持她葬送这个朽毁的王朝。

她抱着琴向殿外走去，向朝歌最高的建筑走去。

在那座叫"摘星"的高楼之上，她喝了一夜的酒，弹了一夜的琴。直到破晓前，东南方再次出现了那一颗星。

她知道，她离它一直是如此之远，又如此之近。

广寒宫

壹·不是昔年攀桂树

有一个在红尘中流传的成语是因我而起。

那是我第一次来到广寒宫。浩瀚的云海，连绵而空旷的琼楼玉宇，以及隐藏在宫阙背后重峦叠嶂若隐若现的山脉，那种岑寂和清冷令我望而生畏。

嫦把我从臂弯中放了下来。我洁白的毛发留有她香怀的沉檀之气。

烟云弥漫，所以我看不清前路，奔突之中忽然就撞到了一棵树。正在为额头的剧痛而苦恼时，一双手把我捉了起来。这并非是嫦的手，她的手如春冰一般细腻凉润，而这只手上满是老茧，它应该来自一个常年劳作的男人。

他的手让我觉得年迈，可是容颜却是不相匹配的妙年风采。我忘记了，仙人千年不老，他们的韶华将永远停留在盛时。他把我提到眼前，在我嫣红的双眸里看自己的倒影。

"一会儿是可以吃上兔肉了吗？往后是不是守株待兔就可以了呢？"

这就是我与吴刚唐突尴尬的初见。他为我编拟出了一个成语。这个成语此后在仙界不胫而走，仙子们受用尘寰的香火时又泄露了天机，人间草民便把这个故事口耳相传。说从前有个伐木的樵夫，在一棵桂树下小憩，忽然有只迷路的兔子撞到了树上，成了樵夫的盘中餐，是为守株待兔也。

故事在千万人之间频繁地重述演绎，总有地方与事实有所出入。就像我，并没有被吴刚拿去烹煮，相反，和他成了很好的朋友。

吴刚曾经问过我和嫦的渊源。我说那是在一个晴光万里的好天气里，我正在万物生长的广袤大地上奔跑，享受着明媚的春日。忽然，不知从何处来了一位猎手，他瞄准了我，向我放出一支阴森冷箭。流矢在风中呼啸而来的感觉如芒刺在背，我以为我就要死去，却又听到水袖在身后飘来的声音，像是春水在河道里流淌。

绕指柔击退百炼钢，嫦，这个天外来仙救了我。她在风与日光中回转纤腰的姿态，仿佛柳浪里低飞的流莺。

随后，她给我取了一个名字，叫阿玉。

贰·半岩春雾结房枕

"后来，她爱上了这个猎手。再后来，不知道为什么，他们不得不分离。她被迫回来。"吴刚用温柔的眼神看着我，说，"是这样的吗？"

"你怎么知道？"我接过他递来的桂花糖，用爪子微微掩着嘴巴咀嚼着。我知道，三瓣嘴使得我的吃相不太好看。

吴刚的话至此戛然而止。他从云海中拾起斧子，继续他无趣的工作——砍伐这棵高耸入云的千年古桂。可这棵树有着神奇的自愈能力，吴刚在它身上留下的豁口深度永远赶不上它的复原速度。

吴刚如同一个沉默静谧的谜。斧凿之声越响，他似乎越寂寥，像是花也要谢了，鸟也要飞去了。

谜底揭开是在仙子双成登门造访的那一天黄昏，在广寒宫主殿外的栏杆上，我们可以看到渐渐沉落到西天的斜阳。

仙子双成俗家姓董，是西王母座下的侍女。她梳双鬟，持如意，蔚蓝如水的纻衫在晚风中轻轻飞卷。仙子说，无论是吴刚日复一日的伐木工作，还是嫦永生永世的升降轮回，都是天帝对他们的惩罚。

往事追溯起来，要回到多年以前在群玉山的一场瑶池宴会上。大家推杯换盏，争相豪饮。觥筹交错之间，西王母提议以游戏助兴，随即将天边一朵流云变成青鸟，赐在座的男宾每人一把弓，一支箭。能射中青鸟者，将由她出面，安排到西方极乐听佛祖讲授无生之道。

我打断了仙子双成的叙说："我有一种预感，是吴刚射下了那只青鸟，是吗？"

仙子在暮色中抚摸我的耳朵，并且意味深长地凝视着我，说："你和嫦的感觉一样。她当时也是悄悄与我耳语，说她觉得力拔头筹的将会是那个白衣男子。"

仙子说她只知道羽衣洁白的吴刚应验了嫦的猜测，却没有料想到与此同时他也虏获了嫦的芳心。嫦爱上了他。

"阿玉，天界的仙人们虽有占卜预料的法力，但也不会随随便便地去消耗它。比如人间的帝王这一年会招募多少宫女，比如此时此刻又有多少母亲即将临盆。对我们来说，这些都不值得动用法力去推测。只有在自己钟情眷恋的人和事物上，我们才会稍加留神，也只有为之痴迷沉沦，这种法力才更加精准。"

在仙子双成悠长的话音里，我觉得她已经窥破我心底某个甚至被自己忽略掉的秘密。

叁·倚屏山枕惹香尘

作为射神的大弟子，吴刚在那次的桃宴上一举成名。他也落落大方地接受了去嫦的广寒宫饮茶的邀请。

在桂树下，吴刚和嫦抬起头仰望它遒曲的枝叶，他的神色中流露出一种怅惘。嫦问他怎么了，吴刚说："没什么，只是觉得认识这棵树已经很多年了，像是故人重逢一般。"他们拾级而上，在偌大的石台上眺望远山。吴刚问嫦那山叫什么名字。嫦说叫春山，是天帝取的名字，他说广寒宫太清冷，取一个暖和的名字好压一压寒气。

人闲桂花落，夜静春山空。吴刚与她又回到桂树下落座，一边的红泥炉上煎着露水新茶。

"你有没有想过，在芸芸仙子之中，你何以会受到天帝特殊的礼待，修建月宫赐予你一人独居？"

嫦在唇边竖起手指示意噤声。吴刚懂得她的意思。他们都是天帝的臣子，他们所说的任何话，天帝都可能会听到。"有些事，意会即可。"嫦啜了一口茶，轻声说道。

喝完了茶，他们对弈。

"棋盘有经有纬，方寸之间，讲的是规矩，是章法。"吴刚说。

"没有了棋子，规矩无效，章法作废。所以，纵然为人操控，棋子，始终也要认识到棋子的价值。"嫦以一子收复失地，"看来你虽精通箭术，棋艺却还有待修炼。"

吴刚笑了笑，说："所以要请你赐教啊。"

桂花落在了棋盘上，嫦伸出手去拂拭。吴刚此时也把手摊开。嫦凝视了他一会儿，把手放入他的掌心。

肆·珠箔寄钩悬杳霭

随吴刚夜奔前一日，嫦来到了群玉山寻求仙子双成的帮助。

"她告诉了我她全部的计划，详细周密到他们去了凡间以后的谋生办法。这自然是为了让我安心，好不对他们的出逃加以拦阻。"双成说，"她请我帮忙，要我在广寒宫留一夜做她的替身，这样，三界之内便不会察觉。"

仙子双成说她没有答应嫦。

我很讶异，问她为何。

这时仙子的脸上浮现出了如青叶上露珠一般幻灭的神色，她娓娓道来："我们这些在妙龄之年便得道的女子，或多或少，心中总会有所倾慕。阿玉，你们登顶的时候，是从南天门进入仙界的吗？如果是，你一定注意到了镇守在那里的一位天神。"

"是手持三尖两刃刀长着三只眼睛的那位吗？他身边有一条猎犬，我还险些成了它的果腹之物呢。"

仙子双成笑了笑，说："就是他。那不是普通的猎犬，它叫哮天犬，是天狗。"

我不太明白仙子为何说起了这些无关紧要的人，但为了配合她，只好若有所思地点点头，两只软绵绵的耳朵在脑袋上摇摇晃晃。

"其实，杨戬对嫦一直用情至深。我想，如果嫦突然之间不告而别，他也许会觉得落寞。从南天门上隔着九天云霄俯视红尘寻觅她的芳踪，就一定更加落寞。"仙子顿了顿，又说，"所以，我对嫦说，如果要我答应你，你一定要先去向杨戬辞行。"

"她去了吗？"

"去了，只是后来，杨戬替她改变了战术，不需要我再去做她的替身，而是安排哮天犬策划了一出瞒天过海的天狗食月。"

伍·与破阴霾照八荒

在仙子双成的记忆中，从群玉山遥望月宫的那一夜是波谲云诡而又跌宕起伏的。

起初，嫦如常点亮宫阙中所有的灯火，阖宫通明，满月东升。所有人都以为这是一个再寻常不过的夜晚。俄而，狂风大作，滚滚浓云密布长天。但也没有人注意，只以为又到了人间的降雨之日。可又过了半晌却仍然不见落雨，反倒是月宫出现了一个小小的缺口，十五之夜不该是如此月相。紧接着，月亮越来越小，细如蛾眉，最后彻底沦陷于夜色之中。

月亮是仙界的夜明珠，整座天宫以它取光。所以，只有在黑暗中，嫦才能避开众目睽睽，离开仙界。片刻后，夜空放晴，满月重圆，而嫦也已经在此间隙成功出逃。

事后，大家都以为是杨戬所说的那样，天狗顽劣，食月取乐。

仙子双成问我是否听说过"天上一天人间一年"这个说法。

我知道她的意思。那一夜后，天帝虽然发觉了嫦的出走，但嫦与吴刚二人已经在人间携手看了整整一轮春花秋月夏雷冬雪。

仙子双成曾经来到南天门，和杨戬并肩站在离人间最近的角落鸟瞰大地宽广——寒来暑往，在有桃花的山谷中，在低小的茅檐下，嫦与吴刚过着细水长流的布衣生活。晴朗的好天气里，吴刚在田野里耕种，嫦在陌上采桑。进入雨水时节，嫦在家中织布，吴刚则在木梭的悠悠回响中阅读上古的典籍。

他们每时每刻都守在一起。毕竟凡人的光阴有限，不似仙人，可以永久地靡费。

杨戬对仙子双成说，每一个人都有爱人的方式。有的，爱着必要求得。有的，爱着只愿她欢乐。"她能在爱里以自己最喜悦的方式生活，我感

159

同身受，一样快乐。"

那时的他绝不知道，身边缄默用情的仙子，对他亦是这般深沉。

陆·冷风飒飒吹鹅笙

天帝最终还是发现了这件事，并且以迅雷之势逮捕了二人。而执行者并非别人，正是杨戬。杨戬劝嫦："一直以来，天帝都认为你是仙子中的翘楚，对你青睐有加，回去后，你只要主动认罪并且忏悔，一定可以得到他的宽宥。"

嫦什么都没说，只是和身边的吴刚静静地对望了一眼，二人会心微笑。

仙子双成事后对杨戬说："我知道，他们这样的临危不惧，你很难理解。可试想一下，如果和嫦下凡的人是你，面对追索的天兵，也许你一样会大义凛然，有一颗赴死之心。"她说真正的爱，从来都可以让人把生死置之度外，它是世间最高级的情态。

杨戬没有说什么，只是抬起头，仰望参商二星的两端。在那里，各有一座清冷的天牢，羁押着男女仙人。仙子双成叹言："人生不相见，动如参与商。"

嫦和吴刚完全没有听从杨戬的建议向天帝低头。分庭处决时，嫦只是果决地说，如果能让吴刚保留仙籍，她愿意接受任何处罚。而吴刚所言与此也毫无二致。

天帝的处决很快通达到了仙界的每一个角落。天帝的近身侍婢在造访群玉山的时候悄悄向仙子双成学起天帝的腔调："她既然爱上一个弩箭手，就让她竭尽所能地去爱吧。他既然喜欢广寒宫，就让他长长久久地留在那里吧。"

从此，嫦开始了轮回的旅程。天帝要她一次一次当着吴刚的面坠入凡尘与人间的弩箭手相爱。可在她爱上他们之后，却又要因为种种不可估测的原因再度飞天。如此反复循环，受尽煎熬之苦。

　　至于这段孽旅的唯一解除方式，就是广寒宫的那一棵桂树。天帝安排吴刚去砍伐，若有一天，他能成功砍断桂树，嫦就可免去六道轮回，重新获得仙籍。

　　"可这根本就不可能。"我气愤地喊出声来，"这棵树永远都不会倒。"

　　"所以，如同春秋交替，日月昭昭。这件事，会绵延无尽地持续下去，就像爱情本身一样。"说到这里，仙子渐弱的声音里有了一层感同身受的哀愁。

　　我望着远处孑然一身在殿宇间孤仃的嫦，问道："她是失去了所有的记忆吗？和你的友情，和吴刚的爱情，以及一切的记忆？"

　　"是的，所有记忆都不能幸免于难。每一次的轮回都将清空她的脑海。"

　　"可我有时会看到吴刚和她说话。"

　　仙子凄然一笑，说嫦忘却了所有往事，可吴刚并没有失去记忆。如果是这样，也许是他在努力，试图恢复一点点嫦的记忆。又或者，他还奢望，在这一场场浩劫后，她能再一次爱上他。

　　"所以啊，阿玉，有的时候，记忆如此完整而使一个人对往昔念念不忘，你很难说这是幸运，还是不幸。"

柒·半夜相看似故人

　　这一次，嫦在凡间结识了一个名叫羿的弓箭手。她觉得他身着白衣在水滨行走的样子非常熟稔，仿佛某位故人。他们很快坠入了爱河。

　　羿告诉她，他有从群玉山西王母那里求来的丹药，服下可不死，可成仙。嫦很困惑，问他，仙是什么？羿在花枝春满天心月圆的长夜指着遥远的天上宫阙，说："仙永远不会老去。那样，我们就可以长长久久地相守在一起。"

那一刻，形单影只的月亮在嫦清亮如水的眼眸里成对成双。她说："是吗？是这样吗？"

嫦怀抱着一种隐约的憧憬，等待即将到来的长相厮守。可惜羿秘藏仙丹的消息很快传入江湖，一个叫逢蒙的人听说了此事，趁着羿不在家中，企图窃取。嫦一时情急，吞服了两枚仙丹，顿时脚下生风，向着月宫迢迢飞去。

她听到羿飞奔到山巅呼唤她，听到万丈大地往红尘的更深处凹陷坍塌的巨响。冯虚御风，她想，羿啊，我们的誓约啊。所谓高处不胜寒，真正成为万古长存的仙人永垂不朽又如何呢。

夜间的急速飞行中，星辰如沙砾一样从指缝间穿过，羽云的水汽沾湿罗裳飘拂的衣袂。她在朦朦胧胧之间有了某种错觉，好像曾经也有过这样一刻，她在天地之间徜徉。虽然那一次更像是坠落而不是上升，但异曲同工，逆向的一端也有一个男子的呼唤透过天地之间幽微的光线和黏稠的云层渺茫传来。

她感到无比的伤悲，为那些不可名状的情感。

她的眼泪跌碎在风里，随同流逝的紫微星一起飞向遥远的天边。

捌·碧海青天夜夜心

嫦在人间的那些岁月，是我在陪着吴刚。

他常常站在广寒宫的正门口看着世间温柔的夜，独自猜测万家灯火中，具体是哪一盏正照耀着嫦的深闺。我安静地蹲在他的脚边，或者靠

162

着高高的门槛打盹儿。我醒来后揉揉惺忪的睡眼，见东方的扶桑树下，白昼之神已经驭车而出，一夜又将过去，便劝他："风太大，我们回去吧。"他又站了一会儿，掬了一捧浮在空气中的露水湿了湿脸庞，再度回到树下工作。

又过了一些时日，有消息说，杨戬的三妹和一名人间的男子私通，被收押在了华山之下。执行者依然是杨戬。我问仙子双成："他应该很痛苦吧，总是充当刽子手的角色，伤害的又都是自己至亲至爱之人。"

仙子双成说："这不是最痛苦的。他的痛苦，是在向往幸福的路上，一次一次地目睹。目睹别人的失败，别人的输。所谓理想，在他的身上，就是用理智去克制自己的遐想。一个自己和另一个自己搏斗，片甲不留，遍体鳞伤，这才是最痛苦的。"

我看着仙子双成波光微动的双眼，心想，仙子你又何尝不是如此？我们这样小心翼翼浅尝辄止，哪一个不是如此？

我突然很羡慕吴刚，很羡慕嫦娥。天地之间，曾经信马由缰。今昔之间，曾经你歌我唱。无论作为普世永恒的长生仙人还是微若尘埃的凡夫俗子，他们都愿相信，都愿追寻，这无垠无尽的宇宙鸿蒙里一种生生世世至死不渝的信仰，它的名字叫爱情。

天桃

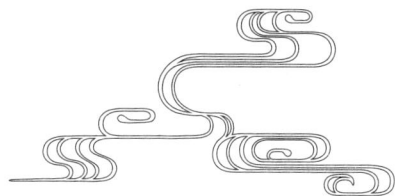

壹·山堅泣清漏

　　刚刚跟随毗蓝婆修行的时日里，我们姐妹一行人并不适应山里的寂静。

　　毗蓝婆落户的山峦叫紫云。紫云山里没有鸟雀、走兽，甚至没有蝼蚁。我们在毗蓝婆的庭院里唯一能听到的声音就是水声。比如暮春的雨水落在栎树叶上，还有山涧的清泉日复一日地濯洗着岩石上的青苔。日子悠长而落寞。

　　我们之中，最念家的是皂衣。她常常怂恿我们趁毗蓝婆打坐时悄悄溜回去看看。

　　入秋后天气转凉，山中落叶飘卷，大家思乡之情倍涨，长姐也就同意了皂衣的建议。月色昏暗的夜晚，我们沿着阴面的廊檐爬行。皂衣自告奋勇地垫后，负责监视毗蓝婆。

　　"快啊，没事，快走。"她轻声指挥。

　　毗蓝婆背对着我们坐在中堂，发髻虚笼，纹丝不动，静如圆寂。

　　"像你们这样，哪一天能逃出情网？"毗蓝婆的声音就像她的绣花针穿过白色纨布，轻缓而坚定，温柔之中带着一针一线不可违逆的秩序。

　　我们依次从檐下坠落，回到自己的房间。

　　在皂衣酝酿出新的潜逃计划后，我率先表示退出。我说我愿意跟随毗蓝婆修行。和我最要好的二姐青衣和妹妹绿衣也都赞成我的观点。

自此以后，除了到我当值的那一天要负责莳花和打扫庭院以外，我都是在堂前抄写经文。有时候，抄着抄着会走神，毗蓝婆就善意地提醒我："素衣，灯油要烧尽了，快去添一些。"等我回到案前，方才因为分心而抄得不够得体的部分像水上的涟漪一般无声地消失了。

一切从头来过。

经书上说——哀苦是空，色欲是空，是以悟空。

我喃喃念着"是以悟空"四个字。我问毗蓝婆："菩萨，这几个字读来总是有种熟悉的感觉啊，像是有什么渊源似的。"昏沉的灯火中，毗蓝婆轻轻睁开眼，微微侧过头，凝神看着我。她朝我伸出手。我走过去扶着她，踱至廊下。那是初夏，山间浮动着翠绿色的烟雾，正在亭台间打扫的妹妹绿衣和她身后的山景融合在一起。看到我们，她停下花帚，远远投来一个浅笑。

"渊源？"毗蓝婆说，"你很想知道你自己的渊源吗？"

我点点头。

毗蓝婆叹了口气，山里就起风了。她说："你的渊源太久远，恐怕要从东海的事说起了。"

毗蓝婆说世间的生灵都有元身。大家默默地修炼，把道行积攒在元身的五脏六腑之中，慢慢地凝结着灵元。灵元是一个生灵最精华的部分。三界之内，六道之中，人的元身就是人，其余者，上达神仙佛道，下至魑魅魍魉，元身可以是人，也可以是其他。"就比如我吧，元身是一只鸡。这没什么不可思议的。就像西方的尊者中，还有一部分，他们的元身可能是一把伞、一盏灯、一头狮子、一具七弦琴，或者是一滴水。这都是很寻常的事。"说到这里，毗蓝婆帮我拂去肩头的落花，说："至于你，元身是一枚白色的螺壳。"

贰·岑中月归来

与东海相关的印象纵然已经消失很久，有毗蓝婆丝丝缕缕的叙述作为辅助，它竟又在脑海中徐徐勾勒出新的轮廓。仿佛头顶的碧水正慢慢平静，可以看见上方的青天与白云。

东海是个对岸生长着扶桑树，太阳神之子驭车而出的地方。日光照耀着金色的沙滩，海上的风卷着水汽浩荡而湿润地吹来。我趴在一波一波的浪花里，和一只叫小爬的寄居蟹相依相伴，度过漫长岁月。没有人打扰我们，我们也不关心外面发生了一些什么。

可有些事却不是想不闻不问就可以不闻不问的。他的出世，显然就属于这种突发情况。

那天本是风平浪静。向晚时分，天色突变，地心深处突然传来了一声巨响。起初我们只以为是打雷，等到碎石子力道惊人地发射过来并险些穿透我的螺壳时，我才知道有大事发生了。不一会儿，小爬仓促横行而来，说五里以外的一块大石头里蹦出了一个大妖怪，看模样像是只猴子。

从那一夜开始，我们就会看到那只猴子披着一身湿漉漉的毛发在烈日下、在月光中、在雨水里若有所思地徘徊来去，像是丢了什么重要的东西。

"他在找什么？"我问。

"找妈妈。"小爬在我体内懒洋洋地翻了个身说。

他在不远处坐了下来。黎明破晓，曙色映红了他的脸。我看到那上面有两道泪痕在反光。

"我们能帮他吗？"我说。

"除非你知道他妈妈在哪儿。"小爬摊开两只前爪，表示他也很无奈。

"我也没有妈妈，不过我有你。"我说，"或者多个朋友会让他不那么孤独。"

到了夜里，海风苍劲。猴子在沙滩上刨了个坑，把身体埋在里面取暖。我化身成人走到他身边，轻声问他："你还好吗？"

他猛一睁眼，猝然跃起。泥沙飞溅，弄脏了我的白衣裳。我不禁有点生气。

他盯着我看，夜明珠一样的眼睛忽闪忽闪地眨着，慢慢就红了脸。

他找来了一些干柴，烧了一个温暖的火堆。火光中，我们相顾无言地笑着。他从草丛里翻出一颗桃子给我，大约是向我致以歉意。

"你叫什么名字？"

他摇摇头。

"他们说，你在找妈妈？"

他点点头。

我从袖子里取出我的分身递给他："你是从石头里蹦出来的。天是你的父亲，海是你的母亲。子夜到来的时候，你把这只白螺壳放在耳边，就会听到你的海母和你说话。"

他显然非常惊诧，双手颤巍巍地从我手中把螺壳捧走。小爬顺势跳回我的袖口中。

"时候不早了，不打扰你休息了。"我站起来，顺着月光在海面上铺设出来的一道荧光大道向海深处走去。

他在我身后呐喊，像海浪般澎湃。然后一个劲地用手指我，我琢磨了半天才明白了他的意思。"你可以叫我素衣。"我看着他白天在沙滩上走出的足迹，盘盘绕绕，隐隐约约，左右对称，倒有些像"齐天"二字，"以后，我就叫你齐天吧。"

叁 · 心摇如舞鹤

我和齐天成为了朋友。这件事让小爬很不高兴。他觉得齐天瓜分了我对他的友情。"你既然当他是朋友干吗骗他？"小爬觉得我不该捏造出"齐天的母亲是海"这件事。

"如果谎言可以让一个人快乐，而真相却会让一个人悲伤，那我们为什么不选前者？"

齐天对这世界一无所知。我教他说话、识字，辨认周围的每一样东西。最先要解决的，是得告诉他，三界之内的任何存在都是分性别的。不像小爬有一身天生的硬壳做外衣，他整天赤身裸体地在我面前走来走去实在让我无法接受。我想办法为他缝了一条虎皮袄，给他穿衣时他一直圆溜溜地瞪着眼睛咬着舌头，穿好后，他轻轻地呼了一口气，嘴里蹦出一个字："暖。"我敲了敲他的脑袋，笑了笑，也说了一个字："笨。"

不是谁都可以敲他的脑袋的，只有我有这个权利。和他一起上山找桃树，被藤蔓碰到头，他都会连根拔起付之一炬。他一直觉得自己是天地之间的王。

"齐天，主宰世界的是神，我们都得听他们的。"我用衣服兜着他摘下的桃子，解释给他听。他从树上跳下来，摇摇头说："不听。我只听素衣的。"

虽然对他的固执有一点点不满，但那一刻，不得不说，我还是极满足的。只是，海上生灵众多——鲨族凶残，海蛇阴毒，长久下去，齐天那样天不怕地不怕的性格必然会为他招来灾难。我思忖再三，想了个折中的法子："从海上一路向北，到那白云连绵之处，有一座花果山。山上果茂桃鲜，风景奇崛，比这荒无人烟的海滩有意思得多了。"

齐天的眼里冒着光，这招想是奏效了。

之所以选择花果山，绝不仅仅是为那里风光秀丽，最重要的是山上只有猴类。以齐天的本事，虽不能尽揽天地，当个猴王还是绰绰有余。他到了那里，果然很快占山为王，收服了一众小猿。其中有个小猢狲见风使舵向他献计谄媚，说："大王有了府邸还要有一件称手的兵器方才像样。"又给他指路，告诉他东海龙宫是这无边疆域里最大的兵器库。

我只好陪他走一遭。

到了龙宫，率先出来接待的是龙夫人，龙王抱恙，稍迟片刻才更衣而来。齐天小声问我："夫人是什么意思？"

我告诉他龙夫人是龙王的妻子，是永远陪伴他的人。

齐天拎着他好不容易向龙王求来的金箍棒，脚步迟迟地走在我身后。我一回首，他热切的目光扑面而来。

"怎么了齐天？"

"素衣能做我的夫人吗？"

"什么？"我有点质疑自己的耳朵。

"素衣能做我的夫人吗？"他原原本本一字不差认认真真地复述了一遍。

我站在山崖上，山风把我的衣裙吹起，像一只饱满的白螺。

我摇了摇头。我不是不愿意，而是我无法永远陪伴他——除非修炼成仙，不然螺壳不可以长时间离开海水，否则就会慢慢地变薄变脆，直至碎裂成齑粉。

世间规则繁多，齐天涉世未深，明白得很少。这个原因我很难解释给他听。不过基础的他都知道——点头是好，摇头是不。

他读懂了我的拒绝，笑了笑，一眨眼消失在了云层里。

肆·钿镜飞孤鹊

夜里，我已经在舒缓的月光中将眠未眠，却被身体里一阵沙哑的低诉唤醒："妈妈，你在哪儿？你很久没和我说话了，我很想你。"

是齐天。他在对着我的白螺分身说话。平日里看他在天水间纵横，却再也想不到他有那样伤心的子夜时分。我这才意识到，我已经很久没有扮演"海母"这个角色，慌忙抑了抑嗓子与他隔空沉吟几句。半晌，他未有言语，我还以为他睡着了，正要打算继续休息，他又轻轻传了一声过来："妈妈，住在海岸边的素衣你要帮我好好照顾她。"

我好像被水母电了一下，浑身一颤。

这注定是无眠的一夜。无论是花果山上的齐天，还是被拔走了定海神针的龙王夫妇，还是我与小爬，都丢失了睡觉的感觉。大家睁着眼，看月亮从东方移到西方，像黑曜石屏风上滑落的一滴露珠。

小爬在暗中说："你还不明白吗？他没有当你是朋友，他爱上你了。"

我说："什么是爱？你难道懂这种感觉吗？"

欲言又止，小爬在我身边慢慢蜷缩起来。

"小爬。"

"嗯？"

"我打算去花果山找他，陪他一阵子。"

小爬的脸是一张冰冷的铠甲，一年四季也没有什么表情，我看不出他在想些什么。他说："素衣，你这一走，恐怕我们就是永别了。"

"为什么？"

"直觉。"

"我会回来看你的。"

"但愿。"

他向远方爬去，海际有陨星滑过苍穹，落入目光企及不到的无边黑暗之中。

伍·花合靥朱融

在花果山乍见到我，齐天闹脾气装作不认识我，让他的猴子猴孙们轰我走。我佯装冷笑，一身白衣旋舞升空，留下话音落在云外："今天你轰我走，明天你想请我都难。"他这才一个筋斗云撵上来，一把捉住我的衣袖。我望着他，他只不语。

"你不打算道歉的话，我还是要走的。"我努力冷着脸。

他憋了很久，还是说不出口。他虽倔强，好在我容易原谅，也就与他回去。

山中确实比东海热闹得多。猴子们在齐天的统领下形成了一个机制成熟的队伍，分工尤其明确。采摘食物，缝补皮袄，清扫洞穴，各有其人。当晚齐天十分兴奋，在洞中召开夜宴，先前轰我的那帮猴头排好了队进来参见我。为首的那个叫我素衣菩萨，我连忙说不敢当。凡间话语，仙界悉听，不可冲撞了真正的尊者。齐天说："菩萨有什么好的，连我都不稀罕。你们以后就叫她夫人。"说罢揽我入怀。

满山的火把像燃烧的星辰，猴族们响彻云霄的"大王夫人，永生永世"一声一声地撞击着我的心脏。在火光中我望着齐天，说："我们真的可以永生永世守在一起吗？"

"当然。"齐天豪饮满满一坛酒，像我敲他那样敲了我一记，嘲笑我说，"笨。"

我在桃花陈酿的香气中微醺，在齐天温暖的怀抱里有了睡意。千百年以前，我怎么也不会想到，所谓的爱情，竟然有这样强大的魔力，强大到可以为一个人放弃自由，放弃生命。

后来的某一日，也是在齐天的怀抱里，我慢慢地变轻，再变轻，轻得像一片羽云。起初还能听到齐天在叫我，还能感受到他的呐喊顺着螺壳一圈一圈旋入到我内心深处，再后来，就什么也听不见了。我想，我的遗骸应该如一捧春雪一般撒落在花果山青翠茂盛的林莽之中，如齐天待我的心一般洁白明净，如我们短暂而美好的爱情。

陆·河桥阁禁钟

"再度醒来时，你就躺在瑶池的莲花心里。在岸上踏歌而舞的仙子们看到你醒了都纷纷停了下来，告诉你位列仙班的喜讯。"毗蓝婆带我走到院内的一口井边，往里投下一颗石子。波纹平静后，水面幻化出西王母恩赐霓衣我跪拜领受的盛况。

"当时我真的一点儿也记不得自己在尘寰之中的经历。不然我一定会婉拒她的提携，请求她放我回人间去。"

我的一切都要重新开始，包括记忆。

此后的记忆却一点儿也不精彩。我和其他六位姐妹每日只是虚度光阴，唯一的任务就是在一年一度的蟠桃大会到来之前去桃园里采摘桃子。

一如万民的传言，天上夭桃盛，云中杏蕊多。在那无边无际的云天之中静静生长的千万亩桃林，的确是我从没见过的奇景。看守桃园的老仙人告诉我，园中共有蟠桃三千六百株。前面一千二百株，花微果小，三千年一熟，人吃了成仙得道，体健身轻；中间一千二百株，层花甘实，六千年一熟，人吃了霞举飞升，长生不老；后面一千二百株，紫纹细核，九千年一熟，人吃了与天地齐寿，日月同庚。

我问他："寿与天齐又怎样呢？每天的生活就好比把一碗水倒到另

一个碗里一样无趣。"

老仙人在桃荫下凄哀一笑："再过一阵子，我到了一千岁的时候，就可以退休了。连看守桃园的差事都不用做了，照你这么说还要更加无趣呢。"

正说着，空中闪过一道闪电，响起一个炸雷，接着迅速燃起滚滚硝烟，老仙人的徒弟扶着要跌落的帽子赶来通传战情："南天门上来个自称'齐天大圣'的妖怪，说是要杀天帝，夺素衣。"

我的篮子应声跌入云雾之中。

天帝派出了全部兵力，齐天大圣和天兵天将大战了三天三夜，人间整整三年未见晴天。西王母显然对齐天大圣的来意有所耳闻，很快宣我入宫。

"与其这样无止无休地敌我交锋，让黎民受难，不如对症下药。"西王母拿她冰凉的指甲在我额头上轻轻一点，我立即换了一副容颜。

"他为什么会找我呢？"我问。

"素衣，尘缘从来不是什么值得深究的事。"说完，西王母兀自走入霞光深处。

托塔天王领着懵懂的我来到战场上，对着那个身披金甲脚踏祥云的猴子喊道："这就是你要的素衣吗？天帝已经同意让她和你回去。"

本来在他头上乱颤的两根翎子慢慢地静止了。他看着我，一脸败北之容。他边上一个年迈的猴子大约是军师，与他耳语几句后，他又激动起来。

"想糊弄老子，你还不够。"他又看看我，喝道，"想冒充素衣，你也不够。"

天王向着身后的南天门做了个邀请之势，两侧的天兵纷纷退避，让出一条大路："不信的话，你大可以到宫中挨个查验，有没有你说的那个素衣。"

他正踏出一步要往这里来，那军师便劝他："未必不是请君入瓮，我们且先回去，再从长计议。"

柒·无力涂云母

这个从长计议倒并不长，想是明白自己的力量不足以和上天抗衡，很快他就被招安了。天帝也乐于看到这样的结果，先是派他做弼马温，后来又调派他到桃园去接老仙人的班。他生性贪玩常常出些纰漏，比如疏于职守任由天马行空，或是跑到老君的丹房偷吃丹药，气得老君把他关进丹炉里狠狠炼了些日子。好在终究没出过什么大乱子，天帝也就随他去了。

蟠桃会这一日，我和另外六位姐妹入园摘桃。在门口，我对着一池碧水确认了好几次。二姐青衣一直催促："放心吧，他认不出来你的，别误了时辰。"

我们在园中转了一圈，并没有见到他，却看那树上的桃子被他吃了不少。姐妹一行只有分头往桃林深处寻桃。

林子里静悄悄的，那些属于春日的花瓣落在云中无人清扫，走上去非常柔软。天光幽微，桃树枝桠交杂在一起，透下斑驳光点。感到后方有人在看着我，我不禁转过身来。

"素衣。"他巍巍地站在那里，叫我。

"你认错人了。我不是你要找的那个素衣。"我弯下腰，捡起一只熟透的蟠桃。

他走到我面前，握住我的双肩："你为什么要骗我？"

我不明所以，却本能地低下头。

他说他在丹炉里炼了那么些日子，已经炼成了火眼金睛，任何障眼法术都瞒不过他了。

"就算我是素衣，我们又有什么关系？"

他怔怔望着我，良久，所谓的火眼金睛里流下一滴泪。

"就是为了成仙，所以你才要离开我，装作不认识我的吗？"

"我不知道你在说什么。"

"你可以忘了我，你能忘了它吗？"他顺着脖子上的一根线，慢慢地扯出里面的一个白色的螺壳递给我。白螺温温的、润润的，带着他身上那种大海和森林混织在一起的气息。

"恕我眼拙，不知道这是什么宝物。"我提起裙裾匆匆离去。

他忽然从身后搂住我，直直飞上九重云霄，对着茫茫天宫放声："别以为人人都稀罕做你们神仙。上天入地，老子只为一个素衣。"

十万天兵火速集结，战旗在风中猎猎招展。我稳住心神，在他御风飞行时善意地提醒他："和上苍做对，你不会有好下场的。"

天罗地网，所有人都口口声声骂他"妖猴"，他不为所动，只是带着我往前飞行。西方的天空映出瑰丽晚照，显然佛祖已悉知了一切。

"你再不停下来，佛祖不会放过你的。"

"没有你，我只能立地成魔。为了你，我可以横刀向佛。"

话音刚落，头顶一片乌云飘来。我们抬起头才看清，那是一个巨大的手掌。他意识到不妙，放下我，看了我一眼，就用力地把我推了出去。

他临别前的眼神像秋日汩汩远去的雨水。

尘埃落定后，天上降下一张经帖，佛祖让我把它贴在那座五指山上。

"经帖飘落之时，就是你替他受劫之时。苦厄轮回，善哉善哉。"

捌·残霓忆断虹

　　紫衣是我们之中最小的妹妹。人间的春天来临之际，她实在思凡，心波荡漾，隔日就不管不顾降下云霄去和那尘世之中一个姓董的男子结为夫妻。西王母一向对其疼爱有加，怒其不驯，颁旨贬谪。我和其余六位姐妹去求情，她却毫不动容，还连带着责罚我们，贬我们转世做了一群蜘蛛。

　　我们一起跳下谪仙台时，二姐青衣遥遥指向东方。我看到经帖在一种泛着金色的嫣红光雾中缓缓飞落。接着，仙界的记忆就和那光雾一起消散无踪了。

　　"我们永远不可以同时拥有仙凡两界的记忆，就像不可以同时拥有仙人的寿命和凡人的感情。"毗蓝婆如是说。

　　"是啊，我也是后来才明白了这个道理。"我说。

　　可是记忆却是可以赊欠的。它从来都在那里，只是不能被携带着往来于仙凡两地。这也就是为什么，当我双脚踏上陆地，关于齐天的一切都在脑海里被激活的原因。尤其是临别前，他的呐喊，音犹在耳，不断回旋。我不知自己为何身陷草丛，也顾不上这一身泥泞，火速赶到了花果山。猴子们一批一批生老病死，早已不是当初的人马。唯一的高龄老猿此时已经一百多岁，他听他的曾祖父谈起过当年的猴王，听说得罪了天庭，被关押在一座五指山下。等我到了五指山，却又被一个牧童告知，那猴子前些日子拜了东土的高僧为师，去往西天拜佛求经去了。

　　紫衣安慰我："我曾经对我相公说，要永生永世守在一起。可惜他是凡人，早已经辞世，化为飞灰。你不一样，他既然还在，就有转机。不如我们去那通往西方的路上安家落户，等他到来。"

　　我们便来至一处结满藤萝的山洞，长姐为它取名盘丝。我们在门前种满桃花，在篷窗下刺凤描鸾做针线，一晃又是许多年。一个雨后的早晨，绿衣跑过来拉我到窗边。薄曦微弱，依稀有白马的缓蹄踏过落花。来者是一行四人，其中着红色法袍骑着马的那个看样子是高僧，另两个牵马挑担的面目有些古怪，还有一个，颈上横着一根金光灿灿的棍子，两手反搭其上，人也是倒着前行，背影似如旧交。我往前又迈了两步。

那高僧唤了一声："悟空。"

他蓦然回首。

我站在风中，屏住呼吸。绿衣问："是他吗？"我点点头。

绿衣快乐地挥起手绢，向他喊："齐天兄，我姐姐在这里呢。"

齐天懒懒地朝我们这里看了一眼，就牵着白马护送僧人过河了。我跑到河边拦住他们。

"齐天。"

"女施主，你认错人了。"他把缰绳递给他的师弟，叫他们先行一步。

"你不记得我了吗？"

"就算我是齐天，我们又有什么关系？"

我凄然一笑："我不知道我们算什么关系，只记得你说过要和我永生永世在一起。"

"那女施主必然是认错了。我是出家之人，要护送我师父去西天取经。"

"就是为了修成正果，所以要离开我，装作不认识我吗？"

"我不知道你在说什么。"

"你可以忘了我，你能忘了它吗？"我捧出一只白螺递给他。白螺温温的、润润的，在几百年前的东海边，它陪他度过每一个孤独的夜晚。他一定不会忘记。

"恕我眼拙，不知道这是什么宝物。"他扛起金箍棒，涉水而去。

我悲愤交加，飞至彼岸，脐吐蛛丝，立刻缠住白马上的那个僧人："如果你真是为了护送他去取经，今天我就成全你，先送他上了西天。"

他无奈一笑："雕虫小技。"随即口吐火焰烧了蛛丝，并翻身跃至我身边，掐住我的喉咙，"妖精，给你个逃生的机会，不要不识好歹。"他的眼睛里闪过一丝出家人清心寡欲之外的辉色，又瞬间淹没在了眸底，像当年的月亮沉落到海平面之下，只余一片骇人的黑暗。

"悟空，放她一条生路吧。我们赶路要紧。"僧人说道。

他双手合十，朝他师父一拜："既然如此，就请毗蓝婆菩萨来教导她们，也让她们向菩萨学学正经的女红之道。"

玖·蛰蛰垂野厚

"所以，你知道了吧。悟空是他后来的名字，而他，就是你在天地间的一段渊源。"毗蓝婆说，"世间有七情，喜、怒、哀、惧、爱、恶、欲。西王母罚你们做蜘蛛，就是罚你们在情网中挣扎。你在你姐妹中行三，主哀情。这也就是为什么，你看起来总是郁郁寡欢，眉间充满惆怅。"

我遥望着每一朵在空中流动的云，彻底体会到了毗蓝婆所说的哀与渊源。

又过了一些年，七夕佳节的前夜，一个故人千里迢迢来到紫云山找我。他说他这一路走得很辛苦，他曾经自诩铁甲勇将，手如铜锻，却依然磨秃了身体，耗尽了元气。

我说："小爬，我现在是修行之人，你何必为我付出这么多。"

他眨了眨眼睛，硬邦邦的脸依旧看不出表情："五百多年了，我已经是老爬了。"他说他来是有要事相告。他在海里遇到西方灵龟，灵龟说西行四人已取得真经，由它自大雷音寺驮返。"你知道吗？那个叫悟空的行者就是当年的齐天啊。"

我为繁盛的花枝洒了些清水："我和他，早已陌路，我修我的行，他取他的经。"

"他被封为斗战胜佛，不日会返回天宫赴蟠桃盛宴。你要是想见他，明晚七夕良夜，持着满五百年道行的灵元，在葡萄架下悬丝结网，就可以借鹊桥之机，再次飞升。"

"我的道行早已荒废，被贬后一无所有。"

小爬慢慢地退后几步，他的身体开始发红发热，当我意识到他的所作所为，正要上前阻拦时，他已经逼出了体内的灵元。

他的蟹壳瞬间呈现出塌陷之姿，像一幢倾颓的危楼。

"素衣，这是我最后能帮你的地方了。我在你体内待了那么多年，以后，就可以永生永世待在里面了。其实，我知道你这一世是一只蜘蛛的时候特别开心，你就像一个小小的我，我以为我能保护你，像你当初保护我一样。但是，素衣，你原谅我啊，我做不到了……"

我把小爬的灵元抱入怀里，看着他在我模糊的泪光中化作青烟，飞散于月光之底。

拾 · 讵是南山期

七夕之夜，弯弯的山月刚刚从东方升起时，我已经在葡萄树荫里坐了很久。我并不是急于飞升，相反很矛盾。既想见到齐天，又害怕见到他的时候我又忘了他。

我在葡萄树下想着往事，想盘丝洞的难堪、花果山的火把、龙宫的奇遇、东海的星光，想那个刚出世就举目无亲的小猴子在海滩上到处乱跑的情景。

遭受五百年压顶之灾，如今又从西天衣锦归来，他大概也早已忘记这些了。

满天星斗,明天必然又是一个好天气,东方的天空会出现烂漫的红霞。其实那并不是朝霞,而是天上夭灼盛开的桃花。

从明天起,我会站在桃花下等一个人凯旋。

丢了记忆也没什么关系,毕竟时光尚早,我可以重新认识你,一切都还来得及。

绿 腰

壹·低头弄莲子

绿腰说："这些参天银杏的年龄比醴泉寺还要大许多。"

在轻细的凉风中，兜兜转转翩然而下的树叶像金粉扇面一样辉煌华丽。破败很久的醴泉寺因为它们的映衬散发出幽微的清光。

他们坐在大殿前。绿腰枕着于璟的肩头。

绿腰说，在她的记忆中，乌苏总是那副模样——缁衣广袖，低垂着眼帘，坐在高高的古树上弹他的蛛丝琴。衣袂被风吹成涨满的船帆。他的身后是满满的一轮山月，清澈的月华抚摸着他无声的心事。那些心事在他寂寂的琴声里流逝无踪。

乌苏是一只蜘蛛。绿腰和他一同居住在城郊的荷花池。

他们见过太多尘世间的女怨男痴。月上柳梢头的黄昏，总有才子佳人相约在荷花池。他们吟诗作赋，饮酒赏花，说着绵绵的情话。临别之时，相赠钗头凤或是尺素书。

绿腰曾经问过乌苏，有没有想过化身人形，一尝情味。

那时，他正在硕大的莲叶下织着细密的蛛网，兜捕南来北往的飞虫。听到绿腰的问话，只以沉默相对，仍是自顾自地劳作。

绿腰知道，他在意的永远是千年岁月中的潜心修行。修道是他唯一的乐趣所在。他在自己布下的八卦阵中沉首打坐，只待有朝一日白日飞升。

绿腰就不一样了。正值妙龄，幽闺怀春。她曾经的姐妹——飞蛾阿白，已经化成人形在人间寻了官人，过着相夫教子红袖添香的俗世生活了。阿白对她说："绿腰，我相公最喜欢我的这对蛾眉。行闺房之事时，他总是抚摸我的蛾眉，爱不释手呢。"

绿腰问她："什么是闺房之事？"

阿白神色幽谧，向她帖耳低语："等你步入红尘就知道了。"

自此，绿腰日日对着一池碧水，效仿阿白画一对振翅欲飞的蛾眉，只等良人。乌苏见了，善意地提醒绿腰："为了一时的春心荡漾，毁了千百年的道行值得吗？"绿腰懒懒地斜睨了他一眼："你是一只毫无感情的蜘蛛。你哪里懂得。"乌苏没有辩驳，回到花池之中，以莲为台，默默持诵，安于修行。

绿腰说："于璟，这就是我对乌苏的全部印象。他一直如此沉默神秘，无法捉摸。"

贰·幽人应未眠

那一年，于璟寄宿在醴泉寺的西厢。

他来醴泉寺已有数日，潜心读书，不闻窗外之事。

入夜，于璟点好烛火预备读书的时候，她站在窗外的牡丹丛中轻语："于公子真是勤奋的人呢。"说完了就用一柄流苏纨扇掩着面容窃笑。

于璟还没有反应过来，她已经"吱呀"一声推开虚掩的木门袅袅地走了进来。她堆着烟云一样柔软的发髻，青蓝春衫像深山里翠色的烟雾。灯火摇曳，纨扇后的面容影影绰绰。

她说："公子一定在想，深山古寺，女子何来啊？"

书生呆呆地看着她，点点头。

她走到案前，随意翻了翻于璟的书，说："书中自有黄金屋，书中自有颜如玉。公子不晓得这个道理啊。"

她丢下纨扇，娉婷而来，说话时，唇齿间有一股花香暖暖地拂上人脸。

于璟问她："小姐家住何处？"

她挑起一对新画的蛾眉，眼波流转，语气幽怨："公子看我像有吃人的本领吗？何必苦苦追问。"她拉过于璟的手，从腰间拿出一方罗帕，顺着掌纹细细地擦去他手心里黏湿的汗液，说："公子，我叫绿腰啊。"

于璟的指尖开始发烫，并且迅速传导至绿腰的指尖。她的身体又经由条条血管被这热源引燃。绿腰不知道书生眉目间浮躁耸动的模样叫情欲。她只是隐约觉得这像盛夏的荷花池里，莲开映日的烂漫美景。这个表情在乌苏那里，绿腰从未见过。

于璟解开了她的罗衣，手搭至她的腰间。

那是于璟见过的最纤细绵软的腰肢，不盈一握，犹如柳枝。他不禁俯下身去亲吻。

绿腰在一种无法言语的快乐中领悟了阿白口中的闺房之事。

那时，山月之光穿过飘摇的帐帏洒满床笫。在山涧流水的清响中，她的欢愉登峰造极。她想，乌苏梦寐以求的白日飞升约莫不过如此吧。

其实，在于璟出现之前，绿腰几乎预备放弃她寻觅人间伴侣的计划。

仪表不凡者偏是纨绔子弟，挥金如土，呼朋引伴，附庸风雅却难掩才疏学浅。谈吐高雅者偏是时运不济，名落孙山，踌躇满志，潦倒颓丧只得青楼薄幸

惯看世间男子，都是白璧留瑕，无一幸免。

于璟出现在荷花池畔的时候是春天。青天白日，突然落了片刻杏花细雨，织成软软烟箩笼罩着荷花池。雨丝在本来波平如镜的池面上点出涟漪，犹如细密针脚，缝制青衣。

绿腰说："你当时的样子狼狈极了。行至城郊，无处避雨，举着衣

袖在池畔疾走。"

于是她默念咒语，在雨雾深处变出一处小亭。于璟才得以落脚。

停歇中的于璟白衣木冠，玉立伦伦。衣角被泥水溅湿，反而如同水墨渍染，无比幽美。他打开行箧中的古籍，在不明的天光中阅读，姿态让人动容。

绿腰说："你知道吗？我离开荷花池的那一日，乌苏对我说，人妖殊途。如果有一天，你觉得疲惫或者伤心，一定要回来。"

叁·微风吹兰杜

雨停后，于璟离开了荷花池。绿腰追随他来到了醴泉寺。

醴泉寺是一座千年古刹。早在盛唐时期，这里曾经一度香客络绎，驰名法界。但因为地处深山，行路艰难，已经不复当初的鼎盛。

于璟到来时，这里仅剩住持云空和一个十七八岁的小和尚戒色。

自初见后，于璟与绿腰夜夜相会。月色在铺着松木地板的厢房里徜徉，薰炉里沉水檀香缕缕满溢。他们或者吟诗，或者吹笛，或者铺开长卷作丹青之乐。

绿腰为他研墨，慢慢调好朱砂与藤黄。于璟挥毫，画出各色胜境。

有一日，于璟画了月下的荷塘。一池荷花沐浴在淡淡的月华中兀自开放。收笔之时，他仍觉不足，又在一朵荷苞上添了一只小小的蜜蜂。

绿腰说："不如再画一只蜘蛛吧。"

于璟笑道："那样的东西哪里配得上这种美景？"

绿腰没有说什么，只是一时失了神，生出渺渺的怅惘。她想，千里之外的乌苏，你这时在做什么呢？她为自己突然萌生的疑问感到奇异。

隔日清晨，于璟在照入床帏的日光中醒来。绿腰依旧飘然远去，不知所踪。

此时，住持云空叩开了于璟的门扉，向他借阅古籍。

云空看着地板上七零八乱的鞋履，几案上海藻一般纠缠的画具，檀木衣架上披着的污腻衣衫，不禁蹙起白眉。他走到于璟的床榻前，捧起他的枕头嗅了嗅。一股女子点绛唇所用的胭脂香气立即侵入肺腑，并且迂回婉转，扰人心境。云空住持定了定，丢下枕头走到于璟面前，说："山中异类众多，公子要有戒备之心，不可为美色所迷。"

于璟连连称是。

云空走出去的时候又把方才捧枕头的手指递到鼻前——那真是一种妖异的香气。

不能和于璟欢会的白昼，绿腰就化作一缕青烟漂浮在醴泉寺周围，以时令鲜花的花蕊充饥，以草叶间滴落的露水解渴。或者变作信徒香客随着寥寥的人群在殿落、穿廊，还有后院里游荡。

初一是上香的日子，寺里香火不断。午后，牡丹花开到将谢，寺院里浮动着糜烂的花香。

绿腰化身香客，捐了香油钱，到大殿进香。

小和尚戒色在雕花窗的荫翳里边打瞌睡，边敲木鱼。

绿腰拜倒莲台之下，叩于蒲团之上，她俯首弯腰间，小和尚的木鱼忽然停下了。绿腰转过头瞥了他一眼。四目相对，他受了惊，又敲击持诵起来。绿腰按捺不住，笑出声来。

她走过去，摸摸他浑圆的脑袋。他后颈的寒毛像初春的天街杨柳或是长堤春草，软软地在她掌心里摇曳着。小和尚头耸动，双眼紧闭，一排乌压压的睫毛错落有致地跳跃着，额头又沁出细密的汗。绿腰忽然敲上一记，说："当心我告诉你师父去。"

戒色吓得滚落到她面前跪下，连声说："女施主，女菩萨，小僧冒犯，下次不敢了。"

绿腰咻咻笑着扬长而去。她哪里敢告诉他师父呢。住持云空是个得道高僧，法力无边。她在他的眼皮底下与于璟幽会已经提心吊胆了。

后来她远远听到云空在训诫弟子："这大殿妖气浓郁，已经冲撞了佛祖。你若再被迷惑，为师定要你闭门思过。"

肆·声喧乱石中

有时绿腰也会想起乌苏。那只自视清高，不可一世的蜘蛛。

他还在荷花池吗？他会不会已经得道，成了云间的仙人？如果还没有，他临行前会来找我，向我道别吗？

绿腰不喜欢乌苏。她把自己对他的这些疑问斥之为胡思乱想。

但自从那一夜之后，这些胡思乱想更加猖獗。像惊蛰后的百虫，悄无声息地从泥土中钻探出来，搔首弄姿地扭动着。

掌灯时分，院落里有了淡淡的火光。树影花枝在微光中轻轻地摇晃着。

于璟在灯下读书，绿腰在后厢沐浴。贵妃桶里漂浮着一层花瓣，纱帐在长风里飘飘卷卷。

住持云空突然造访。他想和于璟下棋。

于璟推辞说棋艺不精。云空说："公子才高八斗，必定琴棋书画样样精通。就不用谦虚客套了。"说着就摆下棋盘，盘膝而坐，一副要通宵对弈的架势。

于璟瞥了一眼后厢，唯有点头应允。希望在自己笼住住持云空的同时，绿腰能机灵些，从后窗逃走。

绿腰仰头吹了一口气，梁间的罗衣就轻飘飘地坠落，她伸开双臂，衣服穿到了身上。她把绣花鞋提在手上。预备离开时，沐浴前用来绾髻的步摇从发丝间滑落，"咕咚"一声坠落到浴桶里。

"谁？"

住持云空射出手中刚要落下的一枚棋子。

它笔直地飞过来，穿破罗幕，正好击中绿腰的蝴蝶骨。

蝴蝶骨是她的命门，她的机关，她的元气所在。她如果想现出原形逃遁，必须依靠蝴蝶骨下面的一对翅膀。

绿腰无力地跌倒。

住持云空就要到来的时候，一束柔韧的蛛丝缠上她的腰际，乌苏吊着她飞出窗外。

云空在原地双手合十："妖孽，今日未携法器。下次再来作祟，定不饶你！"

乌苏带着她停在一棵大树下。

绿腰跪在小溪边，借着月光清洗自己的伤口。乌苏盘膝坐在高树上，弹奏蛛丝琴。他和着琴声低低地唱起一首歌谣——树上乌臼鸟，嫌奴中夜散。不怨绣鞋湿，只恐郎无伴。

绿腰痴痴地看着水中自己的倒影。

她仰首问他："你怎么在这里？"

乌苏停止了弹奏和歌唱，把琴夹在腋下，从树上轻轻地落下来，衣袖仿佛雨前的青云。他说："碰巧路过而已。"

绿腰问："还要多久才能成仙？"

乌苏说："不知道，快了吧。"

乌苏向她告别。拂了拂如水缁衣，向山深处走去。

绿腰叫住了他："乌苏。"

他回过头来，面孔像玉器一样泛着暗色的荧光。

她却又不知该说些什么，只是再次郑重地告别，说："再见。"

伍·幽意无断绝

陈年的竹叶青在肠胃之中燃起一簇火焰，哔啵作响的火舌舔舐着腹腔。绿腰在这春风沉醉的深夜与于璟举杯痛饮。住持云空和小和尚戒色早已熟睡。

博山炉里焚着甲煎与苏合。绿腰嗅了嗅它袅出的烟霭提神。她倚在于璟的怀里，远处长廊中的灯火叠作无数幻影。于璟的手搭在她的腰间，不敢用一分一毫的劲儿。

她说："为什么把手悬在那里？"

于璟说："你的腰肢这样纤细，我怕双手一掐，你就断了气。"

绿腰不能理解。飞蛾阿白不是说，男人最喜欢女子的蛾眉吗？为什么于璟却痴迷于她的腰肢。

于璟说："绿腰，你的声音这样细腻轻盈，如果唱一首歌，一定销人魂魄。"

绿腰向他懒懒地吹了口气。绿腰呵气如兰，于璟顿时神魂颠倒，意乱情迷。她笑着说："我怕唱了的话，你真的要丢了魂。"

于璟坚持要她唱。

绿腰坐了起来，整理发髻，说："不是我吝啬，只是怕外人听到。如果一定要听，那我就小声地唱一首，有个意境就好。"

她轻轻地哼唱起来："树上乌臼鸟，嫌奴中夜散。不怨绣鞋湿，只恐郎无伴。"

歌声里，绿腰微微动了情。眼睛被潮湿沆瀣的水雾拦阻了视线。加之微醺，她更看不清窗外的良辰美景。只是在这样模糊氤氲的茫茫渺渺中，她看到缁衣广袖的乌苏在月下缓缓回转过身，答应她的呼唤。又好像回到了荷花池。雨后，天边出了长虹，倒映水中犹如拱桥。他在茂密的枝叶间织网，她在初开的花朵中忙碌地飞行。时日如水，流去不回。

她唱歌的时候，脚尖勾着绸缎的绣花鞋，和着节奏一下一下地磕打着床腿。她的脚趾甲上有凤仙花染过的痕迹，带着斑驳的潮红。

她的声音这样轻细婉转，于璟分辨聆听，为这种迂回曼妙的曲调感动。

绿腰靠在于璟的身上，一时泪落不止。她说："我总是担心我们今生的缘分，恐怕到此为止了。"

于璟搂住她，说："不要胡思乱想。"

在以前，绿腰也许可以认定这是胡思乱想。但今时今日，在这样一个缱绻伤怀的深夜，她无法让这样一个轻佻的词语寄寓一切。深刻的不祥之兆在她的意念中产生。

绿腰说："偷生小鬼常畏人。你摸我的心，它跳得厉害。"

于璟抚摸她的心脏，说："眼动心跳都是寻常事，怎么会有这样的说法？安心睡吧。"

绿腰便搂着他静静睡去。

陆·春虫鸣何处

乌苏只剩下一枚身体。他的蜘蛛八足不知道去了哪里。他躺在莲蓬上，就像其中的一只莲子。

绿腰把他捧到掌心里问他："乌苏，你怎么了？"

乌苏说："绿腰，别说话。就让我在你的手里待一会儿。"

她说："好。"

她倚在池畔的高树下，合手捧着乌苏。初晴的天际有烂艳的长虹，不知道从虹桥的这一头走到那一头，是不是就可以看到乌苏向往的仙界。那里会有无数天上宫阙，玉宇琼楼。大片大片的柔软云朵拱卫着它们。

过了不知多久，她打开合拢的手掌。乌苏不见了。

她四下寻找："乌苏，乌苏，乌苏啊。"她抬头看向远天，虹桥也消失了。

绿腰叫着乌苏的名字在梦中醒来。那时是拂晓，晚春的天是暗而潮湿的琉璃色。东方有血色的云霞在汹涌蒸腾。

于璟揉揉眼睛问她："乌苏是谁？"

绿腰也不回答，只是急速地穿好碧绿罗衣，开门而去，出门前回身叮嘱于璟："你看到我平安地过墙而去之后，你再回来。"

于璟不知发生了什么，只是答应了她。

绿腰绕过一带墙垣离去之后，看到了盘膝坐在树上的乌苏。

乌苏说："绿腰，我们走不了了。昨夜，云空在寺庙周围设下了结界。异类触碰到气墙就会丧命。"

绿腰问："你怎么又来这里？又是路过吗？"

乌苏低下头去。

绿腰要掉头离开时却被乌苏招展开来的蛛丝缚住。他们俱化作原形。

他收拢蛛网，把她困在廊檐下。他沉默无言，只用一双安静的眼睛看着她。

绿腰在疯狂挣扎中陡然察觉出他的用意。她压低了声音说："乌苏你疯了。你要升仙的，你疯了。"

乌苏望着她，强颜欢笑，笑容里有隐隐的惆怅。

他利落地转过身去，向结界的边缘爬行。

绿腰无法挣脱他的蛛丝，唯有一遍一遍地大喊："乌苏，乌苏。"她这一生都没有用这样大的气力呼喊过。

于璟听到她的声音，过来寻她。找来找去都没有看到她的身影，只是在廊檐下看到一只在蛛网中苦苦挣扎的昆虫。它发出阵阵悲鸣，几近垂死。

于璟清理掉它身上束缚的蛛丝，才看清，原来是一只绿色的蜜蜂。

他把它合于掌心，就像绿腰在梦中对待乌苏那样。

她从于璟的手指缝隙间看到，乌苏佝偻着身躯抵达结界的边缘。他转身向她微笑，然后用尽全力撞向气墙。一时间灼烧的烟雾溃然升起，爆破的声响如同惊雷。

她的眼泪濡湿了于璟的手指。

小和尚戒色在后院喊道："师父，师父，捉到了。"

云空挥袖撤去结界，从地面上拾起乌苏的尸体，置于松树的断裂处。

乌苏被松脂浇铸成一枚琥珀。

柒·落叶满空山

绿腰曾经四处寻访那枚琥珀的下落，但一直没有找到。

于璟离开了醴泉寺。也许去了京城，也许去了江南。

绿腰遇见了蝴蝶小红，就向她打听飞蛾阿白的近况。小红说："她早就死了。她家走水，大火把房子烧得灰都不剩。阿白回来时不见了自己的相公，就扑到火里去找，被活活烧死了。"

千年岁月后的某一日，绿腰在蜂房里酿蜜的时候，忽然觉得心跳不止。

她凭借直觉飞到了渡口。

一世一世的轮回后，于璟还是没有变，依然是一副书生的模样。他约么要在涨潮之前进京赶考。

他在渡口被一个强盗纠缠。

绿腰飞过去，蜂刺狠狠地扎入对方的眼睛。强盗趔趄着逃走。

于璟回到船上，只见一个绿衣女子冲他虚弱地微笑。她说："于璟，陪我去一趟醴泉寺吧。"他说："小姐认错人了，我叫小宋。"

绿衣女子摇摇头，执意让船夫向醴泉寺的方向行进。

云空已经圆寂羽化多年。戒色后来下山还了俗，娶了个美娇娘。醴泉寺里空空荡荡，只有飞檐上的铜铃唱着喑哑的挽歌，只有院落里参天的银杏在萧萧山风里旋舞翩跹。

他们坐在破败的大殿前。绿腰调整坐姿，寻找到一个舒适的位置把头枕在于璟的肩上。

她说："于璟，我要给你讲一个故事。故事的主人公一个叫乌苏，一个叫绿腰。"

她说："于璟，我就是绿腰。蜜蜂蜇伤别人后，自己也会死去。于璟，我就快死了。"

于璟一头雾水，为这突如其来的沉重往事在千年之后被一个垂死的美貌女子重新演说。

绿腰说："于璟，我不知道他为什么爱我，就像我不知道我为什么爱你。但是我们必然要为这爱付出代价。就像阿白，就像乌苏，就像我。"

于璟的手搭在她的腰间。他可以感受到她体温的流逝。

她在离开前看到于璟颈间悬着的挂坠。是一枚温润的琥珀。那里面有一只蜘蛛的残骸，它的心口上，碎裂的八足隐隐约约拼成了一个小小的"绿"字。

她终于在他的怀里微笑着死去。她看到了天际的长虹。

·

附录 《聊斋志异·绿衣女》原文

于璟，字小宋，益都人，读书醴泉寺。夜方披诵，忽一女子在窗外赞曰："于相公勤读哉！"因念深山何处得女子？方疑思间，女子已推扉笑入，曰：

"勤读哉!"于惊起,视之,绿衣长裙,婉妙无比。于知非人,因诘里居。女曰:"君视妾当非能咋噬者,何劳穷问?"于心好之,遂与寝处。罗襦既解,腰细殆不盈掬。更筹方尽,翩然遂出。由此无夕不至。

一夕共酌,谈吐间妙解音律。于曰:卿声娇细,倘度一曲,必能销魂。"女笑曰:"不敢度曲,恐销君魂耳。"于固请之。曰:"妾非吝惜,恐他人所闻。君必欲之,请便献丑,但只微声示意可耳"遂以莲钩轻点床足,歌云:"树上乌白鸟,赚奴中夜散。不怨绣鞋湿,只恐郎无伴。"声细如蝇,裁可辨认。而静听之,宛转滑烈,动耳摇心。歌已,启门窥曰:"防窗外有人。"绕屋周视,乃入。生曰:"卿何疑惧之深?笑曰:"谚云:'偷生鬼子常畏人。'妾之谓矣。"既而就寝,惕然不喜,曰:"生平之分,殆止此乎?"于急问之,女曰:"妾心动,妾禄尽矣。"于慰之曰:"心动眼睄,盖是常也,何遽此云?"女稍释,复相绸缪。更漏既歇,披衣下榻。方将启关,徘徊复返,曰:"不知何故,只是心怯。乞送我出门。"于果起,送诸门外。女曰:"君伫望我,我逾垣去,君方归。"于曰:"诺。"

视女转过房廊,寂不复见。方欲归寝,闻女号救甚急。于奔往,四顾无迹,声在檐间。举首细视,则一蛛大如弹,抟捉一物,哀鸣声嘶。于破网挑下,去其缚缠,则一绿蜂,奄然将毙矣。捉归室中置案头,停苏移时,始能行步。徐登砚池,自以身投墨汁,出伏几上,走作"谢"字。频展双翼,已乃穿窗而去。自此遂绝。

三寸

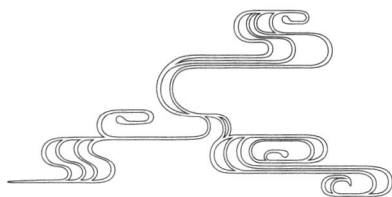

上卷 | 替传语

壹·芦叶梢梢夏景深

泥滩上，一排清晰足印蜿蜒而去。他确定有第二个人来到了这座小岛上。

每一个足印都能看出脚趾的形状——来者是赤足。

足印三寸有余——应该是个孩子。除非和故人一样，双脚天生纤小。

盛夏的密林中，齿状植物芳香辛辣。扑朔迷离的艳阳光线里，蝉鸣如潮浪般高低起伏。他环顾四周，确定安全后才弯下腰去采摘灌木丛中的红艳浆果。这时，一匹原先在溪边饮水的鹿蓦地张开蹄子飞奔而去。他登时拈起一枚浆果顺着声源射去。

少女的惊叫划破静谧。

他放眼望去，只见一个披头散发满脸污泥的女孩子仓皇地立在葳蕤的草木之中。浆果不偏不倚打在她的眉心，成了一种佛性而诙谐的妆饰。

少女紧密双眼，颤颤巍巍地恳求："大侠不要杀我，我不是坏人。"

他腾空一跃，脚踏花叶、几步飞到她近前。

"你是什么人？到岛上来做什么？"

少女跪了下来，抱住他的腿："大侠。求你暂且收留我几日吧。我这条命已经是捡来的了。你要是撵我走，他们一定还会再找到我的。那我又要再死一次了。"

他冷冷弯下腰，想掰开她粘满泥灰的手，却发现那小小的一双巴掌很有力量。他一翻手扣住她的喉头："你会功夫？"

少女气管被卡，大咳了两声，慌忙松开了手："不是不是，我只是略通水性会游泳而已。"

他缓缓松开手："你是游到岛上来的？什么时候的事？"

少女说是三天前。他问这三天她都吃些什么。少女抠下脑门上的浆果含到嘴里，说只能以此充饥罢了。他回头一望，想着难怪这一季的果子这么稀落。再看看少女，低头嚼着果子，黑花花的一脸泥水之下只看得清一双眼睛。那眼神里透着惶恐，竟让他有一丝相熟之感。

他动了恻隐之心。

"来吧，我拿些东西给你吃。"

少女大喜过望，连连以"恩公"相称。

这座终年碧绿的岛如果堪称世外桃源，那么他的寓所就是桃源里的神仙居所。少女跟着他走过一座木桥，沿着夹道垂柳往深处行至百步，忽然望见一座齐整木屋。屋外篱笆环绕，朝颜花缠绕其间，青白蓝相映成趣。推开柴扉，见院中池水碧绿，两只白鹤悠然栖于苔石之上。门前一道走廊，紫藤花树攀沿周密，各色蝶翼，旋舞纷飞。

他撩起竹帘，她却迟迟没有踏进门去。

"怎么了？"

"我太脏了，怕弄脏了你的地方。"

他这才又自上而下地打量了她一番，看到膝盖往下，忽然扭过头去。

少女低下头看看自己被荆棘划伤又裹满泥巴的双足，笑笑说："恩公是觉得我的脚已经惨不忍睹了吧。"

他从房中抱来一套他自己的衣衫："正好饭还没熟。屋子后面有一池温泉，你先去盥洗一番。"他不知道该怎么解释。在很久很久之前，有一个人曾对他说："女子双足不可轻易示人，如果被男人看去，就要嫁给他。"

约莫过了半个时辰，帘外映上一个浅绿色的身影。他叫她进来。

一抬头，他见她淡立在柔和的灯光里，洁白无瑕，青衣整饬，与先前判若两人。再细细看那眉眼，深潭般漆黑，又细如杏萼，润如南风。他离群索居这么多年，避开红尘，早已了无俗心，此时心湖仿佛有石猝投，一阵涟漪缓缓散开。

她笑起来的样子像极了记忆中的那个人。他这么想。

但她不会是她。那个人早已死在他的利刃之下。

贰·清声不远行人去

少女的名字叫春笋。她说："就是春笋的那个春笋啊，吃的那个春笋。"生怕他误会成别的字眼似的。他觉得好笑。他也不怎么叫她。只是偶尔见不到她的人影，听不见她的声音的时候，会下意识地喊一声："春笋。"

她远远地答应。大约是在溪边捉鱼。

据春笋说，她是被仇家追杀，连夜赶到码头乘船想逃去江南避难。仇家雇了船紧随其后，她别无他法，只能投身大海，以月为灯，顺流而泳，最后九死一生上了岛。

"也算是置之死地而后生吧，恩公。"她卷起帘子，置了一个矮儿在堂前，焚烧了一炉他不久前风干的香叶天竺葵。他告诉她，这能驱赶蚊蝇。

春笋迈着细碎的步子来来回回地端菜，走廊上窸窸窣窣回响着她的足音。那是他用络蕗为她编织的草履。他问她："为什么你的脚这么小？"春笋笑了笑："恩公不觉得女孩子家脚太大，走起路来会像鸭蹼吗？"说着她就背着手模仿起鸭子走路来。他不由一笑。

月亮移入天心，从井水里取出来的冰镇青梅酒倾入白瓷碗中，颜色缥碧，香气幽馥。

春笋问他是否从不离开小岛。

他说每年春天他会离岛一次，春分之前走，清明之后回来。"去给一个故人扫墓。"

"一定是恩公很在乎的人吧。"春笋说。

喝了酒，炉中有香，月光又明亮，兴之所至，他说："春笋啊，讲一个故事给你听吧。"春笋见他不似寻常那样淡漠，也很高兴，正了正衣襟，预备洗耳恭听。

他说也是一个月色非常好的夜晚，一个年轻的镖师带着一队人马押送六千两银子到汴京去。卸货的地点在城郊的一座山庄。移交停当后，他们策马向北而行。大约行了二里路后，镖师嘱咐副手带着手下的弟兄们寻找客栈投宿，自己则折返回头。

春笋睁大了眼睛："他不会是想打那一大笔银子的主意吧？"
他说："打这个主意的人还没轮到他。"

明月高悬，松涛阵阵。镖师一个鹞子翻身跃入山庄后院，果见库房门前的两个守卫已经昏死在地。就在此时，一个白衣蒙面女子自内室走出，掩上房门，飞出墙外，迎着月色驾上马车扬长而去。

春笋说："这个蒙面女子盗取了银子？那镖师为什么不出手拦住她？"
他说镖师当然非常清楚。这个女子是惯犯，此前已经屡有失窃的消息传到镖局，要么在提货之前，要么在卸货之后。可见蒙面女对镖局的生意早有几分了解。这趟镖出发之前，镖局的总镖头吩咐他留个心眼。镖师奉命而行，希望能一举摸到蒙面女的老巢，替雇主们夺回种种失物，故而未曾打草惊蛇，只是轻悄悄尾随蒙面女一路前行。

但是让镖师大出所料的事发生了。这一路上，乡道两旁不时穿来一声声窗纸破裂之响。那蒙面女竟是在不断地向两侧的农户家中投射银两。

月光之中，一道道闪着银光的弧线像讽刺的微笑。

也许是箱笼中银子逐渐减少，马车越发轻快起来。骏马四蹄踏月，渐渐地，就要隐没于山林之中。

春笋恍然大悟："原来，这是个劫富济贫的女侠啊。"
他点点头。

可是镖师不会因为这女子是在行布施之举就放弃对真相的追索。毕竟这几起案子都和镖局有关。江湖传言是镖局内部的人所为，他有责任为镖局证明清白。

镖师一路追到鹭鸶谷时，月影已西斜。山谷中流水淙淙，混沌迷蒙的水雾呈现出轻薄的蔚蓝色。马车停住了。白衣女子牵马饮水，又蹲下身来，一面浣手，一面笑道："武二侠平生最是光明正大之人，怎么这个时候反倒做起了缩头乌龟的勾当？"

武镖师从远处的岩石上一跃而下。他朝女子一步步走去，忍不住好奇，朗声问道："听姑娘的口气，好像对武某知之甚多。"

"武林之中，谁不知道饶安镖局的名号？而论起张总镖头座下的青年才俊，首屈一指的除了千里保平安的武二侠，又能有什么人呢？"白衣女子还是自顾自洗手，并不抬头看他。

武镖师见她说话敞亮，也不再拐弯抹角，说起了方才一路的见闻，希望她能给出一个说法。白衣女子从腰间解下手绢擦了擦手，仰望斜月，问道："这六千两银子是武二侠的？"

"不是。"

"饶安镖局的职责所在是把这六千两银子平平安安交给山庄的接头者，那敢问武二侠，你的任务是否完成了呢？"

"已经完成。"

"那么这些银子现在是堆在山庄的库房里，还是流落到百姓家中，和饶安镖局或者和武二侠之间还有什么关系吗？"

"没有。姑娘救济贫民乃善事一件，但盗用别人的银子却是不义之举。大家同为武林中人，应该懂得江湖的规矩。"

白衣女子笑出了声："世事越描越黑，本来我懒得同武二侠解释太多。不过既然你扣了'不义'的帽子给我，那我就同你说说这六千两银子的来龙去脉，你也就明白为什么我碰过这些银子之后要在这里狠狠洗上一回手——山庄的裴老庄主只是个挂名的主人，它背后的人物是当朝权相蔡京。自鄱州托镖的雇主佟氏也不过是知府钱沛来打的一个幌子。这六千两雪花银是他半路拦截下来的黄河赈灾款。皇帝东巡时听到了一些风声，对他的贪名已经有所耳闻。钱沛来在京城派来的专案御史抵达之前挪走这笔银子乃一石二鸟之计——既能暗度陈仓，又能得蔡京老儿这座靠山庇佑。银子本来就是属于老百姓的，我一五一十把它交回老百姓手中是理所当然的事。你说我刁民不义，那是他们为官者不仁在先。现在这笔银子不翼而飞，蔡京怀疑钱沛来使诈，钱沛来以为蔡京拿了钱不做事，若是暗中结怨还罢了，倘或明明白白捅到了御前，落得个两败俱伤的下场，恐怕倒也是老百姓喜闻乐见的事了。"

听到这里，春笋不禁拍手称快。可故事中人却并没有被兴奋冲昏了头脑。武镖师认为这些官场中的波谲云诡不能只听信她的一面之词。况且此中人物山高水远，并非他小小一个镖师可以从中斡旋的。他的当务之急是替镖局上下洗脱嫌疑，验明始作俑者的正身。

"既然姑娘认为自己是替天行道，那么敢不敢同我回到镖局，向我们总镖头，也向武林豪杰禀明真相？"

白衣女子又笑了："我肯如实相告，是我敬重饶安镖局和武二侠的名声。不代表我是饶安镖局的走卒。回禀行程这种事乃是武二侠的工作，小女子不好代劳，就此告辞。"说罢如雀飞画梁般翩跹上了马车，驾辕行去。

武镖师见状，凌虚追上，在马车篷顶和白衣女子过起招来。女子身轻如燕，轻功十分了得，只是到底是女流之辈，内力虚浮，不到几招就已成败势。情急之下，欲抽身而出，弃车离去。武镖师一心想押她回镖局复命，见她"走为上计"，随即伸手去拦，却一把捉住她的一只玉足。

那是他从没见过更没碰过的女人的小脚，握在掌心如同绵绵一抔指间沙，好像一松手，它就要散作飞花。白衣女子又羞又怯，一脚蹬在武镖师的胸口，绸履滑落也不管不顾，只恨不得挖去这男人的双眼。谁知武镖师更有黄雀之举，一伸手揭开了她的面纱。

他从此就再没能忘掉这张面孔了。他找不到任何合适的形容。用空谷里旁若无人兀自开放的白芙蓉来形容皓月之下的她，也极为无力。他连带着不能忘掉鹭鸶谷，不能忘掉那个月夜，觉得此后所有的月夜都只是庸俗无聊的人间了。

春笋为他又倒了满满一碗酒。碗中也有一个月亮，不知和当初的月亮还像不像。

春笋说："武镖师揭开她的面纱，与其说是想看清盗犯的面孔好日后缉拿她归案，倒不如说是他自己本心上想一睹她的芳容吧。"

叁·昔年曾是江南客

故事并没有在那一夜讲完，他喝了太多酒，沉醉之中，竟于堂前席地而眠。醒来后，见身上披着一条水红色的毯子。外面起了风，春笋青衣飘举，在庭前清扫落花。

他把春笋叫到近前，说昨天夜里迷迷蒙蒙，好像有人在月下对他举起一把明晃晃的匕首。

"你有听到什么异动吗？"

春笋说没有呢，她昨夜也喝多了，睡得很沉。"或者是恩公你睡前说到了打打杀杀的事，就连带着这些事入梦了吧。"她手捧巾栉，侍立在一旁。

他接来匀面："那还不算。真正的打打杀杀还在后面。"

武镖师回到镖局后并未向张总镖头透露白衣女子的任何信息。可是山庄遭盗的事还是很快传到了镖局。总镖头极为震怒："一定是我们自己的人。鹭鸶谷那么幽僻的地方都不劫镖，非要事后下手。一定是这败类尚存三分良心，感念我对他一番栽培。"

总镖头下令彻查此事。

武镖师原先和张总镖头的想法是一致的，想着镖局有内鬼，既要敛财，又怕途中劫镖坏了镖局的名声，对不起总镖头一直以来的礼待和厚爱，才次次避开押镖这段大好天时而另挑机遇铤而走险。但和白衣女子交过手后，他否认了这个推测。镖局上下以男子居多。除了总镖头的夫人、爱女和她们各自的侍婢之外，只有门上两个添茶倒水接待宾客的丫鬟和后庭四个掌炊的厨娘，论起来又都是亲友心腹，除此之外再无旁人。

又或者，白衣女子只是效力者，奉了镖局某一位幕后主使的命令行事也未可知。

春笋说："幕后主使会不会就是总镖头本人呢？能掩人耳目豢养一个行事周全的高手，这个人必然有很高的地位。"

他摇摇头。张总镖头的为人在江湖上有口皆碑，一向正大光明。他要想为老百姓讨一个公道，自会有他的手段。何况，他虽是武林中人，却更是一个生意人。生意人讲究的是圆融。官商之间如果没有触及各自的利益底线，是不会轻易为敌的。

炎暑时节的大雨如期而至。连下三天后，镖局所在的沧州境内迎来了晴天。原先雨地里不太起眼的一排泥脚印在暴晒之后凸显了出来。总镖头的夫人看到了很不高兴："谁都别多管闲事，菡萏那个丫头来了让她自己清理。"话音里颇有指桑骂槐的意思。

武镖师走到这排脚印前，从怀中掏出白衣女子遗落的那一只鞋子比验了一下长短。

黄昏时分，菡萏来了。她拎着一桶异味极重的花肥迈入了后花园的月洞门。夫人的近身侍女走过去宣达了主子先前的命令。哑女花匠菡萏一个劲地点头。她没有梳发髻，头发如汉时女子一样均分两侧，垂于身后。其中右脸那一侧的头发更松垂一些，点起头来，发帘摇晃，像一顶黑压压的帐子。

侍女走后，菡萏弯下腰打理了一阵子花草。待她忙好了，一回身，竟险些贴上武镖师的胸膛——他魁梧的身影直刺刺地吓了她一跳。

菡萏是武镖师去年从江南带回来的一个女孩子。当时菡萏跪在一个石桥边，身前置有一捆蒲席，席子的一端里露出几绺老人花白的头发。她面前摊着一块麻布，上面写着"卖身葬父"云云。她沉默地跪着。跪姿本分而落寞。头顶的绿柳枝桠间洒下日光碎片，摇漾在她白色的孝服上。

不时有路人经过。大多只是随意看看，也有人曾有意与她攀谈，等到她抬起头来，却都纷纷避却离开了。武镖师远远望去，见她右脸上覆盖着一块硕大的胎记，像一片青苔严丝合缝地包裹着山石。

蝇虫在苇席边飞舞，武镖师不知道这是她筹措葬金的第几日。

他走了过去。

"你叫菡萏？"武镖师看了看麻布上的落款。

菡萏点点头。

武镖师向她伸出了手："春寒仍料峭，南方湿气又重。你起来吧，跪在这里会伤到膝盖。"

菡苕抬起头。

武镖师俊朗的面孔在蔚蓝天幕的背景之下有如墨画。他的眉毛犹如漆黑的玄铁之剑。凤目深沉平静，像古井中的水。浓密的眼帘垂下来，让倨傲和慈悲这两种截然不同的气质完好无缺地融合在了一起。

可菡苕摇摇头。

"你不会说话？没事儿，你起来，这笔钱我来出。"

肆·星光渐减雨痕生

岛上的雨水逐日密集，潮汐也不如春秋季节那样有规律。夜晚，他和春笋坐在窗下对弈，能清晰地听到巨浪拍打礁石的声音。

他的棋艺非常精湛，可春笋看得出来，他在故意做出让步。

"恩公和武镖师一样好心眼。"春笋吃掉了他一枚黑子。

他说心眼好是好事，但不能成为一个滥好人。过于常态化的善意在第一时间能被准确解读的概率太小，善事会生出其他始料不及的走向。比方说，武镖师的那一次援手。

武镖师北归的路上无数次地对追随他的菡苕说，他付这笔钱只是出于对亡者的尊重，对生命的敬畏，她不必真的以身相许。他一次次策马长驱，离她而去，可到达下一个驿馆后，却发现菡苕正在马棚里投草。

她认准了他。

副手被她的诚心感动，站出来劝解武镖师："菡苕姑娘既然在园艺方面颇有造诣，不如把她带回镖局，请她打理花草。既圆了她跟随你的心愿，还能解决她日后的生计。你的善心也就不仅限于助她把老父亲入土为安，而是真正的功德一件了。"

菡萏凝望着武镖师。她的眼中满含期待，闪烁如星。

武镖师答应了。

一年后，武镖师再一次与这双眼睛对视，菡萏双目依然闪烁，却多了躲闪之意。武镖师垂下手，拎起她唢呐一般宽阔的裤管。

曝露于眼前的是一双小小的三寸金莲，离开了水依然生机盎然地绽开在黄昏大地之上。

武镖师铁钳一样的手狠狠地勒住了菡萏的手腕。她痛得眉眼都凝聚到了一起，却叫不出声，只能呜呜咽咽像秋风吹着空荡的走廊。

"要怎么样，我才能相信那一晚的蒙面人不是你？"

菡萏睁大了双眼，眼泪一颗一颗浑圆莹澈地落下来。

"你说话！"武镖师厉色命令她。

菡萏既屈辱又忧伤，她连连摇着头。

武镖师一把拎起她往高空抛去，欲逼迫她再次使出卓绝的轻功。可菡萏坠落了，如一只中箭的云雀。武镖师一下子跃上前去，接住了她，两人徐徐落在花丛之中。

木槿花一簇簇地开着，粉紫浓云，和少女一般怀着心事。

被武镖师轻缓放回地面的菡萏低着头，将双手自他肩头收回。她习惯性地拿手抚了抚自己右脸一侧的头发，希望尽可能地遮住那块人尽皆知的瑕疵。

"真的不是你吗？"武镖师的声音变轻了，是对之前的莽撞无礼表示歉意。

菡萏只是望着他，好似一点儿都没听明白这前前后后到底是怎么回事。

"好吧。"武镖师长长地叹了口气，迎着漫天的晚霞离开了。

菡萏追上了他，拉住他的手，请他稍作等待。她打开自己搁在花下的包袱，取来一个三寸见方的雕花小木盒。那里面盛放着一个带盖的青瓷小盏。揭开盖子，武镖师闻到了一股清凉的花香。菡萏从盏中挑了一点玉色的膏脂，拉过武镖师的手，涂在他的手心上。

那双属于男子的大手，为着长年握剑提刀的缘故，被风霜侵蚀得粗砺沧桑，又有细小伤疤蜿蜒其间，可怖而雄壮。

菡萏希望她亲手制作的花朵膏脂能够滋润这些岁月的痕迹。

武镖师本来很感动。可是当他看到菡萏的胎记，又不自觉地抽回了手："谢谢你的礼物。"他在回家的路上前所未有地生出一种踟蹰。菡萏的心迹他很早就明白了。他非常感谢，却并不能接受这份爱意。而那一晚在鹭鸶谷遇见的白衣女子呢，他想到这里就情不自禁地去握一握怀中的那一双月白的绸履。没有人会想到，他随身带着一只女子的鞋。

菡萏就是那一晚的白衣女子——这是他一度希望的真相。这种希望的私人成分是明显超出了公职需要的。但它破灭了，像水里的月亮被跃动的锦鲤之尾摇碎了。

春笋嗤之以鼻："见色起意真是男子通病。丑女追随一路终不敌美人惊鸿一瞥。"

他啜了一口茶，浅浅一笑。

春笋说："拿我自己来说吧。凭恩公的善心，给我一碗饭吃自然不在话下。可假使我毫无姿色，是菡萏那样的人物，难保恩公不会发了善心后就驱逐我离岛，又怎么能像今天这样捧砚伴读，长侍左右呢？"

他的微笑像纸上氤氲的浮墨，弥散出一些不可捉摸的意味："为保晚节，看来我是时候下逐客令了。"

春笋看着他，目光变得十分大胆。她一拂袖子打散了棋局，像故事里的菡萏一样大胆地握住他的手："今时今日，你能说你对我还仅仅是出于善心，而没有一点感情吗？"

灯火晦暗，雨水正浓，洁白纱帘优柔摇曳。

他说："你还很小。"

春笋托着下巴望着窗外沉沉的夜雨："我就知道你会这么说。那这个故事你慢点儿讲。等你讲完了，我就长大了。"

伍·一世荒城伴夜砧

使春笋惊诧的是，故事接下来的进度却极为迅速。好像之前他的种种缓慢铺陈就是为了亮出这猝不及防的一刻。

名为菡萏的那个哑女自入镖局起就不得夫人的喜爱。入伏后，客堂里一缸原本长势极好的荷花一夜之间枯萎了去。夫人认定这是不祥之兆，并且迁怒菡萏，说她渎职。夫人罚菡萏跪在后院，没有她的赦免，不允许菡萏起来，也不允许任何人给予食物。

不看僧面看佛面，菡萏是武镖师带回来的人。夫人这么做，等于是打了他的脸。武镖师几次路过后院，见菡萏无声无息地跪在那里，都很想扶她起来。可他只是一个镖师，说到底，和夫人之间只是主仆。他没有资格替她求情。

武镖师跪到了菡萏身边："你是我引荐的人，你出了错，我理应一同受罚。"

菡萏转过头来望着他，眉宇之间，愁喜并生。

这件事很快惊动了张总镖头。他请夫人得饶人处且饶人，小姐张轻露也劝她母亲手下留情："六月里母亲彻夜难眠，是菡萏手调茉莉香露助您安寝，也算功过相抵吧。况且她已经跪了那么久，窗外暑气逼人，真让她伤了身体落下病根，外面要说我们饶安镖局苛待下人了。"

夫人听他们父女二人这样说，也就消了些火气，三人一同往后院行去。

刚刚穿过长廊，他们只听空中一个惊雷响起，天色顿变，雨水如银河般倾落下来。

一大家子人速速行至后院，见武镖师与菡萏二人早已衣衫尽湿。张轻露遥遥喊了菡萏一声，让他们起来。菡萏闻声抬起了头。

不可思议的事就这样发生了。

菡萏的胎记在雨的溶蚀之下变成了一股石青色的水流。她清丽的容颜就像出淤泥而不染的莲花一样浴水而出。大家都屏住了呼吸。

武镖师顺着众人惊愕的眼神斜过身来。

菡萏似乎也发现谜底被揭开了，索性伸出双手接了一把雨水清洗脸庞。洗完了，对武镖师说："武二侠，他们在叫我们呢，我们过去吧。"

春笋舒出一口气："事到如今，我真想知道菡萏对这件事到底有怎样的解释。"

他说菡萏的解释也很简单——她当初在江南桥畔易容葬父实在是不得已而为之的事。如果孟浪子弟单单只是看中她的容貌，买回家中势必收为姬妾。但她不想这么做。"为奴为婢再辛苦我也甘愿，所以只好改头换面，希望能有好心买主领我回去粗使。"

春笋知道前因，自然也就知道，这是菡萏官面上的话，是用来应付镖局众人的："我说的是她对武镖师的解释。关于她盗取银子的事。"

他说那一天的雨一直下到了掌灯时分。雨停之后，清风吹彻，一轮明月自东山升起，洁晖朗照，斜光穿户。武镖师只觉月光耀眼，在床上翻来覆去辗转难眠。

此时叩门声响了起来。

武镖师说："我知道是你，门没有关。"

菡萏来了。如那一夜在鹭鸶谷的相遇，她穿上了白衣，站在月光里便与月光化为一体。

她自顾自地坐下来，沏了一杯茶，也给武镖师沏了一杯。她对整个房间的格局和器皿好像很谙熟。信手拈来，就像她自己的家。

武镖师什么话都没有说。他只是静静地看着菡萏。菡萏认为，要解释他们江南初见后的种种经过，她需要先说一下她的父亲，那样会让整个事情更加顺理成章。

她说在六十多年前，江南有一对夫妇以耕织为生。丈夫本分，妻子貌美，堪称伉俪。他们还育有一个非常聪敏可爱的儿子。那孩子常常戴着银项圈穿着红肚兜在天井里奔跑，手臂就像藕节一般白嫩。

有一天，丈夫去田里锄禾。妇人做好了饭菜用青花碗一样一样装上，盛放在竹篮里，打算带着孩子到田间给丈夫送饭。这时候，突然闯进了一帮人，他们拽着妇人的手就往门外拉扯，想把她塞进一驾马车里。妇人一直在号啕挣扎，孩子也吓坏了，他抱住母亲的腿不让她走。来人中为首的那个贼子一脚把孩子踢开，孩子顿时哭成了泪人。妇人又惊又恼，拼命挣脱想去扶起儿子，但寡不敌众，很快被那帮人掳上马车。

丈夫回来后，见儿子昏睡在院中且胸前一片瘀青，房中又不见了妻子，鸡笼还散落一地，很快就理清了经过。他先是抱着儿子进城，送到药铺委托大夫照料，又急忙前往官府报案，请他们帮忙找人。一天后，他妻子的尸首出现在了城外的山道上。她凤冠霞帔，衣着华美。仵作验尸，说她是吞金而死。丈夫悲愤欲绝，背着妻子冰冷的尸身跪在衙门前请官府彻查此事，务必找出幕后元凶。可惜，一个多月过去了，任他击鼓鸣冤，踏破门槛，这桩命案还是没什么进展。

替孩子治病的大夫悄悄告诉他，罪人前后打点，早已买通了层层官府逍遥法外，别说是小小一个县衙，就是再往上去告，也一样是诉求无门。"怪只怪，你的娘子生得太美。"

如鲠在喉，他良久才问道："这是一个什么样的世道？女子貌美是过错，杀人越货倒成了稀松平常的事吗？"

黄昏如血，晚霞漂流。丈夫牵着孩子的手走到了县衙门口。他们身后，挑担的、推车的、驾马的、乘轿的……所有人都各自为生，没有人注意到他们的存在。丈夫蹲下身来，握着儿子的手，又摸了摸他的脸，

212

一字一句地对儿子说："杀人凶手有很多，这个门里的人也是其中一个。你要快点儿长大，杀了他，才好接我们回家。"说完他一头撞在门口的一只石狮子上。鲜血在动荡霞光的检阅之下显得无比悲凉、壮丽。

菡萏一边说一边喝茶，汹涌的陈年往事在她讲来却有着极为平静的面目。她的茶喝完了，武镖师却仍是满满一杯。

"这个孩子就是我父亲。幼丧双亲且全程目击他们遇难，这样的经历让他早早长成。他毕生都以暗中铲除胡作非为的官吏为己任，把两大绝学——轻功和易容术分别传授给了我和胞弟。童年那一记窝心脚使他留下了心悸顽疾，故而他未及壮年就早早谢世了。那日江南桥畔，席子里的白发老者并不是他，而是我弟弟。我们苦守在那里，是因为当朝侍御史的巡视队伍要从那里经过，伴驾的正是地方父母昏官。我们要借此机会演一出好戏，乔装改扮成那副丑态是防止真有大户人家采买人丁，中断了我们的计划。"

菡萏抬起头，如夜明珠般通透的双眼向武镖师投去温柔的目光："但是，你出现了。"

连她自己都嫌弃的容貌，他却没有嫌弃，伸过来一双手，授以恩慈，净美如莲。她是一个从小就生活在仇恨中的人，但是那个时候，她被仇恨之外的一些东西感染了。它像春光一样包围了她。她甘愿放弃使命，沦陷其中。

"这一切都是真的吗？"武镖师说，"我这么问，你不要见怪。因为你有太多的面目。"

"句句属实。"

"那么你的名字呢？你真的叫菡萏吗？"

"也是真的。只是，这是我的闺中小字。"白衣女子笼着袖子轻声道来，"我本姓潘，行金辈。弟弟叫金风，我叫金莲。"

中卷｜雪正酣

壹·一丈红蔷拥翠筠

退潮后，海滩上遗留下了许多贝壳。春笋把它们按颜色和形状分门别类，串成风铃和项链，用来装饰屋子和自己。原本咸腥的海风经由林木过滤，吹送到他们的院落里就只剩下了温热潮湿的水汽。

到了晚饭光景，春笋忽觉不适，回房盹了片刻。他端了一壶茶进去看她，只见她满面热红，涔涔冷汗，他伸手一抚她额头，才知她吹了海风，受了凉，又兼暑气旺盛，内外火气夹攻，成了热毒。春笋叫他先去吃饭，说睡上片刻就好。他却抽出一方丝带蒙上眼睛，在春笋呢喃的讶异声中褪去她的衣衫，为她运功祛热。

春笋后背的肌肤娇嫩，他的手掌贴合其上，带来比平日更加粗粝的质感。

"菡萏也好，金莲也罢，看来，她调制出来的膏油一点儿效用都没有，不然武镖师告别江湖这么多年，双手为何还是如此糙而有力？"

"运功的时候不要出声。"面对春笋突如其来的追问，他平静地按下了话锋。

"对于习武之人来说，并不是运功时说两句话就会走火入魔，一定要心中有心魔作祟，才会误入歧途。"不待说完，春笋蓦然转过身来，一把扯下了他双目之上的丝带。

玉体横陈，春光乍泄，映入眼帘。他才知她是装病戏弄他。

他怔了一霎就立即下榻，扯下帘幔抛她身上。未及转身离去，他只听春笋在身后笑道："武松，你敢不敢对天起誓，说这么久以来，你心里对我绝无一丝好感？"

春笋最早叫他大侠，后来称他恩公，再后来就直呼其名叫他武松。朱红色的锦帐像霞帔一样覆在春笋的身上，使她雪白的面孔看起来更加遥远。

他恍然想起了当年的那个新娘——她说的大概也是这样的意思。只是，春笋是笑着说的，那新娘言至此处，却是泪眼茫茫。

论起婚嫁，起因皆是那一天，菡萏被雨水洗礼后的脸庞给张总镖头留下了深刻的印象。他挑了个日子和爱将武松在城中最有名的酒家喝酒。二人边饮边聊，从最初的知遇一直聊到镖局眼下的大小事务。酒过三巡，总镖头来了兴致，压低声量："家中有贤妻爱女，局里有左膀右臂，如今我算是家业双全，只可惜有一件憾事，一直未能如愿。"

武松请他但说无妨，若能相助，定当竭力。

总镖头捋捋疏须，似是尚有顾虑，半晌，笑言："万般皆好，就独独缺了一位娇姬侍奉在侧。"

武松笑道："听总镖头的口音，是已经有了人选？"

"就是你从江南带回来的花匠菡萏啊。"

窗外一弯冷月高悬，如匕首即将割上喉头，直至楼下传来一阵阵清脆的糖人叫卖声才让武松回过神来："区区一个花匠，粗手笨脚的，非但不能侍奉周全，恐怕还会坏了总镖头的雅兴。"

"差矣。"总镖头道，"英雄都不问出处，对美人的身份又何必心存芥蒂。我知道你和她情同兄妹，若有适当的时机，不妨探探她的口风。"

武松又道："此事可同夫人、小姐商议过了？"

总镖头眉头一紧："丈夫纳妾何须内人首肯？何况她雅量非常，不是那一等妒妇。"

武松知他心意已决，也不再规劝，一路上只是低头思忖着，该如何向菡萏交代。

方至家中，就见菡萏一袭白衣站在院中望月。武松并不吃惊。她身怀天下最好的轻功。

"我现在很期待，你到底会有怎样的高见去说服我做他的小妾。"菡萏转过身来，凝重的神色里带着一丝不易察觉的挑衅。

"你怎么知道？"

"你忘了吗？我跟你说过，我胞弟金风最擅长易容。方才酒肆中为你们斟酒端菜的小二就是他乔装改扮的。他走这一趟倒不是为了刺探你们的对话。楼上厢房里自京中而来的那几个脑满肠肥之辈才是他的目标，只不过阴差阳错，他无意中听到你们在构思他姐姐的未来。"

空气中弥漫着清冷之气，二人在月下无声相望。

"有什么理由使你不能当面果断地拒绝他？"菡萏轻轻走到他近前。

武松闭着眼仰起头，像是用冰冷的月光醒酒。

"总镖头待我恩重如山，小时候我一度病危，是他救了我，恩同再造……"

"恩是恩，情是情，报恩有许多途径，为什么你偏偏选择将自己心头所好拱手让人？"

武松睁开眼睛。月亮的光锋刺痛双眸，一种豪侠之辈不常有的辛酸苦楚千回百转地在眼眶里翻搅滚动。

"我不太明白你的意思。你可能想多了。"他这样说。

被月桂薰染过的夜风飘飘荡荡撩动着菡萏的发丝，让她如瑶池的仙子般若即若离不够真实。她叹了口气，叹着叹着就大笑起来："江湖上都称武二侠是君子，果然君子有成人之美，也只有君子到了这样的境地，还能风度翩翩用词含蓄，替我化解自作多情的尴尬。那么，就劳驾你回去向总镖头通传一声，下月初九乃黄道吉日，我待他迎我过门。虽是纳妾做小，该有的排场可一律不能少。我无需任何聘礼，也不难为他本人上门迎亲，唯一的要求就是这接嫁仪仗需由武二侠你亲自率领。"说罢，菡萏就一阵风似的御月而去了。

"你去了吗？"秋风飒飒，春笋在园中辟了一块地修篱种菊，没过多久，他眼前就是一片墨绿金黄。廊下，他誊录剑谱的间歇，会喝上一杯酒，抬头看看少女忙碌的身影。她回眸一笑的样子真是像极了当年的菡萏。她说得没错。他留她在这里，根本就是一种引火烧身的危险。可是要做出让她走的决定势必也很艰难。曾经的错，而今一恍神就会重蹈覆辙。

接嫁那一天，在闺房深处听见他的脚跨过门槛，菡萏一把揭落盖头，拉着他越窗而出，驾上一匹白马驰骋而去。一路上，武松都在牵制缰绳，试图勒马，无奈快马忠于主人，轻蹄生风，踏沙疾跑，直直行到水穷处。

"你知道吗？女子双足不可轻易示人，如果被男人看去，就要嫁给他。所以，我们私奔吧，把现在的一切都放下，去浪迹天涯。"菡萏的目光顺着潺潺的流水率先去了她想去的远方。

武松调转马头："你这样是陷我于不义，也是让总镖头成为武林的笑柄。不要再闹了。仪仗还在门口等着。很可能他们已经发现了我们的行踪……"

一袭红装的菡萏打断了他："你敢对天发誓，说这些日子以来，你从未对我动过心？"

武松不由自主地背过身去。

犹豫很久，他终是在最后关头摇了摇头。

挣扎出来的笑意让菡萏脸上笔直的两行胭脂泪如血般凄艳。她三两步跃上近前一棵古树，回身一扬马鞭，狠狠抽在马背上。白马受惊，即刻一路回程，飞驰而去。

蒟蒻最后留给他的话如九霄间撒落的魔咒般在山林间回荡："武松，今日起，你我江湖不再见。若有重逢之期，不是你杀了我，便是我杀了你。"

贰·罗窗不识绕街尘

故事接下来的部分广为人知，连春笋这样小的年纪都曾听老人们说起过。

说是有位貌若天仙的潘氏娘子，原是张姓大户人家的婢女，因主人贪恋她的姿色想纳为妾室，她坚决不从，主人一气之下就将她嫁给了一个小贩。那小娘子生性风流，经由一个茶馆的婆子牵线搭桥，认得了一个开药铺的情人，二人暗自苟且，夜夜偷欢。东窗事发后，淫妇竟伙同奸夫联手毒杀了丈夫。

"这么说来，江湖上还有人在议论这些往事了？"秋气爽朗的日子里，他们在窗畔食蟹，他取了一只团脐的递给春笋。春笋深深嗅了一口，说果然蒸笼里放上菊花可以去除螃蟹的腥气。

"在问你话呢。"

春笋一只一只地掰下蟹螯，说："当然，就像天上的大雁年年都要在南飞的途中一行一行地写字，地上的人闲来无事，只好把以前的故事翻来覆去地说了。"

听她这么说，他抬头向廊外看去，果真雁字成书，已是天高地厚的秋天。

"只是当自己有朝一日和故事中人对坐着吃螃蟹，还真觉得有些不可思议呢。"春笋啜吸着蟹肉上的葱姜醋汁，冷不防向武松古灵精怪地一挤眼。

"那可不是故事的原貌。"他强调。

"我知道。一个夏天过去了，我一直在等你把它说完。"春笋满怀期待。

他想，要用什么样的立场去讲之后的故事呢。很多情节他都没有来得及参与，更有部分桥段是他急于抹灭的。

蒟蒻从婚事上出逃后，武松惭愧万分，以办事不力为由，引咎辞职离开了镖局。江湖中人对此事议论纷纷，张总镖头的颜面自然也毁于一旦。不过道听途说，武松得知蒟蒻很快嫁了个小贩。镖局顺坡下驴，找了个借口，说那一天本就是总镖头施恩，替小贩张罗着娶妻，只是当天小贩身体抱恙，婚期便做了顺延。

真假难辨，又兼街头巷尾的好事者添油加醋，就变成了后来的面貌，说是总镖头欲图收房，遭她抵抗，就分文不取把她许给了下等的小贩以解心头之恨。

而到了景阳冈下小酒家的嘴里，婚后的蒟蒻竟成了一方名媛。

"过了前面的景阳冈就是阳谷境地，那小娘子现就住在那里。我们这儿有不少孟浪子弟仰慕她芳姿倩影，想去一睹为快，可惜这冈上近日有只吊睛白额虎作怪，许多人尚不及牡丹花下死，倒先命丧虎口了。壮士喝了我这三碗不过冈的烈酒，天色向晚，不如还是先在此歇歇，明日与人结伴过路，以求稳妥。"店小二另切了一盘牛肉来，絮絮说道。

在外优游一年，刚回到齐鲁故土，就听见这样的消息，酡颜的武松心中自是暗流汹涌。远眺松冈，见烟云起伏，一片薄暮，他立时抓上包袱，不顾小二的阻拦就踏上了斜阳之下的乡陌。

剥蟹后，双手腥臊不可闻，春笋端了一盆菊叶水来清洗。她笑问武松，江湖上关于他在景阳冈上赤手空拳打死老虎的传言是不是真的。

"编出这样的谎话对我来说有什么好处。"午后出了日头，秋阳滟滟，他微微眯着眼。

"如果是假的——雁过留声，人过留名。就算你退隐多年，这个传言也可以为你在江湖上保留一席之地，何乐而不为呢。如果是真的——那你为什么不听店小二的劝告等一晚再与人结伴上路，是不是急着去见姑……"春笋像是咬到了舌头一般猝然顿了一下，才又道，"姑娘，我是说菡萏姑娘。"

他狐疑地将她从头到脚一打量。春笋撇过头，回避了他的疑虑，俯下身来收拾桌子。

午阳晒过的风是温软的，一层一层地吹着斑驳的屋顶，吹着他们的衣襟。这样的风和阳光也像醇酒，他醺醺然地再次回到了记忆之中。

他记得，徒手打死老虎后，他很快来到了阳谷，凭借这则令人惊叹的新闻和过往在镖局历练的经验，他很快受到了知县的礼待，成了衙门里吃官饭的都头。他着意要打听菡萏的下落，却苦于男女有别，怕人将他误作那等花柳之辈。

一日，他在街上闲游，听身后有人唤他："武都头，今日发迹，如何不来看我？"

他一回头，又惊又喜，原来是同胞哥哥武植正卸下一担生计立在远处。他快步上前问哥哥如何从清河到了阳谷。武植说："你在外游历的这一年，我娶了亲，又辗转到了这里。"

二人结伴往武植家行去，一路上说起一年来各自的见闻，都十分欢喜。兄弟之间不必拘礼，武松便问道："哥哥既然来阳谷一年有余，走街串巷，自然也认得一些人。不知哥哥可曾听说过一位潘氏娘子？"

武植停下来，脸上的笑意被秋风吹散了些："光一个姓氏哪里就能知道，芳名唤作？"

"金莲。取'三寸金莲'之意。"

武植放下肩上的挑担："原来是她啊。你来得不巧，她数日前刚刚搬去了徽州。"

武松闻言，正暗自怅然。武植又道："方才想起，你嫂嫂染上了很重的风寒，不便待客，今日我先寻一敞亮酒家，开一坛好酒为你庆功洗尘，待她病愈，再领你往家中去。"

"他这是阻止你们见面？"灯下有细尘，春笋擦拭洁净，又沏了茶来。

"是啊。许是那些游手好闲的风月弟子困扰了他很久，他也只当我是慕名而来，想取个转圜之机吧。"

春笋又问："后来呢？"

后来，他们在酒家痛饮了一番。至戌时，武植说要回家服侍抱恙的妻子，兄弟二人便下了楼去。武松与他另约了登门之期，武植含混应下，挑担而去。

很快秋去冬来，一夜之间，整个阳谷被初雪染成玉宇琼楼。到了相见之日，武松打了五斤好肉，备了一篮果点到了紫石街武植府上。叩门三声，一妇人着素裙薄袄开了门，自言是武植之妻，说他刚刚上街卖炊饼去了。武松虽是习武之人，家教规矩却分毫不差。长嫂如母，他二话不说，撩起衣袍，跪拜在庭雪之间，以表尊敬。妇人连忙将他搀起，请进屋烤火喝茶。

屋里没有掌灯，窗外投射进微微的雪光让他大致能在一片寂暗中看清周遭的陈设。妇人撩起帘幔去庖厨烧热水，在内间还不断地问武松年庚几何，是否娶妻。虽是长兄家中，可坐在幽微而陌生的环境里，武松仍十分不安，甚至感到某种诡异。他小心翼翼地环顾四周，打量每一样家什的品貌，终于发现一只鲜红的绣花鞋在门后悄悄翘出一尖。

"小叔相貌堂堂又有一身武艺，恐怕想嫁与你为妻的姑娘能排上一条紫石街……"妇人的嗓音并不优美，似两块石头互相磨砺之声。在这略显刺耳的声调里，武松轻轻走到门边，拾起了那只鞋。

他掏出怀中的那一只，贴合在一起比对。妇人还在里间喋喋地说着话。

易容有术，变声则难，他确定这妇人绝不是她。

妇人泡了热茶来，武松垂眼一瞥，她裙下的大脚和粗笨的手俨然配成一套。武松问道："兄嫂尚未得子，那平日里，家中只你二人相伴吧。"

妇人道："便是如此。他若外出谋生活，家里就只有我一个人了。"

武松指着墙角的那只绣鞋："那么，这只鞋……"

妇人面色一变，手中一松，亏得武松眼疾手快，接住了直坠而下的茶盏。

"那不是潘娘子借给你做绣花样子的吗？如今她远徙他乡，你再要还她也难了。"

武松转过身来，只见受雪天影响生意惨淡的哥哥早早挑着担子回来，正在廊下用手巾扑打满肩的雪花。

叁·虚为错刀留远客

天气日渐清冷。但比起故事里的节奏，光阴的更替始终要慢一些，像是大家不约而同地缓下脚步，想尽可能晚地抵达结局。而雪，终究还是落下了。庭院内外一片洁皑，整座小岛成了汪洋之上一块可口的糕点。

春笋取出几天前就打理干净的狐毛大氅为他披上，又拨了拨手炉里的炭递给他。

雪没有任何减弱的迹象，纷纷扬扬直落而下。寒气已让庭前的腊梅提早了花期，金色的花蕾和银白的积雪压得枝头沉甸甸的。天冷，又隔得远，春笋并没有闻到花香。等她折了几枝回到炉火旺盛的内室，才感到香气袭人。

火光中，春笋仔细打量起他来。她发现他真的有了白发。他和这个故事隔了快二十年的光景，已不再年轻了。

"也就是说，那只鞋子的的确确是潘氏的物品？"春笋取下路上的烧酒，给他斟了满满一杯。武松浅浅酌了一口，说："我没有去考证这件事。它和后来发生的那些事比起来根本微不足道。"

"哪些事？"

"比如，我替知县押镖去了一趟京中，回来后，我哥哥中毒而死。蹊跷的是，他的遗体非常矮短，和十岁的孩子差不多高。比如，葭莒莫名其妙成了我的嫂嫂，而且是众人口中弑夫的元凶。再比如，我杀了她。"

春笋的目光变得冷硬而哀伤："你杀了她？凭什么？就凭街坊邻里之间的流言蜚语？"

他饮尽残酒："不光如此，还有我哥哥手写的遗言血书。"

春笋冷哼一声："血书？如果真的是毒发身亡，他临死之前难道还有时间写下血书并交付他人等着你回来替他报仇吗？又或者，既然是毒发后写下的血书，你有没有请仵作一并验一验，这书上的血是否也有毒呢？还有，你京中之行不过月余，怎么堂堂长嫂摇身一变，就成了你的旧交？这种种疑点你都没有考虑吗？"

"可能她很早就控制了我哥哥，为免打草惊蛇，就请人扮演我嫂嫂，想趁我不备取我性命，一雪前耻。"

春笋大笑不止："你觉得她真的会杀你？杀她此生最爱的男子？"

他似乎厌倦了这个话题："你想说什么？"

"我想说的是，纵然你是武夫出身，也不该这样鲁莽。人命关天，怎么都要细细推敲思量。"春笋见他只顾低头饮酒，便道，"纵然你靠自己的想象，补全了故事残缺的部分。那我也要给你讲讲我所知道的版本。"

在春笋的叙述中，那个妇人确实是被请来扮演武植之妻的。不过请她的不是潘氏，而是武植本人。与胞弟武松重逢的当天，武植邀他去酒楼喝酒。除了兄弟久别相见甚欢以外，更重要的是武松向他打听了潘氏的下落。他们夫妇二人从清河移居阳谷，就是因为妻子的美色惹人垂涎，日子过得很不太平。他万万没有想到，连弟弟这个优游在外的人都对她的艳名有所耳闻。为免兄弟之间因为女人生出龃龉，他迫不得已才出此下策，请了另一个人来李戴张冠。潘氏则连夜被他送往乡间，避居于一间竹庐。

此后未过多久，时近年下，知县备了些银钱想送往京中去活动。周密的心腹没有押运的本事，有本事的人又不够知心，苦恼之际，得师爷在侧点拨，提到武松曾在饶安镖局任职数年，知县豁然开朗，遂委此重任与武松。武松前脚收拾了行装辞别，武植后脚就驾车去了乡间找小别的妻子会面。

可等武植到了竹庐后，却发现妻子潘氏失踪了。

房间里的用具摆放有度，炉中没有任何薪柴燃烧过的迹象。他把家前屋后四处找了个遍，又越过山头来到邻近庄堡向村民打听，都没有潘氏的任何蛛丝马迹。她像屋后的雪一样，悄无声息地融化了。

比潘氏消失更不可思议的是，武植的第一反应竟然是弟弟武松奉命押镖只是个谎言，真相则是弟弟带着潘氏私奔了。

他狠狠操起一块巨石向远处上冻的大河砸去。

就在武植感到山穷水尽之时，事情很快迎来了柳暗花明的转机——他刚刚驾着马车进城，就发现当天是一月一度的赶集之期。桃红柳绿的布料，五光十色的玩器，活色生香的盆景，鲜血淋漓的食材，人们扶老携幼，你追我赶，挤作一团。在远处，白茫茫的日光里飞舞着尘埃，白梅花开了，氤氲有致的枝节在半空中盘绕，落花阵阵，落在花下的美人身上。

那美人不是别人，正是妻子潘氏。

武植激动万分地丢下马车，挤开人群，向她飞奔而去，紧紧地抱住了她。潘氏问他怎么了。武植说他以为他把她给弄丢了："你是进城赶集吗？"

潘氏点点头："没有粮米了。胭脂也用完了。"

武植说："我以为你要离开我。"

潘氏在微尘纷纷的光芒中黯然一笑："我要离开你，随时都可以。你看那里的道观，高有百尺，我不费吹灰之力就可以飞到观顶之上。我既然嫁给了你，就不会再离开你。"

潘氏看着武植，眼中流动着一种和煦的光泽。

武植深知妻子身怀绝技。他们相逢之初，他挑着担子过窄桥，险些坠入河中，是潘氏带着他风一般掠过河面回到岸上。他一直想不通这样一个美貌又身怀绝技的女子为什么要嫁给他。潘氏说："人生漫长，总会经历许多意想不到的缘分。你把它当成缘分就行了。"

婚后，潘氏并不与武植同房。她常常一个人端着一杯酒坐在夜风缭乱的屋顶上。武植不介意这件事。亵玩并不代表绝对的拥有。他想，她可能就是上苍所赐，陪伴他度过一些时日而已。可是，在草庐里找不到她的那一刻，他发现自己根本就不能失去她。或者，更早一些的时候，例如他为她上街被其他男子所侧目这样的事而怒火中烧的时候，他就应该发觉自己深不可测的占有欲。

好在，潘氏回来了，她只是进城购置一些日用品罢了。

武植说："我们回家吧。"

潘氏说好，就像当初他要她去乡下一样，她不假思索地答应了，不问任何原因。

她越是不多着一字，武植越是觉得恐惧，像是她下一秒就要飞去无踪。

他决定留住她。不论以任何残酷甚至卑鄙的方法。

肆·月里依稀更有人

"有一个和他一起结伴在街上叫卖的小哥儿，名叫郓哥，卖梨为生。此人同江湖中的三教九流都有往来。武植从他那里得知丐帮有一种药丸唤作'销骨丹'。服用后，武功尽失，肌体无力，百步即乏，只可将养于家中。"春笋嗓音柔曼轻俏，讲的故事却非常阴鸷，沉沉的冬夜在这样错落的对照里也变得诡谲起来。

"你不会是想告诉我，哥哥找来了销骨丹给她服用吧？"没等春笋回答，他就否决了这个说法，"这不可能。销骨丹很早就在江湖上绝迹了。丐帮的前一任帮主行事磊落，曾下令集中销毁这种下流之药。"

"问题就出现在这里。销骨丹是早就不存在了的，可是郓哥不知从什么邪魔外道手中寻到了几粒。武植带回家中，研成细粉，还偷天换日，用止咳散的药纸包好，想伺机混在潘氏的汤羹中。甫入腊月，天寒地冻，武植犯了咳喘旧疾。这包药就阴差阳错被潘氏拿来炖了冰糖雪梨。"见对坐者目露惊愕，春笋的嘴角微微上扬，露出一种不合时宜的快意。

至于故事中的武植，也是吃了梨之后才意识到事态的荒谬。这假冒的"销骨丹"实为苗疆秘炼的冬虫夏草——缩骨丹。某些习武之人为练就土遁之术或是想行动方便掩人耳目，常服用此丹。但这药无解，一旦入口，身矮如童，面目狰狞，再难恢复当初的样貌。

面对这离奇的一幕，潘氏束手无策，武植也不知该从何说起。但二人的哑口无言并不能阻止这则奇闻在阳谷不胫而走。大街小巷的口水将它渲染得神乎其神，人们在大肆发泄窥私欲的同时也不忘逞口舌之快，给新版的武植取了个非常传神的绰号，叫作"三寸丁谷树皮"。每当他在家门前吃力地抬起比他个子还要高的笼屉，总会有去私塾上学前特意来瞄他一眼的皮闹小儿过来绕着他戏要一番。

这时，街对面开茶馆的王婆就会向那些乳臭未干的臭小子们泼去一碗茶："有娘生没娘养的东西，叫你们明天都缩成蚯蚓在他脚底下爬。"

武植并不计较。他相信善恶有报，相信这一切都是对他的惩罚——也许是缩骨丹一事，也许是他在某件事上对妻子刻意的隐瞒。

"缩"这个是他的痛处，顾不上答谢邻居的义举他就匆匆上街开卖了。

武植走后，王婆敲开了他家的门。武植的娘子非常客气，向来因王婆年长而尊称她一声"干娘"。在王婆眼里，潘氏的客气是一种生疏的客气，就像水中粼光寂寂的月亮，拒她于千里。

"他如今成了这副模样，可苦了你了。"王婆帮潘氏缠线时说。

"干娘何出此言？"

"在外头，这身板一天要少赚多少钱？在家里，你又要多费多少心神去伺候他？"

"为人妻子，这是应该的。何况，难过也并没有用处。如果难过能治好他这绝症，我也愿意花些时间在难过上。"

"要说是绝症也未必。"

潘氏抬起头。王婆污浊昏花的老眼中泛着慧黠的光。她说城东五十里，梅花山上有座万梅山庄，山庄的主人复姓西门。西门先生虽是一位高蹈遁世的名医，可城中也有几处悬壶济世的药铺属他名下。不过西门先生脾性古怪，从不医旁人可医之症，也不医从前医过的人。

"说白了，他竟是拿看病当乐子消遣。我掂量着武植此症不同寻常，或者也能投其所好请他一看。我曾与西门先生的一间药铺门对门开过数年茶馆，也算有几分交情，拿这迎来送往的三寸不烂之舌在他跟前美言几句，恐也能卖我个面子。"

潘氏当即谢过。王婆脸上的皱纹随着笑容堆叠如菊，灯影中，密集累累地盛开着。

"先别忙着谢。这西门先生古怪的地方可多着呢，还有一点我忘了告诉你。他接诊不收诊金。若是女人看病，只要她丈夫一日为奴。若是男人看病，只要他妻子一夜为妾。这样的条件，你还是先思虑周全再给我个答复吧。”王婆听壁间有人唤茶，拍拍潘氏的手就回去了。

潘氏就着一盏豆大的油灯做针凿，也就着做针凿考虑王婆的提议。近午时分，天色更暗，雪势更大，武植挑着担子回来了，她做出了决定：“隔壁干娘认识一个城外的名医，我打算挑个日子带你去拜访他。”

武植摇摇头，坐下来喝茶。

“如果你不想一生都成为别人的笑柄，我看你还是跟我走一趟。”潘氏推开门，想到对面去找王婆商议具体事宜，迎面而来的寒气与风雪却让她感觉到了新年的脚步，她回身问武植：“你说你有个弟弟在外游历，如今一年有余，新春将至，他难道不回来与你团聚吗？”

武植努力拎起疲惫的腰，颤颤巍巍地离开了座椅：“怎么忽然提起他？你们认识吗？”

闻言，潘氏本十分笃定的眼神随即从他身上移开，又开始观望庭前的飞雪：“没有。只是，如果他要回来过年，你得提醒我准备些他爱吃的菜，也算不失了礼数。”

伍·适知小阁还斜照

比武松更早品尝到潘氏手艺的人是万梅山庄的西门先生。

小寒时节，潘氏准备了一笼糕点，一笼小菜并几钵新糟的凤爪鸭胗，雇了个车夫，由王婆带路，大清早就往万梅山庄行去。

开门的是个叫吹雪的小童。他接过王婆的帖子，又领着他们到客堂歇下，才去向主人回禀。不多时，又回来请他们到诊室去会面。

白雪衬着泛黄的竹帘，帘外斜斜一枝红梅，吹雪撩起帘子，伸手有请。

屋内暖气袭人，坐具都低矮精致。透过绰约的绡纱帘帷，潘氏见前方灯下背对来客坐着的是一位白衣先生。看不出他是在参禅还是静养。

那一头银发一半束起一半披垂，和他的坐姿一样，梳拢得一丝不苟。

寂静之中，王婆忽而笑道："多年不见，西门先生还是如此飘逸出尘，一定是得到了华佗、扁鹊的真传。"

"婆婆也还是老样子。"听声音倒并不像上了年纪的人。

"何时西门先生身后开了天眼，背对着人也知道老身样貌如旧？"

"我是说婆婆的嗓门，还和过去一样洪亮。"西门先生的座椅转了个向，潘氏见他果然正值盛年。龙眉凤目，削鼻薄唇，洁白脸庞无甚血色，又兼神情漠漠，让人生畏。潘氏未及细看，只见西门拨开纱帘，陡然飞出，直直向王婆劈来，王婆见势慌忙接招，二人凌虚过了一个回合才休手站定。西门又道："不光如此，婆婆的身手也和过去一样敏捷。"

西门看了看王婆身旁的武植夫妇："如果准备好了就随我来吧。"随后瞥了王婆一眼："人已送到，婆婆请回吧。雪天马蹄打滑，让马夫慢些行路。"

王婆见他往里走，连忙跟上去抓住他的衣袖："老身托付先生的事可有什么眉目吗？"

西门嫌恶地弹开她的手："如果有什么消息，我会差人传信给婆婆的。"

武植夫妇跟着西门往一处内廊走去。王婆哀戚的声音追随而来："老身已是风烛残年，趁着尚能喘气，只想赎罪而已，先生万万替我留心。"

下卷 | 无生路

壹 · 十二玉楼无故钉

一个人生活是否感到孤独。这是春笋一直以来都想问他的问题。

他说孤独和环境并没有直接的关系。在花团锦簇莺歌燕舞的人潮中，一个人未必不会感到孤独。同样的，生活在寂寞的孤岛上与清风明月为伴，也未必寥落。

"心中有所愿，一度一千年。"他说。

春笋拂去栏杆上的残雪半倚着，问他还有什么牵挂。他说他有亲人尚在人间，在这山遥水远的海岛上为他们祈福算是一件事。另外一件事，就是每年清明回故地扫墓。

春笋说："你知道吗？在万梅山庄，潘氏也问过西门先生同样的问题。"

时间回到潘氏和武植刚刚抵达万梅山庄的那一天。西门为武植诊脉，又开了药，他们夫妇二人就被送回客舍休息。晚间，吹雪来敲门，请潘氏过去。潘氏很明白，到了她该付出代价的时候了。武植以为西门要悄悄地向妻子告知病情的严重性，一伸手像孩子牵着母亲那样拉住了潘氏，又仰起头对吹雪说："告诉你们先生，什么结果我都能承受。能治就治，不能治告诉我能活多久我就走。"

潘氏冷笑一声，丢开他的手随吹雪而去。

沐浴的厢房里水汽沉瀣，融融暖意让人忘记了窗外正是雪漫山川的严冬。潘氏盥洗完毕，由两个小婢领着往西门的寝室去。那是一间很昏沉的屋子。用屋子来形容或许不够贴切，因为那儿更像一座宫殿。帐帷从梁上垂下，披散到四方，成了一座山。帷幔里，圆形的雕花床榻上铺着江南的蚕丝寝具。床边数十个琉璃暖炉里正透着明艳的红光。

西门不知何时已站到她身后："好香。"

姿容绝世的男子，因一头白发而显出一股邪魅之气。潘氏一直悬着一颗心，直到他伸手来抱她。她骤然放松，并想到了过往的一个黄昏，在饶安镖局的后花园，她也是这样，安然卧于一个人的怀抱里。

锦榻柔衾，暖香袭人，灯火朦胧。西门闭着眼，搜索她的嘴唇。起初她抵死守城，最后沉沦在他绵密的呼吸中，慢慢打开了贝齿之门。那感觉像奔跑在草长莺飞的春风里，又像清澈的水流缓缓浸过龟裂的大地。他的手也一并游走于她的寸寸肌肤，如舌亦如蛇，柔韧而灵活。

西门湿润地吹拂着她的耳朵："脐下三寸，神仙难忍。"

一切紧锣密鼓而又有条不紊。肌肤的交流仿佛露水在荷叶上凝结，是天成之事。

直到某一刻，他戛然而止。

静寂的火光里，潘氏懵然地仰承着他幡然醒悟般的目光。

西门说："你还是处子之身？"

潘氏哑然失笑，像绸缎从木器上滑落一般轻巧地从他身下溜走，下了床，又披上一个洁白的斗篷。她驻足窗前观望夜雪，背影像春山间的一只孤鹤，这是西门从未领略过的哀静之美。"我有属意的人，却嫁了另一个人，最后竟为一个陌生人献身。命运有的时候真的非常可笑。"

西门走到她身旁，问："你既然不爱他，为什么要用自己最宝贵的东西来换取他的健康？"

潘氏答："我是他的妻子，这是我的责任。"

西门又问："那既然不爱他，你为什么要嫁给他？"

潘氏神色忽黯，有些欲说还休的样子。西门拾起花几上的一把剪子闲适地剪了一会儿灯花，以举止告诉她，他并无打探秘密的意思。可潘氏却无端对他有了信任："因为嫁给他，我就有可能再见到那个人。"

西门说："责任和感情一样是可以选择的。人只会愿意为自己想负责的人负责。我能肯定，你送他来我这里治病完全不是出于对他的责任，而是出于对那个你将见到的人的责任。你可以告诉他，他不在的日子里，你把丈夫照顾得很好。又或者，你可以告诉他更多，比如你用自己的身体换回丈夫的身体。如此一来，那个人会感到内疚，恐怕这正中你下怀。"

潘氏与西门在夜色中互相凝视着。她说："你是很聪明。不过有一点儿你猜得不对。我要的不止是他的内疚，还有他的命。我们有过约定，日后再见，会有一个人死在另一个人手中。"

贰·秋娥点滴不成泪

雪霁天晴，透过镂花窗，潘氏看到西门的弟子吹雪在雪地里练剑。意气风发的少年，剑影犹带怯意，却又渴望如顶级的剑士那般剑气如虹。

来来回回，原来每个人都有满地的心事。

潘氏取了炉上的中药来，槲寄生和草木灰的香气在揭盖的瞬间如禁锢已久的精灵般飞舞而出。她问武植可有感到药效。武植说膝盖和臂肘皆有发热之意。潘氏点点头，说那就好。

武植喝下药，问道："不知王干娘托付西门先生的事可有什么回音吗？"

潘氏并不看他，兀自收拾器皿："你是泥菩萨过江自身难保，倒有闲心管别人的事。"

武植说："话不能这样说。如果没有王干娘引荐，我们也不可能认识西门先生。就算是为了报答她的恩情也应该聊表关心，何必这样冷漠。"

潘氏不由嗤笑道："原来到最后，我反而成了不仁不义的那一个。只是我想问问你，对服侍你一日三餐起居梳洗的娘子，你又怎么报答呢？"

武植一时无语。

潘氏叹了口气："不急在这一时，我等你给我一个好的回答。现在，我就替你去问问王干娘的事，希望带回来的回答能让你满意。"

王婆的托付事关两个年轻人。一个是她的大儿子，一个是她的小儿子。从丈夫去世的那一年起，她就踏上了寻子之程。几千里迢迢远路，二十载漫漫光阴，长如天年又快如瞬间。

那一日，在清河去往万梅山庄的途中，王婆说她曾一度以为她会像族中其他女人一样，这一生都不出山寨。在寨子里生，在寨子里长，在寨子里嫁人、生子，再在寨子里老去死亡。一直到她丈夫突然患上了一种奇怪的痨病，她才忽然有了一种感觉，也许佛手打乱了原来的秩序，此生她不会那么简单地度过了。

丈夫病死后，寨子里接二连三地有人发病。慢则半年，快则三月，生命凋谢如阵雨般猝不及防。那些受传染而死的病人家眷组成了一个队伍在王婆楼下声讨。急锣响鼓混杂着女人们哀戚的啼哭，让她的两个孩子惊慌失措。

小儿子叫不承，躲在母亲怀里问外面发生了什么。王婆捂紧孩子的耳朵："他们在驱魔。你父亲死于怪病是妖魔作祟，他们在帮助我们呢。"

不承又问："驱魔不是祭祀典上才有的吗？"

大儿子不显很明白众人的意图，打算下去和他们辩个清楚，却被她母亲叫住："别乱跑，会有人来为我们解决的。"

果然没过一盏茶的时间，寨子里最受大家敬重的巫柘长老出面平息了风波，人潮逐渐散去。不显拿了些新茶打算下去答谢他的救场之举，王婆又阻止了他："我已经提前谢过他了。你快哄你弟弟睡觉吧。"

　　父亲离世后，兄弟二人的睡眠都变得很浅，风吹草动都会惊醒他们。王婆踮着脚尖下楼，唯恐木梯发出吱呀声惊扰了梦中的孩子们。她系上乌黑的披风，沿着一般人不常去的林间小路往山阴面的巫柘长老家走去。这个胡子都开始发白，在族中一直扮演正直不阿的大家长角色的老人会在爱抚她的同时对她细腻的肌肤和充满光泽的发丝加以品评。她一般会待到子夜，子夜之前穿好衣服回家。巫柘多次挽留她宿夜，她都拒绝了。她说她不想孩子们醒来之后发现她不在。

　　巫柘帮她化解危机，她慰勉他冰冷的独居，双方渐渐达成了惯例。可是，等到不承和不显相继发病，且和亡夫的症状一模一样之时，山雨欲来风满楼，再难堵住乡民的悠悠之口。有人提议烧死这对孩子和他们家的房子。巫柘说："上天有好生之德，此举不免过于残忍。不过宿疾不除，对我们族落来说确实是一桩心腹大患。不如就把他们送出寨子，由他们自身自灭，也可除绝后患。"

　　王婆当即谢过："今夜我就带着孩子们离开。"

　　巫柘投来意味深长的一眼："孩子可以走。你亡夫周年祭尚未操办，你若就此离去，死后，牌位就不能进祠堂随夫了。"

　　王婆环顾四下，众人目如鹰隼，齐齐等待着她的回答，这其中还包括她年迈的母亲。

　　她觉得自己像一根濒临断裂的丝线。

　　"好，那我不走，请你们把他们兄弟俩送到安全的地方。"此语一出，她就接收到了两个孩子失望的目光。入夜她为他们打点行装，不显负气地待在楼下不肯见她，不承则在一旁小声啜泣。王婆说："叫你哥哥上来，我有话对你们说。"

　　不显忿忿地在楼下叫道："你这么做是对的，我们俩快死了，根本不值得你放弃这里的一切。而且带着我们，你也会被传染。我不怪你。"

王婆带着不承飞奔下楼，一把搂住不显："我已经很伤心了。你就不要再让我伤心了。我这么做，只是因为长老提醒了我——你父亲的牌位还孤零零地待在祠堂里。我方才买通了今晚的车夫，他会送你们到红花镇，镇上东街第一家面馆的老板娘是我做姑娘时的密友，你带着弟弟和我的信去找她，她会照顾你们这两天的起居。等我找到合适的机会偷出牌位，就带上外婆去跟你们会合。我即使走遍天涯海角也要找到名医治好你们的病。失去了你父亲我生不如死，不可能再这样眼睁睁地失去你们。"

兄弟俩就这样带着一封信随马车连夜而去。当晚，王婆一身短打，腰别利刃，潜入了阴森的宗祠。月光迷离，飞檐和雕花木樨投下模糊的身影。

就在她即将得手之时，巫柘的笑声从角落里传出，似瓦缸迸破。

"我就知道你会来。你那么爱他。"

王婆摘下蒙面，恳切求他："既然知道我的心思，那就放我走吧。孩子们还在等我。"

"等你？"巫柘捋着斑白的长须，"在哪儿等你？或者，你知道在哪儿找他们吗？车马可不是往红花镇去的。你非要一意孤行走这一趟，我也不拦你。只是别怪我没有提醒你。"

怒火攻心，却又不敢太大声引来乡民，王婆压着喉咙厉色质问："你把他们怎么了？"

"你的心思，我知道一个就能知道两个。我倒要看看车夫是在乎那点银子听你的，还是听我这个长老的。或者，他谁也不听，怕那两个带病的小子折了他的阳寿，半路就转手把他们卖给人牙子了。"巫柘走过来捏着她的下巴，狡诈一笑，"我劝你还是留在这儿吧。既能陪死人，又能陪活人。一举两得啊。"

"他在我丈夫的牌位前调戏我，又千方百计弄走了我的孩子，好让我留在这里供他一己私欲，想到这些，我顿时气血上涌，一把抽出腰间的刀朝他腹腔刺过去。然后，踏过他的尸体和血，带上我丈夫的牌位，接上了我的老母亲，永远地离开了生我养我的地方。"王婆远眺车帘外茫茫的雪野，"我本就是老来得子，丈夫和母亲离开我之后，那两个孩子就是我唯一活着的理由。九天之上，丈夫曾来托梦，他说孩子们遇到了贵人相助，都没有死。所以这二十年，我从南找到北，苟且于人间的每一天都是为了找到他们。"

潘氏不解："你把寻子的事托付给西门先生，难道他是知情者？"

"不，他们若是还活着，那必然是得名医相救，顽疾已愈。杏林中人相互切磋往来，总能有所耳闻。"王婆朝武植斜睨一眼，见他正在打盹儿，就凑到潘氏近前，悄声耳语："你和西门先生亲近的时候，再帮我问问他。那种时候，男人总是很难拒绝女人的。"

叁·推烟唾月抛千里

"人参，黄芪，白术，山药，麦冬，生地，五味子，阿胶，当归，枸杞，山萸肉，龟板，鹿角胶，紫河车。"密室的石门隆隆往两侧退去，西门指着前方的水池，对其中浸泡煎煮的十四味药材如数家珍。待他按下墙上的机关，空中便缓缓降下一座巨大的蒸笼，分毫不差地盖在水池上。

西门旋转腾空如银龙跃起，一身白衣被水汽浸湿，映出浅浅的肤色。他盘坐在蒸笼中央，周身的薄雾使他焕发出别样的仙风道骨。

"这能起到什么特殊的功效？"绕着水池踱步的潘氏问道。

"医者也会得病，而且得的可能是一般人承受不了的病。这些药材救不了我，但也不会让我太早死去。"西门双目紧闭，"方才你不是说有事要问我？"

潘氏如实说了原委："王干娘上了岁数，你如果能帮她打听到他那两个孩子的下落，想来百年归后，她也能瞑目。"

让潘氏意外的是，西门一口回绝了："我不会帮她的。当着她的面我没有驳回是看她一把年纪，怕她伤心。你袖手旁观最好，这件事就不要再说了。"

潘氏倚着光滑的石壁久未作声，密室里阒静如夜，屋顶上密布着雾气凝结而成的水珠，它们一粒一粒地落下来。

大约沉寂的氛围让西门感到不安，他说："她一定把她的事告诉你了。那我也说说我的。这样的话，你也就能明白，为什么在这件事上，我的态度这么不近人情。"

十岁那年，西门在码头上被人拐走。西门记得拐他的人是个鱼贩子，船上堆放着许多并不新鲜的江鱼。江鱼腥臭无比。鱼贩子并不打算再把西门卖掉，而是留着当个小仆人使唤。他们坐着这艘船漂行在浩浩荡荡的江面上。西门每天要帮他们洗衣服，要冒着跌入江中的危险苦补船篷，要做饭。他们没有任何食物，只有那些又腥又臭的江鱼。没有米，没有面，一日三餐都是那些鱼。

有一天，西门实在受不了那种气味，趴在船帮上对着江水大呕不止。他发现没过一会儿，一种白色的鱼游了上来，自己的呕吐物——也就是它们的同伴被鱼群一下子分食个精光。

鱼贩子走出来，在飒飒的江风中说："看到没有，鱼在吃鱼。所以，人也可以吃人。这个世界就是这样。你不想活，有的是人想活。世界多你一个不嫌多，少你一个不嫌少。你要想死，趁早从这里跳下去。你要不想死，就回来吃鱼。到日后的某一天，你要还是没死，你就会感激我，因为我不是你的仇人，而是你的恩人。大恩人。"

西门又连吃了十几天的鱼，一直到了徐州地界，鱼贩子这才带他上了岸，坐进宽敞明亮的酒家，他们吃了一顿久违的米饭。出了酒家，外面的日光变得十分明媚，强烈的光让建筑和树木都白得异常。鱼贩子说："你陪了我这一路，你的任务已经完成了。你走吧，我也要回去接着捕鱼了。"西门就看着他一转身隐入人群，干脆利落得没有留下任何痕迹。重获自由的他这时候反而变得伤感起来，并且对这一路沿江而行的经历产生了留恋。他竟然想追随鱼贩子的脚步再回到船上去。但他再也找不到鱼贩子了。

身无分文的少年西门开始了乞讨，用那些铜板去换一两个冷馒头。这个时候，他想起了江上那些被他嫌弃的鱼。晚上，他睡在破庙里。菩萨盘在那里的一条腿比他整个人还要大。他想，自己是多么的渺小。他又想，眼前只有两条路，要么活，要么死。死虽是迟早要死的，但往梁上一吊未免太对不起在江上狠狠咽臭鱼肉的日子，也对不起那些日子里鱼贩子对他的教诲。于是，他还是坚持了下来。每天早起就乞讨，到了晚间再回到庙里。

这一晚，西门刚迈进门槛就发现自己的领地被人霸占了。一个身披红色袈裟的和尚正在他的草堆上打坐。他走过去叫和尚起来，和尚不理。他推和尚，和尚也不动。西门急了，打算用拄手拐杖打和尚。和尚闭着眼睛喝止道："住手！我是来救你的。"和尚说，他看到西门的草堆里有很多血迹，想必是睡觉时夜咳不止，伤了心肺。西门这才知道，眼前的红衣和尚是一位云游的高僧。和尚自称目叶。西门就叫他目叶大师。目叶带他来到齐鲁的东平湖寺，寺内有一间他清修的禅房。就是在这个禅房里，目叶大师用熏蒸疗法保住了他一条小命，并将平生所学医术倾囊相授。

等他病情稳定了没多久，在一个露水满地的清晨，趁西门还在熟睡，目叶大师又悄然远行了。"我再也没有见过他。我觉得人是有宿命的，而上天为我的宿命安排了很多雷同的部分。比如一些本来对你很好的人，突然就抛下了你。你问我是不是孤独，我当然孤独，但我也早就适应了孤独。我的师父，那个鱼贩子，还有我母亲，他们抛下了我，也教会了我，孤独是人生的常态。"西门从蒸笼上起身，拭了拭额头的汗珠。

潘氏疑道："你母亲？"

"是啊，我父亲很早就病逝了。有一天夜里我听到母亲起身，觉得很奇怪，就悄悄跟踪了他。原来她早早就和族里的长老暗中苟合。之后，我们兄弟二人得和父亲一样的病，她为了能毫无挂碍地与长老安享此生，就把我和弟弟送出了寨子。临行前还欺骗我们，说要送我们去她的故友之处。可是最后，车夫连走了三天三夜，只把我们丢在了一个人潮拥挤的码头。我和弟弟还傻傻地在原地不吃不喝地等着她。结果你知道的，她并没有出现。我和弟弟两个人也被人潮冲散，各沦天涯。"

潘氏不禁用手微微掩住自己错愕的神情。

西门说："你猜得不错。她要找的人就是我，但我要认的人却不再是她。"

潘氏摇摇头："她娘家姓俞，时至今日，她还冠以夫姓，自称王婆。难道你还怀疑她对你父亲的感情？她当年那么做不过是为了保全家庭，这是不得已的苦衷。"

西门不屑一笑："苦衷？人生在世，谁没有苦衷？你没有吗？或者说，女人都这么伟大，愿意为自己的男人上另一个男人的床？"

话不投机半句多，此语让潘氏如遭一击，她定了定神，说了声"告辞"就拂袖而去。

西门朝着她的背影笑道："帮她找人就算了，但帮你找人我很乐意。你一直记挂着的那位，敢问他尊姓大名？我虽深居简出，但江湖上倒也有一二知交，托人问问他人的行踪只是举手之劳。"

听他这样说，潘氏不禁驻足，又回过身来："你是真心助我，还是借机调侃？"

先前蒸疗时的红光渐渐褪去，西门的脸色恢复常貌，看上去也正经了许多："真想调侃你的话，并不需要借机。"

潘氏正玩味着西门的自负，窗外吹雪的剑光一闪而过，她不由举袖遮挡。

"那就有劳你了。此人是我丈夫的兄弟，叫武松。"

西门眼前一亮："如果是原来饶安镖局的头号镖师武松武二侠，那你当真是踏破铁鞋无觅处，得来全不费工夫了。他现如今就在阳谷衙门内做都头。怎么，你的夫君没有告诉你？还是，他有什么苦衷？"

每个人的心思就像细芽，时日一久，长成了藤蔓，藤蔓缠绕在一起，是为阴谋。

每个人都有自己的阴谋。

潘氏回到客舍，见武植正守在炉边。火舌舔着砂锅底，那里面的药并不是用来救他的命的，却可以挽回他作为男人的尊严。

潘氏走过去，将里面的汤药尽数倒掉。武植问她怎么了。潘氏说西门是个骗子，这些药根本和清水一样，对病症毫无疗效。

"可我的各个关节已经有了恢复的征兆。"武植惋惜地望着汩汩流向雪地的药汁。

潘氏置若罔闻："车马已经在山门外等候，我们回家吧。"

我们回家吧——那一天在市集上武植也曾这样对她说。他们夫妻二人说这话时，语气如出一辙的温和，且面色清淡，使人安然。正因如此，武植怎么也想不到，潘氏回到家中做的第一件事就是抽出长剑抵在他的脖子上。"他回来了？你为什么不告诉我？"潘氏眼底有武植从未领教过的彻骨寒冷。武植尽力地抬起头来仰望着她，眼神却找不到适合置放的角落，只得四处闪躲。他忽然毫不怯懦地一把握住她的剑锋，声如天边掠过哀轻的鸿："我只是不想失去你。得不到没有关系，得到了我就不想失去。你懂我的感受吗？"

潘氏手中的剑随着心口的一阵耸动落了下来。

她矮小的丈夫一面上楼一面轻声自言自语："我得不到，那他也得不到，谁都得不到。"

240

当晚，他冒雪出门，留下一封书信托郓哥交予即将归来的弟弟武松。回家后，他喝了一碗砒霜，就和衣睡下。他听见夜雪越下越大，他听见她再一次给他承诺，说既然嫁给他，就再也不会离开他。

肆·十番红桐一行死

为了突出花树最美的部分，其他的杂叶必然要被修剪。故事也是如此，想让主线更加明朗，细枝末节需得隐去。春笋明快地略过王婆和西门先生的旧事，只交代了武植往生的前因后果，好迅速为枉担了罪名的女子沉冤昭雪。

"哥哥的亲笔遗书和你的一面之词，你觉得我该相信哪一个？"化雪的早晨冷气尤甚，故事中的人对所谓的事实仍持怀疑态度，只是信步走到庭前，用梅枝在雪地上练习书法。

春笋不卑不亢："看来，要得到你的信任，我必须要郑重捧出你的秘密了。"

他像是对某个笔画感到不满，又用雪填补了划痕，重新书写。见春笋半晌不着一字，他侧过脸对她点点头，示意她，他一直在听。

"这个秘密，西门先生差点儿就告诉你了。"春笋说。

西门死于武松之手。传闻中，武植的砒霜来自于西门。一个郎中，也是药铺的经营者，这个身份在毒药面前再合情合理不过了。并且每个人都认为，武植的矮小症是否治愈是其次，既然潘氏带着他去过万梅山庄求医问药，那潘氏必曾委身于西门。

一夜生情，暗滋邪念，为求长久欢好，经王婆撺掇，联袂屠夫——这桩杀人案有了此种解释，不仅逻辑通顺，更诡美妖娆，引人入胜。街坊四邻在向他人重述的过程中也纷纷乐意添补藻绘，使它愈发浓墨重彩。

最可怕的是，在武植的血书里，潘氏也当仁不让地成了凶手。

从远行归来的武松手中接过血书通览一遍，潘氏笑道："我没想到他会用这种方式跟我告别，更没有想到，你我之间会以这种方式重逢。"

血书被潘氏抛入空中，武松一跃而上，一番剑花将它割裂成窗外纷纷扬扬的雪："这就是你们的下场。"

潘氏伸出手接住这一瓣一瓣的雪花，仍旧笑着："如果你还记得，应该清楚，不论你哥哥是否暴毙，你我之间都有一场生死交锋。"

武松说："男女有别，胜之不武，你可以请个帮手。"

"王干娘身体抱恙，我请了西门先生来为她诊脉。他此刻就在隔壁的茶馆。我和他是你眼里的奸夫淫妇，这个时候，有什么理由不并肩作战呢？"

西门很快来了。

王婆带病而来，她执意要帮潘氏从命案里撇清干系。可惜武松并不认为她是什么有力的证人。相反，当他们三人并排站在一起，反而翻倍地激起武松内心的仇恨。

势如破竹的剑直冲着眉心刺过来了。西门先生没有武器，只以洁白长袖化百炼钢为绕指柔，不断裹卷着武松逼人的剑气。武松见状，随手弃了长剑，任它笔直插入雪堆之中。二人徒手对搏，拳掌霹雳，如电如雷，又凌虚升入长空，飞檐走壁，没入无边大雪，很快地上的人便看不清晰。眼花缭乱之间，潘氏直追而上，混入其中。武松见她助力西门，下拳的力道又重了三分。西门内功深厚，掌劲绵柔，一寸一寸击退武松的攻势，逐步占了上风。此时，潘氏如蝶飞去，一把撩起武松的左袖。西门只见他臂上三颗青痣大如豆粒势成犄角，是再熟悉不过的画面，顿时乱了心神。武松趁势出击，一拳打中他的心口。西门一口鲜血遍染白衣，接着就如银鹤断翼，随落雪坠入皎白大地。

潘氏飞向西门，扶起他的头，搁在臂弯里，用雪清洗他脸上的血迹："要不要我告诉他那个秘密？"

"不要对他说。倒是我，还要再告诉你一个秘密。你把耳朵凑过来。"潘氏俯首，只听见西门虚弱地说他知道母亲心里从来没有背叛过父亲。如果不是万分地爱着父亲，她不会用自己的身体作为代价。所以，后来他才立下那样的接诊规矩——当一个男人愿意一日为奴，一个女人愿意一夜为妾，他们一定非常爱自己的妻子和丈夫。面对这样的女人，他不仅不可能逾矩，更充满尊敬。"你应该明白，其实一直以来，保全处子之身的人不光是你。只是那一夜，我遇见了你，美如画人，顾盼生姿，恍惚动了真情。如果有那么一瞬间，你也曾看到我，请你握着我的手。"潘氏点点头，拨开西门手边的雪，紧紧地握住。一种古玉般的幽凉很快在她掌心弥散开来——武松方才那一拳用了致命的力量，他手冷如冰绝不仅仅因为天气苦寒。

"我们遇见得太迟了。"潘氏拢了一些雪堆成一个枕头把西门放平，"你坚持一下，我要去和他做个了断。如果侥幸胜出，我就带你回山庄。从今往后的日子，我就陪在你身边。"

武松稳稳屹立在雪地里，从她的角度看过去，和当年江南桥畔的初见没有任何分别。

武松说："不是我没给你机会，是你请来的对手不堪一击。"

潘氏缓缓起身。她的长发在风雪里飞舞如一树不合时节的新柳。猝不及防，她一步迈开，逆着烈烈朔风向武松逼近，虽在雪上划过，却未留下半点痕迹。武松见她突袭，猛然踢起三丈积雪阻挡她前进，同时重新运功，以便接招。潘氏内功在武松之下，可一个回合之内，单看二人翻飞交手，却进退相当，势均力敌。潘氏自知恋战不得善终，忽然就碧蛟潜潭般一压身绕过孤立一旁的王婆向后飞去。武松追随其后，避闪不及，眼看就要一拳击中王婆。本已重伤的西门见此情状，惊恐万分，不由失色，一时拼尽全身气力腾跃而来，挡在王婆面前。

如兽遇箭，西门剧痛之下本能的低啸随北风卷地，顿时笼罩了战场上空。生生受了武松两拳的他当场送了性命。王婆则在错乱之中摔了一跤，后颅遭巨石一磕，鲜血如泼，也是奄奄一息。潘氏走过去叫了她一声"干娘"。王婆枯萎的睫毛频频颤抖，仿佛秋后的萤虫。她声似游丝般寻找着那个她毕生乞求的答案："你说，我的孩子们还活着吗？"

潘氏连连点头。王婆道："现在，我更希望他们已经死了。这样，我很快就能见到他们了。"说罢两眼一闭，再不省人事。

望着脚边这对即将在九天之上相逢的母子，潘氏凄怆一喉，一枚三寸短刀霎时从袖口飞出。她倾身一跃，捉刀而行，长驱直入刺向武松。武松本无绝她之意，一再手下留情，此时为求自保，闪过一旁，又反转到潘氏身后，一把抱住她。潘氏手臂一曲，那枚短刀就狠狠扎入她自己的心脏。

"蔺苕。"武松大惊，脱口而出的就是她的闺名。

他们的身体都微微地战栗着，像灯下无助的蛾。他们用战栗感受着对方的战栗，恰如蛾害怕跃动的火，却又无限接近那火。蔺苕顺势转过身，倚在他的怀抱中。笃实的温暖如春江之水包裹着绒绒的鸭翅，很快漾满了她全身。她望着空中飘飘扬扬的雪，不禁笑了。江南的春天，鹭鸶谷的月夜，沧州的诀别，还有如今的雪。原来一转眼，已是这么多年。

她爱他，但从未拥有过他。她也恨他，因为恨而更加爱他。在这爱与恨里，她带着枷，苦苦攀爬——可她不觉得凄寒，这世间有多少风吹向暗红尘世，就有多少认错路的女子。一意孤行纵使无用，也不妨碍她们单桨独帆，无止尽地驶向彼岸。

她这一生，至死也没有听到他说爱她。

他瞒得了她，藏在他怀里的鞋子却自告奋勇地替他说了实话。

她说："我当真很难过。你看，我现在搂你这么紧，还是有三寸距离隔着我们一左一右两颗心。"

她说："这世上最爱你的人都被你杀掉了，往后你就孤零零一个人了。如果你感到孤独，那就是我对你最好的报复。如果有来生，希望你能抛开一切原则去爱一个人。"

伍·日暮向风牵短丝

凭借历年的经验，他应该不会猜错，这将是岛上最后一场雪，雪后就是万物复苏的春天。可春笋一度犹豫不决，直到春天还是没有告诉他所谓的秘密。

"嘴上说着要报复，可姑姑到死也没有告诉你这个秘密，是怕你痛苦。如今，我和她是一样的心情。明明我到这个岛上来是为她报仇的，却迟迟下不了手。"落英缤纷，春笋站在潇潇的花雨里，春愁无限地凝望着故事里的那个人。

他并不意外："我已经猜到你和她有渊源，但没有想到她竟然是你的姑姑。"

春笋说："你忘了吗？她还有个弟弟叫金风，就是我的父亲。至于我母亲，也是你熟悉的故人。"他问是谁。春笋说："就是饶安镖局的大小姐张轻露啊。"

金风玉露一相逢，便胜却人间无数。春笋说这是她姑姑渴望而没有得到的爱情。她一生中遇到三个男子，起初有缘无分，接着有分无缘，等到缘份双全，她已经没有了足够的时间。

"父亲母亲的故事很有意思，有机会我再慢慢说给你听。"春笋远眺沧海，又补了一句，"假使有机会的话。"

到了春分时节，他们如期出海回中州给菡苕扫墓。

清明雨后，祭扫完毕，在郊外尚还泥泞的陌上归去路上，春笋用草绳清理着三寸素鞋上的污垢，说她在外漂泊了一年，也该回家了。

即便内心有巨大的失落感，他还是轻描淡写地让她多加保重。

迎着明媚的春光，春笋俏丽一笑，坚持要送他去海边。

他说："何必呢，送君千里，终须一别。"

春笋说："送君千里，好歹终有一别。若是就此离去，恐怕这一生再难相见。"

他听她这样说，也就不执意阻拦。二人沿着长满苔藓的山道，牵着前蹄打滑的白马悠悠往海边行去。他忽而问起她的名字："是不是和你姑姑一样，春笋也只是你的闺名？"

"是啊，我叫潘寸心。是姑姑给我取的名字。你呢，你没有乳名吗？"

"小名叫不承。"

"家人都会这样叫你吗？"

"我很早就没有家人了。一开始失去了父亲，接着又失去了母亲，最后和唯一的哥哥也走散了。你外公在路边发现我的时候，我已经死了一半。"

"他说过，说你病得很重，他几乎耗尽全部的内功心力才把你从鬼门关边上拉回来。"

"所以，当时一边是救命之恩，一边是心爱的女人，孰轻孰重，真的很难衡量。"

"他费了这么大的劲救起了你，为什么不直接收你做养子，反而托付给武家夫妇呢？"

"他大概一直希望我长大后可以迎娶轻露。只是我和轻露之间一直情同手足，没有半点儿女私情。"

"你要真的娶了我母亲，就没有我了，我也就没法遇见你了。"

二人相视一笑。

日落之前，他们到了海边。沉沉暮霭和不知从何处传来的箫声让别离的气氛更加浓郁。春笋说："冬衣都浆洗干净了收在厢房最右边的柜子里，你喜欢吃的蛤蜊酱我出门前又连夜熬了几罐存进地窖了，门前的桥栏有些不牢靠了我提醒过你的，记得修葺……别的，我一时想不起来了，就是想起来，海山遥遥，不通青鸟，也没法传信提醒你了。"

他笑着，一一点头，说都记下了。

春笋说天色不早，她该回去了："这匹马的眼神不好，再晚就看不见了，回头再把我给摔着。"

他说好。春笋便上了马，持缰绝尘，一骑而去。

春笋走后，他松了系舟绳，人却不上船，眼看它随波逐浪，漂向海心，隐于天际。他则沿着春笋的去处一路向西。

走到一个岔路口，他只听得马蹄阵阵，如鼓如锤，轻撼绵山。

他顺势望去，见尘烟里不是别人，正是春笋。

春笋的马蹄在他身边停下。他笑道："你先说。"

春笋原本羞怯，转眼又一扬青眉，振振有词："我打算去海边，倘若你走了，我这辈子就不再想你；要是你还没走，我就回岛上跟你过神仙日子。该你说了。"

他说，菡萏死前告诉他，如果有来生，她希望他能抛开一切原则去爱一个人。

他想，来生太迟，不如即刻开始。

恰望卿山

开元十七年，他们初次相见。

他身着白衣，落落拓拓，眉眼之间除了"大唐第一诗人"的风流，还微微带着一丝童稚之气。薛王对她笑道："九妹，这位就是李白先生。"

她的目光穿过波斯舞姬洋洋洒洒的舞姿落在他身上。

后来，他们对薛王府的那场春日歌宴都没什么印象了，只记得在芍药盛开薰风微渡的庭栏边，彼此倾谈了一夜。从丝竹，一直谈到哲学。

诗句

　　时隔三日，他来至观中登门拜访，并带来了为她撰写的诗作："玉真之仙人，时往太华峰……弄电不辍手，行云本无踪……"

　　"玉真"是她作为公主的封号。但她缁衣加身多年，早已是世外之人。他以仙人作比也算合宜。只是她曾听说，他猖狂豪放，自称"谪仙人"，文人雅士又推崇他为"诗仙"。那么，纵然是男女有别，却因这场际遇富有仙意，而不必行落俗之举。烹茶夜话，燃香论道，听琴至天明。

　　但他又说："虽只三日，却已像三秋那么遥远漫长。"

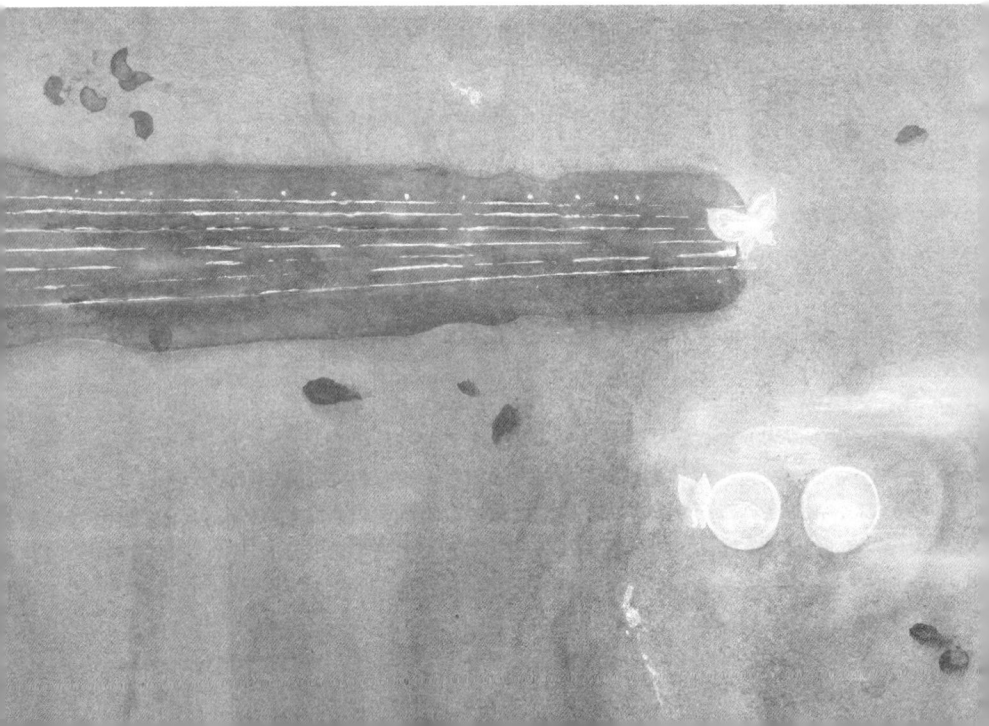

入仕

　　关于他坎坷的前半生，她有所耳闻。

　　"我知道先生不屑于功名利禄，不过皇兄一直是惜才之君，如若先生有意入宫，我愿打马前卒向他引荐，想必日后，先生在朝堂之上也能施展一番宏图。"她说。

　　"我愿意。不为别的，只为说这番话的人是公主你。"他说。

　　她笑了笑，当即带上他的诗文策马入宫。

翰林

　　圣上非常欣赏他的才华，又蒙御妹和大诗人贺知章保荐，便宣他入宫，授封"翰林学士"，赐以御手调羹的盛宠。只是，没过多久她就听说了几件他在宫中的逸闻，桩桩件件都叫人哭笑不得。有说他恃才傲物，要贵妃亲自为他研墨的；有说他借酒撒欢，让大内首席宦官高力士为他脱靴的。

　　在梨园后台，她持一支玉笛敲了他一记，嗔道："早晚要出大乱子。"

　　他反手夺过笛子轻吹一曲，笑曰："对庸人我装惯了糊涂，对公主我绝不辜负。"

果然不出她所料。傲岸不羁的性格让他在宫中树敌无数，谗言惑语一次次地传递到了御前。圣上逐渐疏远了他，最后给了个"赐金放还"的下场。

皇兄虽然仁至义尽，但她仍旧觉得他未能人尽其才是种遗憾，遂再度入宫，与圣上据理力争，惹得龙颜不悦。她丝毫不畏惧，放言道："陛下若坚持己见，就请褫夺我的封号，收回我的财产，让我也做个普通的庶民吧。"圣上不允，她就自行辞去名号，散尽家财，在天街上救济乞丐，布施了整整一个月。

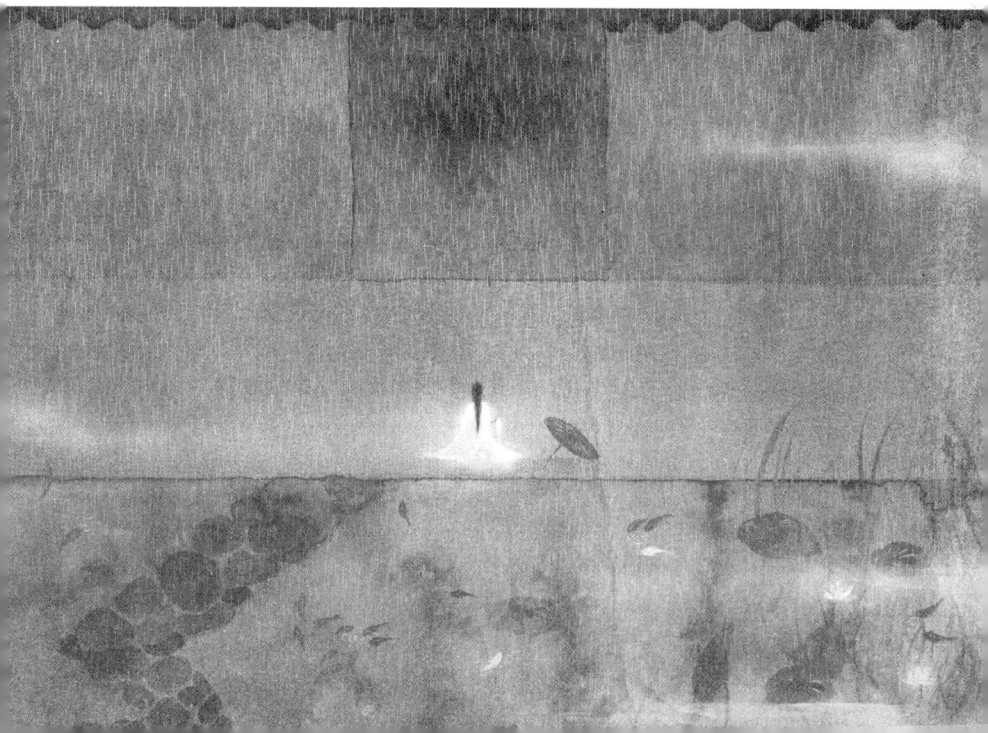

灯愿

　　她离开京城的前一夜，他在金光门内的一家酒肆为她饯行。

　　黄昏前下了一场雨，隔帘亦能感觉到整座长安城都浮动着初开新荷的香气。他说浊酒一杯，聊表心意。她在多枝烛台柔和的灯影里与他相视，说："自此一别，再见不知是何年。"

　　酒后，他们循着湿漉漉的青石板街踱步到了河边。十五追月之夜，善男信女沿河放灯。他们也各自放了一盏。他问她许了什么愿。她说："愿乃原心，放在心中就好，说出来就不灵了。"

山川

　　她去了江南，在宣城敬亭山上潜心修道，再不问红尘之事。他也恢复了以往优游的生活，四海为家，结交诗友。他们都常常会想起在长安的那些日子。其实他明白她的用意——在朝为官不过是她进宫见他的契机。可造化弄人，他终不是能被豢养的那一类，她也早就皈依三清宝殿。他们此生，是有缘无分。

　　宣城恰好是他从弟任职之地，从弟几次来信邀请他去游览，他都委婉谢绝。并于诗里说——常夸云月好，邀我敬亭山……相思不可见，叹息损朱颜。

　　我想你，却不能去见你。我们就这样在流年中逐渐老去吧。

乱世

升平年代过去了，安史之乱猝然爆发。

国破山河，他懵然入幕，卷进政治漩涡，先是在浔阳银铛入狱，后又被判长流夜郎。她闻讯立刻赶回长安面圣求情，但玄宗早被这一场飞来的国祸弄得心力交瘁，避居兴庆宫做了太上皇，前朝之事，一概不理，任她在宫门外跪了三天三夜仍是谢客不见。

她只能悻悻回了江南，晨钟暮鼓，为他祈福。

年华

　　到了这一年，已经是上元三年了。三十多年过去了。她一头华发，
洁白如雪。窗外是和三十年前一样明媚的春天。她要为乡民的春耕打一
场平安醮，打着打着，她就合上了眼睛。

　　也是在这一年，他忽感不久于人间，就拖着疲惫的病躯来到了敬亭
山下的小镇，却听说了她驾鹤先去的消息。原来当年一转身，一生就已
难回转了。

重逢

　　侍奉她的弟子说，恩师曾在长安河畔许下心愿，说此生的情分已逾友谊而未达恩爱，若有来生，既不选宫墙之内，也不选红尘之外，只做一寻常女子，着荆钗布裙，迎陌上薰风，再与良人相会。

　　在小镇驿馆上遥望敬亭云岚，他想：我见青山如故，青山见我是否亦然？

　　他又想，白云之外的她一定知道，这世间，相看两不厌，唯有敬亭山。

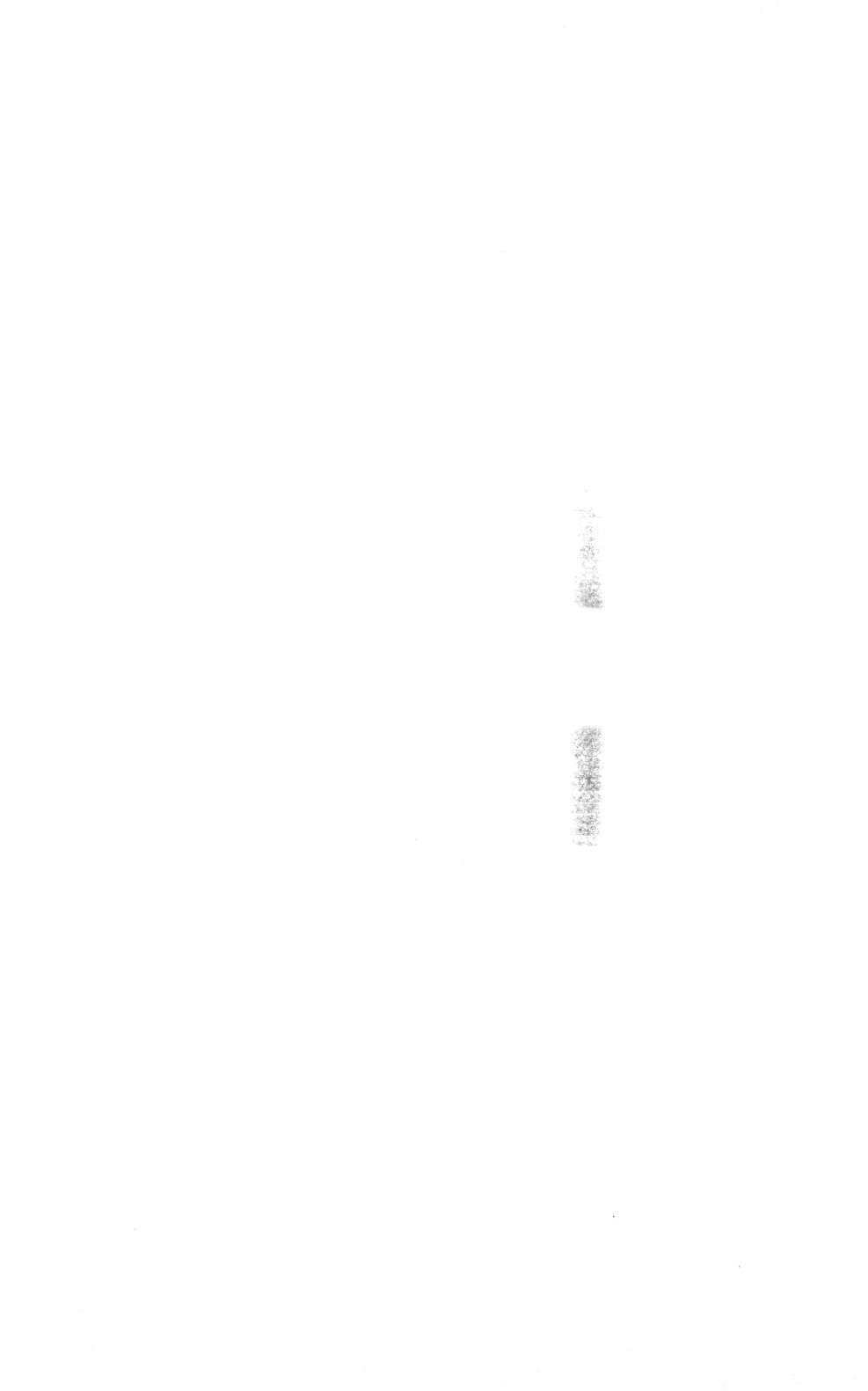